dtv

Heute Teneriffa, morgen London, nächste Woche Kenia oder Fernost – wer wäre nicht gerne Weltenbummlerin von Beruf? Katharina, genannt Katie, genießt die Freiheiten ihres Berufs aus vollem Herzen. Und in ihrem Handgepäck ist immer Platz für einen schönen Mann. Hotelmanager zum Beispiel sind nicht zu verachten, auch wenn manchmal ein Flop wie Alex darunter ist. Aber frau kommt ja genug in der Welt herum. Nur eines will Katie mit Sicherheit nicht werden: ein Streifenhörnchen. So werden in Fliegerkreisen jene jungen Stewardessen genannt, die es nur auf Streifen abgesehen haben: auf Piloten. Leicht aus der Fassung zu bringen ist Katie nicht. Sie hat sich über den Wolken wahrlich mit mehr herumzuschlagen als mit anspruchsvollen Passagieren und brummigen Flugkapitänen ...

Brigitte Baumann, 1956 in München geboren, hat zehn Jahre als Reiseredakteurin gearbeitet und ist heute als freie Journalistin in München tätig. 1997 erschien ihr erster Roman ›Ein schöner Mann im Handgepäck‹.

Brigitte Baumann

Piloten und andere schlechte Liebhaber

Roman

Deutscher Taschenbuch Verlag

Für Alina, Nicki und Luca

Ungekürzte Ausgabe
Februar 2002
Deutscher Taschenbuch Verlag GmbH & Co. KG,
München
www.dtv.de
Lizenzausgabe mit Genehmigung des Scherz Verlags, Bern und München

Umschlagkonzept: Balk & Brumshagen
Umschlaggestaltung: ARTPOOL, München
Umschlagfoto: Martin Rieger, ARTPOOL, München
Gesamtherstellung: Druckerei C. H. Beck, Nördlingen
Gedruckt auf säurefreiem, chlorfrei gebleichtem Papier
Printed in Germany · ISBN 3-423-20490-7

1

Pamela rubbelte mit dem Zeigefinger über ihren Unterarm. «So ein Mist!» schimpfte sie. «Kaum bist du eine Sekunde in dieser trockenen Kabinenluft, schon schuppt sich die Haut. Hast du noch irgendwo Bodylotion?»

Nur gut, daß meine liebe Kollegin keine anderen Sorgen hatte. Wir saßen nebeneinander angeschnallt auf unseren Jumpseats und warteten auf den Start. Mit zweihundertsechsundsiebzig Passagieren war die Maschine bis auf den letzten Platz besetzt. Full house. Der Traum unserer Manager, der Alptraum des fliegenden Personals. Einige Passagiere hatten bereits in der Wartelounge schlechte Stimmung verbreitet, weil sich der Abflug wegen eines Lecks in der Hydraulik um eine gute halbe Stunde verspätet hatte. Ein sächselnder Obermotz hatte mir schon beim Einsteigen mit dem Zeigefinger gedroht. Es sei das erste und letzte Mal, daß er mit Holiday Airways fliege. Und er werde sich umgehend daran machen, seine Kumpels in und um Dräääsdn vor diesem Saftladen von Flüüüggesellschoft zu warnen.

Tu, was du nicht lassen kannst. Was gab es nur für unverbesserliche Griesgrame! Dabei hatte der doch gerade einen Urlaub auf der thailändischen Insel Phuket hinter sich. Da sollte man meinen, daß er ein bißchen entspannter wäre. Doch dieser unsägliche Mensch war haargenau der Typ Urlauber, der jeden Tag mit einer neuen Reklamation bei seinem Reiseleiter aufkreuzte, sich über das zu kleine Zimmer, das miese Essen, die zu laute Klimaanlage und den nächtlichen Discolärm beschwerte – natürlich mit der Absicht, eine teilweise Rückerstattung des Reisepreises herauszuschlagen. Leider ging diese Rechnung – aus Kulanz der Reiseveranstalter – auch häufig auf. Wenn's nach mir ginge, hätte ich dieser Unsitte schon längst einen Riegel vorgeschoben. Aber es ging nicht im entferntesten nach mir.

Überhaupt, was regte ich mich auf? *Meine* Woche auf Phuket war rundherum gelungen. Unsere Crew war im feinen «Pearl Village Hotel» untergebracht, in dem wir immer so verwöhnt wurden, daß wir nur wenig unternahmen und meist faul am Pool herumlümmelten. Mit Ausnahme meiner sportiven Stewardessenkollegin Reni, die gleich nach der Ankunft ihre zehn Kilometer am Strand joggte. Auch in den folgenden Tagen zog sie ihr Laufprogramm durch und stattete jeden Spätnachmittag dem angegliederten Fitneßclub einen ausgiebigen Besuch ab.

Ich bewunderte Reni zutiefst, doch fehlte mir leider der Kick, mich ihr anzuschließen. Morgen, redete ich mir jeden Tag aufs neue ein, morgen geh ich mit Reni mit. Doch es wurde nie etwas daraus.

Unser Flugkapitän Peter Lechthaler hatte uns keine Gesellschaft geleistet. Er hatte nur seine Sachen im Hotel deponiert und seinen Seesack gepackt. Er wollte die Woche mit einem nach Thailand ausgewanderten Freund auf dessen Segelboot verbringen und erst am Abreisetag wieder zu uns stoßen. Das Cockpit der Holiday-Airways-Crew war demnach nur durch Copilot Harry Deckert vertreten, der erst vor ein paar Monaten zu unserer Firma gekommen war.

Eigentlich hatte ich ihn von Beginn an in den Fängen der aufreizenden Saisonstewardeß Judith vermutet, die ihn bereits am Abend unserer Ankunft lasziv anschmachtete. Harry Deckert hatte, wie nach langen Flügen üblich, die gesamte Crew zum sogenannten After landing, zu einem Drink, auf sein Zimmer eingeladen. Ich registrierte Judiths Flirtattacke und Harrys angetörnte Reaktion darauf mit ziemlichem Desinteresse. Denn erstens wurden auf jedem Trip die Piloten angebaggert, und zweitens war Harry nicht unbedingt mein Typ. Ein immer etwas großspurig auftretender Rheinländer, der sich gern reden hörte und viel Wind um sich machte. Er schien den Eindruck erwecken zu wollen, als gäbe es die Fliegerei ohne ihn gar nicht beziehungsweise würde noch in den Kinderschuhen stecken. Mir war auch zu Ohren gekommen, daß er auf Fernstreckenflügen schon so manchen Flugkapitän mit seinen altklugen Kommentaren zur Verzweiflung getrieben hatte. Wer weiß, warum es Peter Lechthaler gar so eilig hatte, sich abzuseilen? Bühne frei für Harry, der sich im «Pearl Village» nun ungehemmt als Herr der Lüfte aufspielen konnte. Seine Monologe à la «Wie ich wurde, was ich bin» langweilten mich unsäglich.

Soweit Harry Deckert und meine verhaltene Antipathie. Doch am Vorabend der Rückreise durchbohrte mich Harry an der Open-air-Bar des «Pearl Village» völlig unvermutet mit tiefen, an Eindeutigkeit nicht zu überbietenden Blicken. Das schwüle Abendlüftchen, die drei Rumcocktails und die Wucht des bombastischen Sternenhimmels taten ihre Wirkung. Plötzlich sah ich das mit Harrys Geschwätzigkeit nicht mehr so eng, fand seine Monologe witzig und war sogar ziemlich sicher, eine Portion Sexappeal an ihm auszumachen. Mit ihm im Bett zu landen war zugegebenermaßen nicht nötig, es sprach aber auch nichts Gravierendes dagegen. Jedenfalls spielte ich nicht die Empörte, als Harry nachts um eins an meiner Tür klopfte und brünftig bis unters Zahnfleisch Einlaß begehrte.

Es mag ein bißchen verroht und oberflächlich klingen. Aber auf den Crew-Wochenstopps machte man um die schicksalsschwere Frage «Bett oder Nicht-Bett» kein allzugroßes Gedöns. Fern der Heimat, von tropischen Düften verzaubert, vom Piña Colada angeschickert und von Mandolinen- oder Steelbandklängen eingelullt, fanden Männchen und Weibchen immer schnell zueinander. Tja, das war halt so. Basta. Bei gelegentlichen Zwischenbilanzen, die ich in so manch selbstkritischen Momenten zog, schauderte es mich immer gewaltig. Mein Gott, was führte ich nur für ein Lotterleben! Im direkten Vergleich mit meinen Freundinnen, die seriöse Berufe ausübten und es beizeiten zu einem seriösen Familienstand gebracht hatten, nahm sich mein Lebenswandel schon arg promiskuitiv aus.

Endlich war unsere Boeing 767 in der Luft. Ich schnallte mich ab und nahm das Mikrofon in die Hand, um die sehr geehrten Passagiere erneut an Bord willkommen zu heißen und ihnen kurz zu erklären, was sie auf dem zwölfstündigen Flug von Phuket nach München zu erwarten hätten. Nach Erreichen der Flughöhe würden wir Getränke und ein warmes Abendessen servieren, anschließend den Bordfilm zeigen, und vor der Landung in München gäbe es ein Frühstück. Im übrigen wünschte ich unseren Passagieren einen angenehmen Aufenthalt an Bord und bedankte mich ganz herzlich dafür, daß sie Holiday Airways gewählt hatten. Das war natürlich albern. Die meisten Fluggäste hatten ihren Phuket-Urlaub im Reisebüro gebucht, und im Pauschalarrangement war der Flug mit Holiday Airways nun mal mit drin. Von wählen konnte also keine Rede sein.

In der Mittelreihe entdeckte ich Martina und Mike, zwei BWL-Studenten aus Münster, mit denen ich viele feuchtfröhliche Stunden zugebracht hatte. Martina, die fiese Gurke, versuchte mich durch gekonntes Grimassenschneiden aus dem Konzept zu bringen. Doch das hatten schon viele vergeblich versucht. Auch auf die Gefahr hin, daß einige Passagiere das in den falschen Hals bekamen, streckte ich Martina nach Ende meiner Ansage die Zunge heraus und nahm mir vor, den beiden gleich einen Veuve-Clicquot-Piccolo vorbeizubringen.

Während ich mit Pamela heiße Erfrischungstücher verteilte, meldete sich das Cockpit zu Wort. Wie immer bei Ansagen des Piloten füllte sich die Kabine mit andächtiger Stille. Peter Lechthaler vermeldete, daß wir nun bald unsere endgültige Flughöhe von zwölftausend Metern erreicht hätten. Unsere Reisegeschwindigkeit betrage über eintausend Stundenkilometer über dem Boden, und dank des Rückenwinds könnten wir die Verspätung wiedergutmachen und planmäßig in München landen. Im übrigen wünsche er den Gästen einen angenehmen Flug.

Ich stutzte kurz, weil das Knacken, das normalerweise die Ansage beendete, ausblieb, dachte aber nicht weiter darüber nach. Da folgte etwas Ungeheuerliches.

«Und, bringt sie's?» hörte ich Peter Lechthaler aus dem Lautsprecher krächzen.

Der angesprochene Harry Deckert bejahte gönnerhaft. Von scharfen Dessous war die Rede, von der richtigen Mischung aus widerspenstig und leidenschaftlich. Leider nicht sehr experimentierfreudig, aber – so das Resümee: «Meinem hormonellen Gesamtzustand hat's gutgetan.»

«Tu nicht so cool. Mir scheint, dich hat's ganz schön erwischt», hielt Lechthaler das Süppchen am Kochen.

«So ein Quatsch!» empörte sich Harry. «Die Maus ist ja ganz nett, aber für ein Glas Milch kauf ich doch nicht die ganze Kuh! Ich hab übungshalber einen Touch-and-go gefahren, nichts weiter.»

«Was? Touch-and-go?»

Harry klärte seinen Kollegen auf. «Na, ist doch logisch: aufsetzen und durchstarten.» Es folgte ein dröhnendes Gelächter aus zwei sonoren Machokehlen. Die eine hätte man am besten gleich durchschneiden sollen.

Endlich knackte es im Lautsprecher. Der pornographische Einakter war zu Ende. Ich stand da wie vom Donner gerührt. Eine imaginäre Faust bohrte sich in meine Magengrube. Dieses Schwein! Dieses hinterhältige Schwein! Sollte ich gleich ins Cockpit toben und diesem – diesem Triebtäter so die Leviten lesen, daß er für den Rest seines Lebens scharfe Dessous nicht mehr von Putzlappen würde unterscheiden können? Oder sollte ich mich damit begnügen, ihm einen Tritt in die Weichteile zu verpassen, der seinen hormonellen Gesamtzustand definitiv verschlechtern würde?

Aber bei einem solchen Auftritt wäre jedem auf Anhieb klargeworden, wer die weibliche Hauptrolle in diesem Schmuddelstück spielte. Also legte ich meinem cholerischen Anfall die Zwangsjacke an und bemühte mich beim Austeilen der restlichen Erfrischungstücher um ein neutrales Lächeln. Wahrscheinlich sah ich dabei wie ein Haifisch aus.

Ein ratloses Raunen ging durch die Sitzreihen. Die Passagiere waren mit dem Brocken, den sie da gerade vorgeworfen bekommen hatten, offenbar überfordert.

Pamela glotzte mich mit weitaufgerissenen Augen an und blähte empört die Backen. «Hey, ich glaub, ich spinn. Was ist denn in den Deckert gefahren? Hat der sie nicht mehr alle?»

Ich legte den Zeigefinger auf den Mund. Die Passagiere hatten genug mitbekommen, was absolut nicht für ihre Ohren bestimmt war. Mit heftigem Achselzucken und betont fassungslosem Kopfschütteln versuchte ich, die perfekte Mischung aus Empörung und Ahnungslosigkeit hinzukriegen. Aber wahrscheinlich hatten mich meine Ohren, die wie zwei Feuermelder glühten, schon längst verraten.

«Weißt du, wen er meint?» flüsterte Pamela. Sie schien mich offensichtlich nicht mit diesem Cockpit-Dialog in Verbindung zu bringen. Noch nicht.

«Mein Gott, keine Ahnung, was der nachts mit wem angestellt hat», mimte ich die Unschuldige. «Harrys hormonelle Zustände interessieren mich nicht die Bohne.»

Nach und nach kamen meine Kolleginnen und Steward Werner in die hintere Galley – so heißt im Flugzeug die Küche. Jeder stammelte irgendwas Unverständliches, keiner hatte die richtigen Worte für diese etwas andere Durchsage aus dem Cockpit.

«Raus mit der Sprache», wollte die energische Reni endlich Klarheit. «Wen meint der Deckert? Die Glückliche scheint ja wohl eine von uns zu sein.»

Saisonstewardeß Judith machte gleich reinen Tisch. «Also ich scheide schon mal aus», plusterte sie sich mit ihrer piepsigen Kleinmädchenstimme auf. «Bei mir hat er's ja gleich am ersten

Abend versucht. Aber da hat er natürlich auf Granit gebissen. Ich habe schließlich einen Verlobten.»

Dumme Kuh! Du hast ihn doch angebalzt wie eine Auerhenne. Gib doch wenigstens zu, daß er *dich* hat abblitzen lassen. Schade. Dann wäre Harry vielleicht gar nicht auf die Idee gekommen, an meiner Tür zu scharren, und Judith hätte jetzt den Schwarzen Peter.

Ich ritt weiter auf der abgeklärten Welle: «Hört auf mit euren Spekulationen, das bringt doch nichts. Im ‹Pearl Village› hat's vor Crews doch nur so gewimmelt.»

Das mit dem Wimmeln war allerdings stark übertrieben. Außer uns war diese Woche nur noch eine Crew von der LTU im Hotel gewesen. Und zwei Tage vor unserer Abreise hatte die Air France eingecheckt. Vielleicht konnte ich Harry gerüchteweise eine kleine Pariserin unterjubeln. *Toujours l'amour.* Aber diese Story mußte ich mir erst noch zurechtbasteln, und dafür war jetzt keine Zeit. Wenn ich mich recht erinnerte, hatte ich unseren Passagieren ein warmes Abendessen und Getränke versprochen.

Im zweiten Stock mußte ich eine Verschnaufpause einlegen. Verdammter Altbau. Was hatte ich mir damals eigentlich dabei gedacht, eine Wohnung im vierten Stock ohne Aufzug zu beziehen? Wo ich doch ständig mit mindestens zwei schweren Gepäckstücken daherkam. Erschöpfung, Frust und Wut steckten noch so tief unter der Haut, daß ich mit meinem Wohnungsschlüssel kaum ins Schlüsselloch traf. Im Flur war es dunkel, doch aus dem Wohnzimmer drangen Licht und dumpfer Beat durch den Türspalt. Tina war also da. Stimmt, wir hatten am Tag meiner Abreise nach Thailand noch zusammen gefrühstückt und festgestellt, daß sie am Abend vor meiner Rückkehr aus Kreta zurück sein würde und wir dann vier gemeinsame Off-Tage hatten, wie bei uns die dienstfreien Tage hießen. Diese Tage hatten Tina und ich schon vor fast drei Monaten eingereicht, denn am

Samstag heiratete unser ebenso beliebter wie umtriebiger Copilot Andreas Zangenmeister.

Stöhnend ließ ich meine beiden Taschen auf den Flurboden plumpsen und machte mich mit einem matten «Hallihallo» bemerkbar.

«Welcome back», kam es munter aus dem Wohnzimmer zurück. Tina hörte sich sehr gut gelaunt an, was mir sofort auffiel, weil es beileibe nicht immer der Fall war. Meine Freundin, Kollegin und Mitbewohnerin Tina Engelmann war genauer gesagt das launischste Geschöpf, das man sich nur vorstellen konnte. Und wehe, wenn sie schlecht drauf war; dann sah man besser zu, daß man sich vor ihr in Sicherheit brachte. Trotz ihrer Stimmungsschwankungen und sonstigen Macken mochte ich sie. Ich hatte mich an sie gewöhnt wie an ein Paar alte Latschen.

«Hi meine Süße», kam sie nun mit weit ausgebreiteten Armen auf mich zugeeilt. «How was Phuket?»

«Du, ganz okay, abgesehen von der Erkenntnis, daß alle Männer primitive, schwanzgesteuerte Ärsche sind», sprudelte ich vor Lebensfreude nicht gerade über.

Tina winkte gelassen ab. «Das ist ja nun wirklich nichts Neues. Dagegen hilft nur, daß man hin und wieder eine kesse Lippe riskiert, und sei es eine Schamlippe», prustete sie übermütig los.

«Und was gibt's bei dir Neues», lenkte ich von meinem Desaster ab.

Ein breites, triumphales Grinsen legte sich über Tinas Gesicht. «Du kommst nie im Leben drauf, was mit dem Schüttkopf passiert ist», schrie sie begeistert. «Er ist ge-feu-ert!» Dann wirbelte sie um mich herum wie eine Flamencotänzerin im letzten Rinderwahnstadium und hob zu einem heiseren «Gefeuert! Gefeuert! Gefeuert!»-Singsang an.

Ich kannte den Grund dieses Begeisterungssturms. Bei dem Ge-feu-er-ten handelte es sich nämlich um unseren schönen Copiloten Sven Schüttkopf. Er und Tina waren sich ungefähr vor einem halben Jahr auf einem Wochenstopp in Costa Rica ziemlich nahegekommen. Diese kleine Bettgeschichte mauserte sich dank Tinas hartnäckigem Einsatz zu einer beachtlichen Liaison, die in der Firma schnell die Runde machte. Tina, die ganz einen auf Copilotengattin machte, war in dieser Zeit unausstehlich. Sie behandelte ihre Stewardessenkolleginnen wie ihre persönlichen Lakaien, und selbst zu mir war sie schnippisch und arrogant. Hatte sie es doch geschafft, dieses Prachtexemplar von Mann an die Leine zu legen, und würde es schon bald nicht mehr nötig haben, irgendwelchen Pauschalproleten Tomatensaft und Bier zu servieren.

Doch es kam, wie nicht anders zu erwarten war: Sven erlag schon zwei Monate später den Verlockungen einer Lufthansa-Stewardeß. Tina war total am Ende. Anstatt Sven vor den Traualtar zu führen und ihm viele prächtige Copilotenkinder zu gebären, stand sie nun wieder als Single auf der Straße, gedemütigt und die berechtigte Häme der Kolleginnen im Nacken. Als ihre Bemühungen, Sven die Pest an den Hals zu wünschen, nicht fruchteten, belästigte sie ihn mit nächtlichem Telefonterror. Ihr bei den geplanten Attentaten zu assistieren, lehnte ich ab, ebenso aber Svens flehentliche Bitten, Tina von ihren amokläuferischen Ambitionen abzubringen. Ich sagte «Jaja», unternahm aber nichts weiter, weder für die eine noch den anderen. Ich hätte lebensmüde sein müssen, mich in diesen Rosenkrieg einzumischen.

Und nun war Gerechtigkeit eingekehrt. Von ganz alleine, ohne daß Tina einen Sabotageakt hatte inszenieren müssen. Wie Tina nun überschäumend berichtete, war die Buchhaltung Ungereimtheiten bei Sven Schüttkopfs Spesenabrechnung auf die Spur gekommen. Ein relativ harmloser weiterer Vorfall hatte genügt, um Sven endgültig an die frische Luft zu setzen. Ich war erleichtert. Nicht, weil man diese Augenweide von Piloten gefeuert hatte, sondern weil Tina nun endlich Ruhe geben und wieder Frieden in unser Zusammenleben einkehren würde.

Als Tina mir ein Glas Prosecco in die Hand drückte, fiel ihr plötzlich etwas ein. «Ach, beinahe hätte ich's vergessen. Dein Typ aus Bali hat gestern angerufen, dieser Alex. Er sagte irgendwas von einer Weinmesse in Stuttgart und daß er dich für ein, zwei Tage besuchen kommen wolle, sofern du gerade im Lande bist.»

Alex! Der paßte mir jetzt gar nicht in den Kram. Meine niedergeschlagene Stimmung würde sicher noch ein paar Tage anhalten, da wollte ich auf keinen Fall einen Lover um mich haben, und schon gar keinen so komplizierten wie Alex.

Leider hatte ihm Tina von meinen Off-Tagen berichtet. Er wollte sich heute abend oder morgen noch mal bei mir melden.

Ich überlegte kurz, ob ich Tina in die Phuket-Kollision mit Harry Deckert einweihen sollte. Aber erstens war ich mies drauf und überhaupt nicht in Erzähllaune, und zweitens war es prinzipiell keine gute Idee, Tina in pikante Geheimnisse einzuweihen. Obwohl sie sich selbst als ungeheuer diskret pries, brachte sie vertrauliche News in Sekundenschnelle in Umlauf.

Ob die Kollegen den Air-France-Köder geschluckt hatten? Oder waren sie längst auf der richtigen Fährte? Vielleicht hatte Harry Deckerts Mitteilungsdrang bereits die Bodencrew erreicht, oder Peter Lechthaler gab den Touch-and-go-Lacher bereits im Kreise der anderen Piloten zum besten. Mir wurde ganz schlecht. Schlimm genug, daß mein Bettabenteuer auf so niederträchtige, demütigende Weise öffentlich enthüllt wurde. Was aber noch schlimmer war: Mit Bekanntwerden der Deckert-Affäre würde man mich mit einem Beinamen brandmarken, den ich mir in all den Holiday-Airways-Jahren vom Leibe gehalten hatte: Streifenhörnchen.

2

Streifenhörnchen. So werden in Fliegerkreisen jene Stewardessen bezeichnet, die es auf Streifen abgesehen haben. Genauer: auf die Streifenträger, die Piloten. So wie Krankenschwestern hinter ihren Ober- und Chefärzten her sind, versuchen die sogenannten Streifenhörnchen unter den Stewardessen, sich einen Kapitän oder Copiloten fürs Leben zu angeln. Dabei verlassen sich die Streifenhörnchen nicht auf den Zufall, sondern gehen nach einem kriegsreifen Schlachtplan vor.

Teil eins der Übung, nämlich den anvisierten Streifenträger ins Bett zu bekommen, ist in der Regel problemlos zu bewerkstelligen, woraus das Streifenhörnchen ebenso vorschnell wie irrtümlich schlußfolgert, der Karren sei schon so gut wie eingefahren. Doch Teil zwei der Übung, den Streifenträger dauerhaft an die Leine zu legen, entpuppt sich dann als das ungleich schwierigere Unterfangen. Streifenträger ihrerseits neigen nämlich dazu, Streifenhörnchen als Betthäschen zu betrachten, und denken gar nicht daran, sich wegen eines lächerlichen One-night-Stands irgendwelche Verbindlichkeiten ans Bein zu heften.

Die Abnabelungsversuche des Streifenträgers passen dem Streifenhörnchen natürlich überhaupt nicht ins Programm. Wenn sämtliche Rückeroberungsversuche nichts fruchten, muß das Streifenhörnchen in die Trickkiste greifen. Zu einer ebenso beliebten wie fragwürdigen Maßnahme gehört es, den Streifenträger mit einer bevorstehenden Vaterschaft zu übertölpeln. Ein Kind, so hofft das Streifenhörnchen, werde den unschlüssigen Streifenträger schon auf den Pfad der Tugend bringen. Diese Rechnung geht jedoch nicht auf. Denn von einem schwangeren

Streifenhörnchen will der Streifenträger nun definitiv nichts wissen.

Das Streifenhörnchen schöpft noch einmal Hoffnung: Wenn das Kind erst einmal da ist, wird der Vaterstolz den flüchtigen Streifenträger zur Rückkehr bewegen. Auch daraus wird nichts: Wenn das Streifenhörnchen niederkommt, ist die Verbindung mit dem Streifenträger längst gelöst. Die Verbindung von Streifenhörnchen und Streifenträger definiert sich ausschließlich über das Alimentenkonto.

Für den Streifenträger ist der Ärger damit längst nicht vom Tisch. Denn in der Regel hat inzwischen die jeweilige Streifenträgergattin oder -freundin Wind von der aushäusigen Fortpflanzung bekommen und macht dem umtriebigen Lebensgefährten ihrerseits Feuer unter dem Hintern. Im günstigsten Fall kommt der Streifenträger mit einer Nullachtfünfzehn-Ehekrise davon. Im weniger günstigen Fall fliegt er in hohem Bogen aus dem trauten Heim.

Unseren Flugkapitän Konrad Lambert erwischte es letztes Jahr gleich mit Zwillingen, die ihm meine Kollegin Stefanie neun Monate nach einem schwülen Trinidad-Stopp gebar. Frau Lambert, eine erfolgreiche Pressefotografin, warf den schwangeren Zwillingsvater aus der Wohnung und reichte die Scheidung ein.

Dumm gelaufen für Konrad. Von der Zwillingsmutter wollte er nichts mehr wissen, mußte ihr aber jeden Monat einen dicken Scheck ausstellen. Noch dicker war der monatliche Scheck für die Exehefrau und die gemeinsame Tochter. Konrad wohnte seitdem bei einem Leidensgenossen, einem Lufthansa-Flugkapitän, dem das Schicksal auf ähnliche Weise mitgespielt hatte.

Mein Mitleid für Stefanie und alle anderen niedergekommenen Streifenhörnchen hielt sich in Grenzen. Meinten die Mädchen allen Ernstes, einen verheirateten Mann mit diesem primitiven Trick übertölpeln zu können? Wie konnte man nur so naiv sein? Leid taten mir nur die Kinder. Auch die Schicksale der hereingelegten Streifenträger konnten mich nicht zu Tränen rühren.

Wann kapierten sie endlich, daß sie mit der in letzter Sekunde gestöhnten Frage nach der Pille nicht aus dem Schneider waren?

Ich war kein Streifenhörnchen. Ehrlich. Nicht, daß ich für Streifenträger grundsätzlich kein Faible gehabt hätte. Da waren schon einige Prachtburschen darunter, die nicht so ohne weiteres zu ignorieren waren. Doch ich paßte höllisch auf, daß es nach gelegentlichen Bettgeschichten – siehe Phuket – zu keinen gefühlsmäßigen Verstrickungen kam. Nach acht Jahren bei der Fliegerei wußte ich nur zu gut um die polygamen Neigungen dieses Berufszweigs und um die unzureichende Treuetauglichkeit von Streifenträgern. Okay, wenn sie gerade frisch verliebt oder frisch verheiratet waren beziehungsweise wenn ihre Frau mit einem Stammhalter niedergekommen war, rissen sie sich für eine Weile am Riemen. Aber es dauerte meist nicht lange, bis sie ihre ehebrecherischen Gepflogenheiten wiederaufnahmen. Bei der Berechnung der Treuehalbwertszeit war ich auf maximal ein halbes Jahr gekommen. Dann genügte ein lodernder Blick aus zwei Stewardessenaugen, und schon waren alle guten Vorsätze beim Teufel. Einmal Fremdgeher, immer Fremdgeher.

Bisher war ich – toi, toi, toi – mit meinen Vorsichtsmaßnahmen relativ erfolgreich gewesen, auch wenn infolge eines Pilotentechtelmechtels vor zwei Jahren verdächtig viele Schmetterlinge in meiner Magengrube einen Veitstanz aufgeführt hatten.

Zur Ehrenrettung der Pilotenzunft muß ich einräumen, daß es ehebrechermäßig durchaus Ausnahmen gibt. Kapitäne wie Peter Lechthaler zum Beispiel, seit fast zwanzig Jahren mit der gleichen Frau verheiratet, drei Töchter, zwei Berner Sennenhunde. Peter Lechthaler schien an dem Bäumchen-wechsle-dich-Spielchen seiner Kollegen kein Interesse zu haben, obwohl er ein ausgesprochen attraktiver, charmanter Mann war und nur mit dem Finger hätte schnippen müssen.

Auch von Charlie Reichenberger war bezüglich Affären, One-night-Stands, Bordellbesuchen et cetera nichts bekannt. Keiner von uns wußte, ob er verliebt, verlobt, verheiratet, verwitwet, geschieden oder sonst irgendwas war. Wenn er allerdings alle Frauen so kratzbürstig behandelte wie mich, dann konnte es um Charlie Reichenbergers Liebesleben nicht allzu rosig bestellt sein.

Wie gesagt, ich war kein Streifenhörnchen. Statt mit Streifen hielt ich es lieber mit Sternen. Genauer gesagt: Meine bevorzugten Opfer waren die Direktoren der Vier- und Fünf-Sterne-Hotels, in denen wir auf unseren Stopps untergebracht waren. Sie waren in meinen Augen die wahren Kosmopoliten. Fast jeder Hoteldirektor, den ich kannte, hatte die aufregendsten Karrierestationen hinter sich, die sich wie Lufthansa-Flugpläne lasen: New York–Hongkong–Sydney–Kairo–Hamburg–Los Angeles–Kapstadt...

Unabhängig davon zog ich vor der Begabung, ein großes Hotel zu leiten, bedingungslos den Hut. Eine Leistung, die ich weit mehr bewunderte als das Steuern eines Flugzeugs. So einen Vogel vom Boden wegzubringen und wieder aufzusetzen war ja nun wirklich nichts Weltbewegendes. Das meiste übernahm der Computer. Es war mir schleierhaft, weshalb um den Pilotenberuf immer so ein Tamtam gemacht wurde. Aber ein Hotel in Schwung zu halten, Dutzende von Angestellten jeden Tag aufs neue zu motivieren und den Gästen mit weltmännischem Charme gegenüberzutreten – dazu brauchte man eine gewaltige Portion Souveränität und natürlich Autorität, vor der ich in die Knie ging. Ich schaffte ja nicht einmal, mir bei unserer litauischen Zugehfrau Marta, die alle vierzehn Tage für das Gröbste kam, Respekt zu verschaffen.

Ein wahres Musterexemplar seiner Zunft war Tony, General Manager des «Paradise Blue Resort» auf Jamaika, wo unsere Crew bei den Wochenstopps immer untergebracht war. Tony, ein in Genf aufgewachsener Südafrikaner, war haargenau mein Typ, mit der unwiderstehlichen Mischung aus Sportlichkeit, Jungenhaftigkeit, Esprit und Humor. Gefunkt hatte es vor drei Jahren. Tony hatte die gesamte Crew eines Nachmittags auf seine Segelyacht zu einem kleinen Inseltörn eingeladen. Während die Steelband «Island in the sun» spielte, sahen wir uns zum erstenmal tief in die Augen, und bei «Shame and scandal in the family» berührten sich unsere Fingerspitzen.

Unserem erotischen Tatendrang stand Tonys Ehefrau Suzie ganz entschieden im Wege. Offenbar hatte sie von den Pfeilen, die zwischen mir und ihrem Ehemann hin- und herschossen, Wind bekommen und ließ uns prophylaktisch keine Minute mehr aus den Augen. Frauen haben da ja ganz sensible Antennen. Diese Antennen waren aber auch das einzige, was für Suzie sprach. Sonst war sie eine aufgetakelte, bis hinters Zahnfleisch geliftete Wasserstoffblondine aus Texas. Woraus ihr draller Busen bestand, konnte jeder auf den ersten Blick sehen. Und so ergab es sich eines Tages, daß Tony – wohl auf der Flucht vor Suzies Mörderglocken – an meinem anmutigen Naturbusen landete. Suzie und ihre gelifteten Argusaugen konnten lediglich verzögern, aber nicht verhindern. Kaum war ich aus Jamaika zurück, klingelte auch schon das Telefon mit einem sehnsuchtserfüllten Tony am anderen Ende der Leitung. Er denke nur noch «daran», und wir müßten uns dringend auf neutralem Boden sehen. Bald. Ganz bald. Mir sollte es recht sein.

Zwei Wochen später saß ich in der Maschine nach New York. Ein livrierter Chauffeur nahm mich am JFK-Airport in Empfang und brachte mich in einer cremefarbenen Limousine nach Manhattan zum «Four Seasons Hotel» in der 57. Straße zwischen Park und Madison Avenue, dem höchsten und meiner Meinung nach besten Hotel der Stadt. Alle Achtung. Für unser erstes Rendezvous hatte sich Tony nicht lumpen lassen. Mein Herz hämmerte laut, als der Aufzug nach oben sauste und mich Sekunden später im 49. Stock ausspuckte. Dann drückte ich den Klingelknopf vor der Suite 4902.

Tony im weißen Bademantel öffnete die Tür und begrub mich sofort in flauschiges Frottee. Bevor wir uns an die längst überfällige Vereinigung machten, führte mir Tony stolz die Stadt unter uns vor, als sei er der liebe Gott, der am achten Tag seiner Schaffensperiode auf seine gelungene Kreation blicke.

Der Anblick der steil in den Himmel ragenden Megawolkenkratzer inspirierte uns ungemein. Wir wählten nur Stellungen, die uns beiden einen steten Blickkontakt zur nächtlichen Skyline erlaubten. Und sogar – oder gerade – in Momenten höchster Ekstase starrten wir wie gebannt auf das Lichtermeer Manhattans. New York war nur der Beginn eines wunderbaren Verhältnisses, das wir mit aufregenden, heimlichen Treffs in aller Welt am Leben erhielten und das bisher noch keine nennenswerten Abnützungserscheinungen zeigte.

Der andere Hoteldirektor war Álex. Seine Frau hieß Catherine.

3

Das Klingeln des Telefons holte mich aus dem Tiefschlaf. Der Wecker neben dem Bett zeigte zehn nach sieben. Morgens oder abends? Es kostete mich ungeheure Mühe, den Arm zum schnurlosen Telefonhörer zu führen, der neben meinem Bett lag.

«Hallo?»

«Oooch, mein Mäuschen, hab ich dich geweckt», stellte der Anrufer am anderen Ende der Leitung mit gespielter Erschütterung fest.

Es dauerte ein paar Sekunden, bis ich mich halbwegs gefangen hatte. Langsam erinnerte ich mich: Um vier Uhr nachmittags hatte ich mich für ein paar Minuten aufs Ohr legen wollen. Offenbar war ich, unmittelbar nachdem ich mich in die Horizontale begeben hatte, in eine tiefe Ohnmacht gefallen.

«Alex, bist du das?»

«Aber ja, meine Süße», kam es überschwenglich zurück. «Ich bin gar nicht weit weg von dir, in Stuttgart. Hat dir das deine Kollegin nicht ausgerichtet?»

Ach richtig. Tina hatte ja von Alex' Anruf und von einer Weinmesse in Stuttgart erzählt.

«Entschuldige, ich bin noch etwas benommen. Wie sieht's aus, sehen wir uns? Ich hab ein paar Tage frei.»

«Ach, mein Mäuschen, deshalb ruf ich dich an. Ich hätte dich so gern gesehen, aber es ist was ganz Dummes dazwischengekommen. Ich sollte eigentlich erst am Sonntag in Bali zurück sein. Aber mein Sales Manager hatte einen Motorradunfall und liegt jetzt im Krankenhaus. Es ist nichts Schlimmes. Gehirnerschütterung, Schürfungen, Prellungen und so. Aber er ist eben für ein paar Tage außer Gefecht. Da muß ich morgen schon wieder zurück, sonst fliegt mein Laden in die Luft. Leider.»

Alex legte eine Schweigepause ein. Mir wollte zu dem fernöstlichen Malheur nichts einfallen.

Alex holte tief Luft: «Was habe ich mich auf dich gefreut. Wir zwei haben aber auch ein Pech, was, mein Mäuschen?»

Ich gab ihm kurz angebunden recht. Ja, wir hatten Pech oder wie man diese erotische Verhinderungsserie auch immer bezeichnen mochte. Komisch, Alex kam neuerdings immer was dazwischen, wenn es um unsere Verabredung ging. Mal ging mit einer Lebensmittellieferung was schief, mal ging es an der Rezeption um Leben und Tod, mal kam eine Umstellung des Computersystems in die Quere.

Früher hätte ein Taifun sein Hotel in tausend Teile zerlegen können – unsere Treffen waren ihm heilig. Mit der Heiligkeit war es mittlerweile aber nicht mehr allzuweit her. Als Verhinderungsgrund mußte neuerdings selbst Alex' Ehefrau immer öfter herhalten, auf die er zu Beginn unseres Verhältnisses herzlich wenig Rücksicht genommen hatte.

Immer wieder machte er mir mit einem Urlaub zu zweit auf seiner Segelyacht («Nur wir beide und das Meer, meine Süße») die Zähne lang. Inzwischen hatte die halbe Holiday-Airways-Crew schon tolle Tage auf der Yacht verbracht, nur ich nicht. Langsam dämmerte mir, daß mich Alex nur hinhalten wollte. Mit welchem Ziel war mir schleierhaft. Nichts wäre für ihn einfacher, als die Sache zu beenden. Das ließe sich mit einem Gespräch ohne Zank und Zoff ruckzuck abwickeln. Aber er hielt das lauwarme Süppchen weiter auf Zimmertemperatur. Und ich hatte auch nicht den nötigen Drive, unter unser schlapp dahinwaberndes Verhältnis einen Schlußstrich zu ziehen.

«Tja, da kann man nichts machen. Wenn du zurückmußt, mußt du eben zurück», merkte ich abgetörnt an. Was für ein helles Köpfchen ich doch war!

«Mäuschen, ich hab eine prima Idee», wurde Alex noch einmal

munter. «Ich hab in nächster Zeit öfter mal geschäftlich in Singapur zu tun. Unsere Hotelgruppe verhandelt gerade wegen der Übernahme des ‹Grand Hotel Royal›. Wir könnten uns dort treffen, und dann fahren wir mit dem Eastern & Oriental Express von Singapur nach Bangkok. Davon hast du bestimmt schon gehört, oder? Luxus total. Ach, Mäuschen, das wäre ein Ding. Nur wir zwei. Was hältst du davon?»

Ich mußte gähnen. Nicht nur, weil ich gegenüber Alex' inflationär vorgetragenen Rendezvous-Vorschlägen mittlerweile etwas abgestumpft, sondern auch weil ich hundemüde war. Außerdem brauchte ich jetzt ein Butterbrot. Ich hatte Hunger. Auf die Delikatessen in diesem Dingsbums-Express würde ich nicht warten können.

Ich teilte Alex knapp mit, daß ich mir das mit Singapur überlegen würde, wünschte ihm noch einen guten Heimflug nach Bali und legte auf. Gleich darauf bereute ich, daß ich ihm nicht gesagt hatte, seinen blöden Luxuszug könne er sich sonstwohin schieben. Warum ließ ich mich von diesem Typ nur so herumschubsen? So ein toller Heuler war er nun auch wieder nicht. Okay, im Bett war er klasse. Aber auch in diesem Punkt machten sich angesichts dahinschwindender Verliebtheit gewisse Abnützungserscheinungen bemerkbar. Mir wollte partout kein weiterer Vorzug einfallen, der meinen Langmut in bezug auf Alex' lahmarschiges Benehmen gerechtfertigt hätte. Die Nachteile fielen mir dagegen dutzendweise aus dem Ärmel.

Das Gespräch hatte mich so schlapp gemacht, daß ich beschloß, die Analyse der Beziehung zwischen Alex und mir zu vertagen. Zur Müdigkeit und dem Appetit auf ein Butterbrot gesellte sich nun auch noch die schlechte Laune. Ächzend stieg ich aus dem Bett. Nur zu gern hätte ich noch eine Runde geschlafen. Aber dann würde ich mich an die Zeitverschiebung überhaupt nicht gewöhnen.

Leute, die mit der Fliegerei nichts zu tun haben, meinen ja immer, wir Airliner gewöhnten uns an diese ständigen Zeitverschiebungen. Pustekuchen. Es war jedesmal erneut eine Vergewaltigung der inneren Uhr. Viele meiner Kollegen behalfen sich mit Schlafmitteln oder irgendwelchen Jetlag-Pillen aus Amerika. Ich griff darauf nur im Notfall zurück, weil ich mich nicht von der Pharmazie versklaven lassen wollte. Schlimm genug, daß ich jeden zweiten Tag Leinsamen in mich hineinschaufelte, um gegen meine Verdauungsprobleme anzukämpfen. Ein Leiden, von dem die meisten meiner Kollegen betroffen waren. Nein, besonders gesundheitsfördernd war die Fliegerei ganz bestimmt nicht. Wie sollte sie auch, bei den ständigen Zeit- und Klimawechseln? Von den Problemen mit trockener Haut ganz zu schweigen, die uns die klimatisierte Kabinenluft bescherte.

Mistkerl, dachte ich unter der Dusche. War ohnehin besser, daß Alex nicht kam. Dann hatte ich meine Ruhe und kam endlich dazu, die Post wegzuarbeiten. Außerdem mußte ich mir noch dringend passende Schuhe zu meinem taubenblauen Trachtenkleid kaufen. Nächsten Samstag war Andy Zangenmeisters Hochzeit. Kleiderordnung: rustikal.

4

Tina stand verzückt vor dem großen Flurspiegel. Süß sah sie aus in ihrem rot-beigen Dirndl. Ihr stand aber auch wirklich alles. Die Hände in die Hüfte gestemmt, wiegte sie sich hin und her.

«Ach, was seh ich heute wieder umwerfend aus», brachte sie in ihrer bescheidenen Art die Tatsachen auf den Punkt. «Der Andy wird *mich* heiraten wollen, wenn er mich so sieht.»

Ich musterte sie kritisch: «Bist du sicher, daß der auf den Typ Maria Hellwig steht?»

Sie warf mir einen spöttischen Blick zu: «Auf jeden Fall steht er auf den Typ Tina Engelmann, egal, was sie anhat.» Und mit schelmischem Grinsen raunte sie: «Vor allem, wenn sie nichts anhat.»

Ich seufzte nur. Hochmut kommt bekanntlich vor dem Fall.

Über meinen taubenblauen Traum aus Leinen-Seide-Gemisch, der mich achthundert Mark gekostet hatte, verlor sie natürlich kein Wort. Egal. Heute würden sowieso nur Andy Zangenmeister und seine Braut die Hauptrolle spielen.

Was waren wir gespannt auf die Frau, der es offenbar gelungen war, dieses umtriebige Schlitzohr an die Leine zu legen. Andy hatte so ungefähr alles flachgelegt, was am Flughafen einen Rock anhatte. Daß ich in seiner Sammlung fehlte, hatte keine tiefergehenden Gründe, sondern lag lediglich an den jeweiligen «ungünstigen» Umständen. Bei den drei gemeinsamen Wochenstopps war immer einer von uns gerade anderweitig engagiert: Auf Jamaika, wo mir Andy auf dem Hinflug ziemlich eindeutige Avancen machte, kam ihm Tony ins Gehege, das nächste Mal auf Ko Samui hatte Andy eine Mickymaus von der

Crewplanung mit dabei, und während der fünf Tage in Miami zog ich es aus überlebenstechnischen Gründen vor, Andys Gebaggere zu ignorieren. Denn kurz davor war ihm Tina ins Netz gegangen. Obwohl Tina in einem fort behauptete, sie sei üüüberhaupt nicht in Andy verknallt, hätte ich mir bei einem auch noch so unverbindlichen Techtelmechtel mit Andy einen Satz ausgekratzter Augen eingehandelt. Tina war wild überzeugt, daß der kleine amouröse Zwischenfall bei Andy einen lange anhaltenden Eindruck hinterlassen haben *mußte* und sie sich bis ans Ende seiner Tage einen besonderen Platz in seinem Herzen gesichert hatte – wenn der Platz in seinem Bett auch schon bald nicht mehr für sie frei war.

Doch Schwamm drüber. In wenigen Minuten sollte Andy Zangenmeisters Lotterleben Vergangenheit sein. Diesen Bären würde er zumindest dem Pfarrer aufbinden. Über die Auserwählte wußten wir nicht viel, um so größer war unsere Neugier. Zuverlässigen Quellen zufolge sah sie sehr gut aus, stammte aus einer vermögenden Familie aus der Gegend um Bremen und war Zahnärztin von Beruf. Andy hatte sie vor einem Dreivierteljahr kennengelernt, als sie mit einer Freundin auf dem Urlaubsflug nach Rhodos das Cockpit besichtigte. Liebe auf den ersten Blick. Ob sie wußte, welchem Filou sie gleich den Ring an den Finger stecken würde?

Die Braut war wirklich sehr hübsch. Groß, schlank, blond. Von den Verwandten des Brautpaares abgesehen, waren fast nur Flieger da. Einige von ihnen waren in ihrem Rustikal-Outfit kaum wiederzuerkennen. Andys Trauzeuge war Charlie Reichenberger. Die Lederbundhose und das weiße Trachtenhemd standen ihm wirklich gut. Während so manch andere aussahen, als hätten sie sich für einen Maskenball mit Motto «Musikantenstadl» zurechtgemacht, trug Charlie seine Tracht mit größter Selbstverständlichkeit.

Tina wummte ihm zur Begrüßung mit der flachen Hand auf

den Rücken, daß er unfreiwillig einen Satz nach vorne machte. «Hi Charlie, wußte gar nicht, daß du so einen knackigen Hintern hast. Der kommt in der Krachledernen zehnmal besser raus als in deiner schlabbrigen Diensthose.»

Charlie umarmte Tina erfreut, drückte sie von sich weg und musterte sie voller Wohlwollen. «Aber hallo, du im Dirndl, auch nicht schlecht. Nur ein bißchen mehr Holz vor der Hütte könnte nichts schaden», befand er in Anspielung auf Tinas spärliche Oberweite.

Zu mir fiel ihm erwartungsgemäß nicht viel ein. «Hallo Katherina», begrüßte er mich wenig euphorisch.

Mein tolles Kleid schien auch ihm keine Erwähnung wert, ebensowenig wie das Holz vor *meiner* Hütte.

«Hallo Charlie», erwiderte ich lasch.

Charlie Reichenberger und ich – ein Kapitel für sich. Ein durch und durch unerfreuliches Kapitel. Von Anfang an war zwischen uns der Wurm drin. Die Chemie zwischen uns stimmte einfach nicht. Meine chemische Reaktion auf Charlie zeichnete sich hauptsächlich dadurch aus, daß ich mit satter Regelmäßigkeit in die umstehenden Fettnäpfchen trampelte. Und diese Fettnäpfchen pflegten wie Pilze aus dem Boden zu schießen, sobald Charlie auf der Bildfläche auftauchte. Für jeden kleinen Fehler strafte er mich mit Spott und Verachtung. Und gerade weil ich mich so sehr davor fürchtete, unterliefen mir bei ihm, und nur bei ihm, die dümmsten Flüchtigkeitsfehler. Wie neulich, als ich auf dem Flug nach Djerba zehn Essen zuwenig bestellt hatte. Unter den leer ausgegangenen Passagieren war es zu tumultartigen Szenen gekommen. Erst als Charlie persönlich als Schlichter aufkreuzte und den hungrigen Opfern ein Geschenk nach Wahl aus dem Duty-free-Sortiment versprach, kehrte wieder Frieden in die enge Kabine ein. Mit einem stinksauren «Zu blöd zum Zählen» nahm er nach Beilegung der Unruhen seine Arbeit vorn im Cockpit wieder auf.

Schon auf meinem allerersten Flug mit ihm erlebte ich ein Fiasko. Es war (und ist) so etwas wie ein Ritual in Fliegerkreisen, daß Stewards und Stewardessen auf ihrem Jungfernflug von den Kollegen übel geleimt werden. Von dieser fiesen Gepflogenheit hatte ich auf meinem ersten Flug von Düsseldorf nach Málaga nicht die geringste Ahnung.

Die Kabinenchefin Regine überraschte mich kurz nach dem Start mit der Mitteilung, ich sei zum Toilettendienst eingeteilt. Ich stutzte: Toilettendienst? Nie gehört. Aber Regine fuhr unbeirrt mit ihrer Einweisung fort. Nach jeder fünfzehnten Toilettenbenutzung müsse das Abwasser vom Zwischentank in den Hauptwassertank geleitet werden. Dazu müsse ich einen bestimmten Hebel betätigen, der sich vorne im Cockpit befände. Völlig perplex hörte ich mir die Toiletten-Bedienungsanleitung an. Dieses Kapitel mußte mir bei der Ausbildung glatt durch die Lappen gegangen sein. Wie peinlich.

Am allermerkwürdigsten fand ich, daß dieser Hebel gleich neben dem Platz des Kapitäns angebracht war. Dort hatte ein alberner Toilettenspülhebel nun wirklich nichts verloren. Welch saublöde Idee der Flugzeugkonstrukteure! Na gut, jetzt war nicht der richtige Zeitpunkt, flugzeugbautechnische Kritik anzubringen. Also tat ich wie mir befohlen.

Ich verrichtete meinen Toilettendienst mit großer Akribie und Konzentration. Nach jeder fünfzehnten Toilettenbenutzung – zwei hin oder her machte nichts, gab sich Regine großzügig – ließ ich alles stehen und liegen und stürmte vor ins Cockpit, um den Hebel zu ziehen. Die beiden Piloten lobten meine schnelle Auffassungsgabe und machten mich mit einem aufmunternden «Ganz prima machen Sie das» stolz wie Oskar.

Zweieinhalb Stunden nach der Landung in Málaga ging es auch schon wieder heim. Aus irgendeinem Grund, an den ich mich heute nicht mehr erinnern kann, wurde das Cockpit-Team für den Rückflug ausgewechselt. Als die erste Zwischenspülung fällig war, sah ich Charlie Reichenberger, damals noch Copilot, zum ersten Mal. Nie in meinem Leben vergesse ich den fassungslosen Ausdruck in seinem Gesicht, als meine Hand den «Spülungshebel» umschloß und kräftig nach oben zog.

«Wa-wa-was in Dreiteufelsnamen machen Sie da?» stammelte er. Der Kapitän neben ihm starrte mich nur mit offenem Mund an.

Ich erläuterte ihm geschäftig, daß ich hier meinen Toilettendienst zu verrichten hätte, und fügte schnippisch hinzu, er könne die Zwischenspülung beim nächsten Mal gern selbst übernehmen. Dieser ungehobelte Tölpel. Kannte nicht die einfachsten Instrumente in seinem Cockpit. Die beiden Männer wechselten einige Sekunden lang die merkwürdigsten Blicke. Dann brachen sie mit lautem Gepruste über ihren Instrumenten zusammen.

Charlie Reichenberger riß sich schließlich am Riemen und sah mich an, als wolle er mir im nächsten Moment den Kopf abbeißen. Mit einem «Sehen Sie zu, daß Sie schleunigst hier rauskommen. Und wehe, Sie fassen meine Speed brake noch ein einziges Mal an, dann nagle ich Sie persönlich an die Tragflächen!» scheuchte er mich raus. Dann prustete er weiter.

Völlig verdattert wankte ich hinaus. War mit dem Spülungshebel vielleicht doch etwas faul? Mir war die Sache ja von vornherein nicht ganz geheuer gewesen. Ich hoffte auf ein klärendes Wort meiner Kollegen. Die lagen mittlerweile vor Lachen in der vorderen Galley halb auf dem Boden. Mir war klar, daß nur ich der Grund für die große Erheiterung sein konnte. Regine nahm mich in die Arme.

«Gratulation zur bestandenen Feuertaufe. Das mit der Zwischenspülung war natürlich eine Verarsche, wie du inzwischen bemerkt haben dürftest. Doch tröste dich, eine solche Nummer bleibt keinem von uns erspart. Aber jetzt gehörst du wirklich zu uns.»

Dann hielt sie mir ein Glas Maracujasaft hin und stieß mit mir an. «Willkommen im Team, Katie!»

«Nach der Nummer hätte ich aber schon einen Champagner verdient.»

«Sorry, kein Alk im Dienst.»

Meine Empörung war verflogen, nur das mit dem Hebel kapierte ich immer noch nicht. «Der Copilot hat eben zu mir gesagt, ich soll meine Finger von der – wie sagte er doch gleich wieder – Speed brake wegnehmen ... Was hat er damit gemeint?»

Kollege Frederik klärte mich auf: Diese Speed brake benütze der Pilot, wenn er in der Luft plötzlich Geschwindigkeit wegnehmen müsse. Sie würde auf jedem Flug regelmäßig eingesetzt. «Diesmal besonders oft», fügte er verschämt hinzu.

Mir fiel der Unterkiefer nach unten. «Heißt das, ich habe jedesmal beim Zwischenspülen eine Vollbremsung hingelegt?»

Frederik zuckte bedauernd die Schultern. «Na ja, so ungefähr. Wenn man die Speed brake zieht, gibt das schon einen spürbaren Ruck. Aber das hast du in deinem Spüleifer wahrscheinlich nicht gemerkt.»

Ich konnte nur noch fassungslos den Kopf schütteln. Diese Gauner! Doch eine Sache war immer noch nicht geklärt.

«Aber warum haben die Piloten auf dem Hinflug nichts gesagt?»

Regine bestätigte meine Vermutung: Die beiden waren eingeweiht, das Team auf dem Rückflug dagegen nicht.

Ich stemmte die Hände in die Hüfte. «Ihr abscheulichen Ungeheuer. Dafür werdet ihr in der Hölle schmoren müssen.»

Nur wenige Monate später war ich es, die eine neue Kollegin verladen mußte. Ihr Name war Tina Engelmann. Dieser schäbige Job war per Losentscheid an mich gefallen. Meine eigene Toilettenblamage noch in den Knochen, tat ich meine Pflicht mit größtem Widerwillen – und Mitgefühl für die Neue. Beim Einchecken in das Crewhotel auf Madeira machte ich Tina weis, mit diesem Hotel hätte unsere Airline besonders günstige Konditionen ausgehandelt. Als Entgegenkommen für die sensationellen Übernachtungsraten müßten wir unser Bettzeug selbst abziehen und vor der Abreise unten an der Rezeption abgeben. So stand Tina folgsam am nächsten Morgen beim Auschecken in der Warteschlange, das zusammengefaltete Bettzeug auf dem Arm. Die Kollegen und ich lauerten kichernd hinter einem Mauervorsprung. Die junge Dame am Empfang staunte Bauklötze, als ihr Tina den Wäschestapel über die Theke schob.

«Was ist das?»

«Ich bin Crewmember von Holiday Airways. Das hier ist meine Bettwäsche, die sollten wir doch selbst abziehen. Bitte schön. Laken, Bettüberzug, Kopfkissenüberzug.»

Die Hotelangestellte sah sich hilflos um, verschwand dann hinter einer Tür und ließ Tina mit ihrem Bettzeug allein. Kurz darauf erschien ein Mann in blauem Anzug, der Hotelmanager. Angesichts einer wild gestikulierenden Tina und der völlig ratlosen Miene des Managers bestand ich darauf, das grausame Spiel zu beenden. Diesmal war ich es, die einen armen Wurm in den Arm nahm und zur bestandenen Feuertaufe gratulierte.

«Daß du so ein Miststück bist, sieht man dir gar nicht an», meinte Tina. Ein paar Monate später zog sie bei mir ein.

«Gemeinsames Gloria» hieß das Lied, das wir nun anzustimmen hatten.

«Gott in der Höh sei Preis und Ehr, den Menschen Fried auf Erden. Allmächtiger Vater, höchster Herr, du sollst verherrlicht werden.» Unser heiliger Singsang klang fürchterlich eierig. Die Noten standen zwar dabei, doch konnten wir ungeübten Kirchensänger nur grob abschätzen, ob es nun mit der Stimme rauf oder runter ging.

Der junge, leicht schwäbelnde Pfarrer erwähnte immer wieder die Brautkerze, die sich bei ihm wie «Brautkotze» anhörte. Sprach von der großen Verantwortung, vom gegenseitigen Respektieren, von der tagtäglichen Achtung und von der Treue. Dieser Begriff rief jedesmal ein verhalten-heiteres Raunen der Anwesenden hervor. Andy Zangenmeister und Treue in einem Satz – das war wirklich zu komisch.

Die Braut ließ sich davon nicht beirren. Konzentriert lauschte sie den Worten des Pfarrers und warf ihrem Andy immer wieder stolze Besitzerblicke zu. Die ältere Dame, die in der zweiten Bankreihe saß und Rotz und Wasser heulte, war keineswegs die Mutter der Braut, sondern, wie Tina mir erläuterte, Andys langjährige Putzfrau. Nun, um ihren Zugehplatz würde sie sich keine Sorgen machen müssen. Die Braut erweckte nicht den Eindruck, als habe sie vor, eine Putzfrau um ihre Arbeit zu bringen.

Dann wurde es ernst. Die Brautleute erhoben sich, um die ultimativen Worte des Pfarrers nachzusprechen. Feierliche Stille legte sich über die Hochzeitsgesellschaft. In Andys wildentschlossenes «Ja, ich will» bimmelte plötzlich ein Handy aus einer der mittleren Bankreihen hinein. Und als unser Kollege Benny, der hinter mir stand, den Ringwechsel auch noch mit «Und hier ist Ihr Herzblatt» kommentierte, war's vorbei mit der Contenance. Tina und ich hatten erhebliche Mühe, unsere Lachanfälle halbwegs in Schach zu halten. Mir rann der Schweiß über den Rücken, so viel Anstrengung kostete mich die Selbstbeherrschung. Tina versuchte ihr Wiehern in einem Taschentuch zu ersticken. Auch Charlie Reichenberger grinste sich einen. Für einen kurzen Moment flackerte Sympathie für ihn auf. Doch ich rügte mich umgehend für diesen Anflug von Rührseligkeit. Daran war auch nur das gerade anzustimmende Kirchenlied schuld. «Was uns die Erde Gutes spendet, was unsrer Hände Fleiß vollbracht, was wir begonnen und vollendet, sei, Gott und Herr, zu dir gebracht.» Nein, nein, nein, Charlie Reichenberger war ein Fiesling, dessen Lebenselixier daraus bestand, mich zu drangsalieren.

Dann war die Trauungszeremonie zu Ende. Tina hakte sich beim Hinausgehen bei Charlie unter und betrachtete das schöne Brautpaar gerührt.

«Ach ich freue mich so für den Andy», wurde sie pathetisch. «Seht sie euch an, die beiden, das pure Glück …»

«Ja Tina, ist ja schon wieder gut», törnte sie Charlie ein bißchen ab.

Bevor Tina weiterschnulzte, hielt ich einen kleinen literarischen Einwurf für angebracht. «Glück ist das einzige, was sich verdoppelt, wenn man es teilt», sagte ich mit niveauvoll getragener Stimme, den Blick in philosophische Ferne gerichtet. «Das hat der Oscar Wilde wirklich schön formuliert.»

«Das war Albert Schweitzer», kam es trocken von Charlie. «Aber ich muß dir recht geben, Katharina, die Formulierung ist wirklich schön.»

Zu allem Überfluß kam jetzt auch noch Reni und legte ihren Arm um mich. Mit der Bemerkung «Na, Katie, hast du uns wieder einen Kartoffelsalat mitgebracht?» erntete sie viel Heiterkeit bei den umstehenden Kollegen.

«Halt den Mund, Reni», stöhnte ich.

Was mußte sie mich an Andys schönsten Tag an meinen peinlichen Auftritt vor gut einem Jahr erinnern? Reni hatte zur Grillparty geladen, ich steuerte einen Kartoffelsalat bei. Schon auf der Hinfahrt wunderte ich mich, daß mich entgegenkommende Autofahrer pausenlos anblinkten oder wild herumgestikulierten. Vor Renis Haus angekommen, wurde ich mit großem Gejohle von Reni und einigen ebenfalls gerade eingetroffenen Gästen empfangen: Die Plastikschüssel mit dem Kartoffelsalat stand auf dem Autodach. Irgendwie hatte sie sich da oben festgesogen, sonst wäre sie ja schon in der ersten Kurve weggeflogen.

Die Hochzeitsfeier hatte es in sich. Der Gasthof «Unterrainer» war eine alte urbayerische Wirtschaft mit Holzboden, Holzwänden und dunklen Holzbalken an der Decke. Das Gastwirtehepaar, langjährige Bekannte von Andy Zangenmeisters Eltern, hatten ihr Etablissement mit prächtigen Blumenarrangements festlich dekoriert. Während Champagner sowie Lachs- und Kaviarhäppchen gereicht wurden, sorgte ein Zitherspieler für musikalische Unterhaltung. In diesem rustikalen Rahmen machte sich das thailändische Menü gleich doppelt exotisch. Suppe mit Glasnudeln und Zitronengras, fritierte Riesengarnelen und Frühlingsröllchen, drei Hauptgerichte zur Auswahl – Fisch, Ente und Rindfleisch – mit Reis und knackigem Gemüse. Noch bevor zum Dessert karamelisierte Banane mit Vanilleeis gereicht wurde, begann mein Trachtenkleid in der Leibesmitte zu zwicken.

«Kennt ihr den», platzte mein Kollege und Tischnachbar Benny in das Besteckgeklapper. «Ein Bauer kauft sich ein Handy …»

«Ach je, der uralte Puffwitz», unterbrach ihn Charlie Reichenberger, der mir schräg gegenüber saß.

«Jetzt laß ihn doch erzählen, ich kenne den Witz noch nicht», herrschte ich Charlie an. Der warf mir nur einen verächtlichen Blick zu. Blöder Kerl.

«Also, der Bauer geht mit seinem neuen Handy in ein Puff. Da klingelt das Handy, seine Frau ist dran. Meint der Bauer zu ihr: ‹Hey, woher weißt du, daß ich im Puff bin?›»

Wir wieherten los, auch wenn ich sicher – außer Charlie – nicht die einzige war, die den Witz schon kannte. Charlie verzog gnädig den Mund zu einem Grinsen. Dieser blöde Kerl mit seiner überheblichen Art. Warum saß er ausgerechnet an meinem Tisch? Wenn ich nur gewußt hätte, warum ich in seiner Gegenwart immer so befangen war und es mir nicht gelingen wollte, ihn einfach zu ignorieren. Irgendwie fühlte ich mich immer von ihm beobachtet, obwohl er mich eigentlich nie ansah. Einfach ärgerlich, daß es mit meiner Spontaneität in Charlies Gegenwart immer den Bach hinunterging. Kurzum: Charlie Reichenberger war der einzige Störfaktor auf dieser rundum gelungenen Hochzeitsfeier.

Nach dem Dinner zog der Zitherspieler ab und machte einer Rock-'n'-Roll-Band Platz, die der Hochzeitsgesellschaft gewaltig einheizte. Bei «Sweet little sixteen» zog mich Andy auf die Tanzfläche. «Die sechzehn Lenze hast du ja schon knapp überschritten», raunte er mir ins Ohr, «aber immer noch sehr knackig unterwegs.»

Ich verpaßte ihm einen leichten Klaps auf den Hinterkopf. «Bring du erst mal deine Hochzeitsnacht hinter dich, du Filou!»

Andy lachte und zwinkerte mir zu: «Man wird doch wohl noch bei einer lieben Kollegin nach dem Rechten sehen dürfen. Hochzeitsnacht hin oder her.»

Ich schüttelte seufzend den Kopf. Dieser unverbesserliche Casanova. Mit einem Charme, der für zehn reichte.

Tina hatte Charlie zu ihrem festen Tanzpartner erkoren. Wenn die beiden losrockten, sah man nur noch ein rot-beiges Dirndl durch die Luft fliegen. Für Charlie war die fünfundvierzig Kilo leichte und einhundertsechzig Zentimeter kleine Tina wie ein Jonglierball.

Während mir der nicht mehr ganz nüchterne Benny von einem neuen Nightclub in New York vorschwärmte, hauchte mir jemand einen Kuß auf die rechte Gesichtshälfte.

«Hi, Katie. Ich wollte dir schon den ganzen Abend sagen, daß du heute wirklich super aussiehst. Strahlend schön. Ich sag schon die ganze Zeit zu Peter: Die Katie ist eine richtige Schönheit.»

Es war Harry Deckert. In der Rechten eine Zigarette, in der Linken ein Weinglas. Ich hatte immer noch keinen Hinweis darauf, ob ich im Kollegenkreis bezüglich des Sex-Talks auf dem Rückflug von Phuket mittlerweile als heiße Kandidatin gehandelt wurde oder nicht. Und ob Harry, der sicher mehrfach auf den technischen Fauxpas mit der Sprechanlage angesprochen worden war, schon Details ausgepackt hatte – oder Peter Lechthaler, Harrys Dialogpartner auf dem Phuket-Flug und Tischnachbar bei der Traumhochzeit.

Ich hob mein Weinglas. «Prost Harry, spülen wir's runter.» Harry, der von meinen bangen Gedanken offenbar nichts ahnte und anscheinend keinen blassen Schimmer hatte, was er runterspülen sollte, guckte ein wenig verdutzt drein, konnte sich dann aber doch schnell mit meinem Vorschlag anfreunden.

»Ja, Katie, runter damit. Prost.»

Ein ziemlich bedudelter Benny kam mit einem neuen Weißweinglas angetorkelt. Er stellte es auf dem Tisch ab und legte seine Arme um meine und Harrys Schulter. «Na ihr beiden», trompetete er munter drauflos, «darf man eigentlich schon zur Verlobung gratulieren?»

Ohne mich zu vergewissern, wer von den Anwesenden auf die Antwort lauerte, zischte ich Benny ins Ohr: «Du hältst jetzt besser das Maul, sonst gibt's hier gleich ein Brautopfer. Und zwar ein blutiges!»

5

In meinem nächsten Leben werde ich Sennerin auf einer Alm. Möglichst auf einer Alm im Hindukusch, wo ich jahrein, jahraus keiner Menschenseele begegne. Ein paar Hindukusch-Kühe, die würde ich hüten. Aber das wäre in Sachen Lebewesen schon das einzige Zugeständnis. Auf jeden Fall müßte hundertprozentig gewährleistet sein, daß keine Passagiere den Weg zu meiner Alm finden würden. Kein einziger. Mein Gott, was haben sie mich heute genervt! Daß der Flug nach Palma de Mallorca nur zwei Stunden dauerte, war der einzige positive Aspekt. Keine Minute länger hätte ich es mit diesen Unholden ausgehalten, die hier unter dem seriösen Namen «Passagiere» liefen.

«Machen Sie mir doch das Alete-Gläschen noch mal warm.»

«Hey Sie, bringen Sie mir mal was Ordentliches zum Lesen.»

«Meine Frau hat Nasenbluten. Schaun Sie doch mal nach, was man da machen kann. Ihre Erste-Hilfe-Ausbildung haben Sie ja hoffentlich nicht in der Lotterie gewonnen.»

«Den Fraß könnense gleich wieder mitnehmen.»

«Meine Miriam hat auf den Sitz gespuckt. Können Sie das gleich wegwischen, das stinkt bestialisch.»

Kein bitte, kein danke. Daß mir eine so ungehobelte Gästeschar ausgerechnet heute unterkommen mußte, wo mir vom vielen Hochzeitswein von vorgestern immer noch der Schädel brummte! Das ständige Gemeckere kam mir doppelt so laut, viermal so schrill und zehnmal so aggressiv vor wie sonst. Am liebsten hätte ich sie alle in einen Sack gestopft und über dem Mittelmeer abgeworfen. Alle bis auf einen. Den netten Mann auf 28C hätte ich verschont. Der einzige Lichtblick in dieser Urlaubermeute. Er hatte mir vor dem Abflug geholfen, ein störrisches Gepäckfach zu schließen, das immer wieder aufsprang. Und als mich ein Prolet unmittelbar nach dem Start anmotzte, weil ich ihn bezüglich eines Bieres auf später vertrösten mußte, kam er, der eine Sitzreihe vor dem Bierdümpfel saß, mir zu Hilfe. «Was meinen Sie, was hier los wäre, wenn jeder mit seinen Extrawürsten ankäme», wies er den Mann zurecht, der sich daraufhin eingeschnappt in sein Autojournal vertiefte. Hätte ich diese Bemerkung gemacht, hätte der verhinderte Bierdümpfel sofort nach dem Kapitän gekräht. Und der war Charlie Reichenberger. Meiner gequälten Miene entschlüpfte ein dankbares Lächeln. Wie nett, daß er den Knatsch beigelegt und einen erneuten Zwischenfall mit Charlie aus dem Weg geräumt hatte.

Eine Dreiviertelstunde später revanchierte ich mich bei meinem Retter für sein Entgegenkommen mit einem Schwapp Kaffee über sein blaues Boss-Hemd. Erschrocken hielt ich mir die Hand vor den Mund. «Gott, was bin ich für ein Tolpatsch. Ausgerechnet bei Ihnen … Es tut mir so leid», bedauerte ich, verärgert über mich selbst.

«Nicht so schlimm, kann jedem mal passieren», tröstete mich mein Lieblingspassagier, während wir synchron jeder mit einem nassen Tuch gegen die Flecken anrubbelten.

Als wir mit der Reinigung fertig waren, lehnte er sich entspannt zurück. «So, Frau Katharina (das konnte er an meinem Namensschild ablesen), jetzt gehen Sie bitte nach vorn ins Cockpit und sagen dem Kapitän, daß ich ihn auf der Stelle sprechen möchte.»

Ein Blitz durchzuckte mich. Panik wallte auf. Ich spürte, wie sich hektische Flecken auf meinem Hals ausbreiteten. Wieso in Dreiteufelsnamen wollte er auf einmal den Kapitän sprechen? Erst tat er so nett und verständnisvoll, und jetzt wollte er mich beim Kapitän persönlich in die Pfanne hauen. Wieder frische Munition für Charlie Reichenberger gegen seine Pannen-Stewardeß Katharina Paulus.

«Äh, ich fürchte, das geht jetzt nicht. Der hat zu tun», stammelte ich und bemühte mich händeringend um glaubhaften Nachdruck. «Ich kann ihm aber gerne etwas bestellen.» Na, ob er anbiß?

Der Passagier lehnte immer noch entspannt lächelnd in seinem Sitz. «Nun, so viel hat der da vorne auch wieder nicht zu tun, daß er nicht einmal auf einen Sprung nach hinten kommen könnte. Also, worauf warten Sie noch?»

Das Unwohlsein kroch meinen Nacken hoch. «Also es tut mir wirklich leid, aber ich kann da jetzt nicht...»

«O doch, das können Sie sehr wohl. Bestellen Sie ihm schöne Grüße von Plato.»

Wie? Was? Ein Verrückter? Ein Verwirrter? Ein Terrorist? Es gibt ja Leute, die halten sich für alles mögliche. Für Hitler, für Jesus, für Beckenbauer. Und der hier für Plato?

«Charlie Reichenberger ist ein alter Freund von mir.»

Ach sooo! Nach dieser Mitteilung atmete ich zuerst einmal erleichtert auf. Das war natürlich etwas anderes. Der wollte sich gar nicht über mich beschweren. Natürlich würde ich sofort Charlie Bescheid sagen.

Charlie war in der Tat freudig überrascht, als ich ihm den Gruß von Plato überbrachte. Er wechselte noch ein paar Worte mit Copilot Michael Reimers und verließ zusammen mit mir das Cockpit. Mein Gott, wie die Paxe immer in Ehrfurcht erstarrten, wenn der allmächtige Kapitän persönlich in die Kabine kam. Allen voran diejenigen, die mich noch Minuten zuvor angeraunzt hatten. Nun blickten sie mit festlichem Glanz in den Augen zu ihrem Käptn hoch.

Ich führte Charlie zu seinem Freund. Das war vielleicht ein Hallo, ein Gelächter, ein gegenseitiges Schulterklopfen. Die beiden schienen sich seit Kindertagen zu kennen und sehr lange nicht mehr gesehen zu haben. So überschwenglich hatte ich Charlie Reichenberger noch nie erlebt. Ich hoffte inständig, daß die beiden Wichtigeres zu besprechen hatten als das Zustandekommen der hellbraunen Flecken auf Platos Hemd.

«Katharina, bitte bring meinem Freund ein Glas Schampus und mir einen Kaffee.»

«Und mir noch ein Bier», meldete sich mein Proleten-Spezialfreund wieder aus der Versenkung zurück.

Eine kleine grauhaarige Frau folgte mir in die Galley. «Sie, Frollein, wird das Flugzeug von einem Autopiloten gesteuert, jetzt wo der Flugkapitän doch hinten bei den Passagieren sitzt?»

Die Frau war offensichtlich wirklich in Sorge, also versicherte ich ihr in aller Ausführlichkeit, daß im Cockpit der Copilot säße, der seine Sache ganz ausgezeichnet mache, so daß sich der Kapitän ruhig mal eine kleine Pause gönnen dürfe.

«Aber zur Landung geht er schon wieder nach vorne, oder?»

«Ich bin ganz sicher, aber wenn es Sie beruhigt, werde ich ihn vorsichtshalber noch mal dran erinnern.»

Dann servierte ich den Herren ihre Getränke. Plato schenkte seinen Veuve-Clicquot-Piccolo ins Glas und prostete mir zu. «Ich würde Ihnen ja gern einen Schluck anbieten, aber dann kriegen wir Ärger mit dem hier», lachte er und deutete mit dem Kinn auf Charlie.

Der zuckte nur gleichgültig mit den Schultern. «Ihr kannst du ruhig was zu trinken geben. Vielleicht macht der Alkohol ihre Hände ein wenig ruhiger, so daß sie die Getränke nicht dauernd meinen Passagieren drüberschüttet.»

Oje, Charlie war eindeutig auf der richtigen Spur.

«Bin ja gespannt, ob sie dich mit dem versifften Hemd ins ‹Arabella Hotel› überhaupt reinlassen», schmunzelte Charlie und zog mit dem Zeigefinger die Form des Kaffeeflecks nach. «Also wenn ihr mich fragt: Diese Kreation trägt eindeutig die Handschrift von Katharina Paulus. Stimmt's oder hab ich recht?»

Während Plato entspannt grinste, stieg mir das Blut in den Kopf. Mit einem eingeschnappten «Es hat dich aber keiner gefragt» versuchte ich meine Blamage zu überspielen. So ein Mist! Mit nahezu jeder Unbotmäßigkeit brachte mich Charlie Reichenberger in Verbindung. Und nahezu jedesmal lag er richtig.

Kurz vor der Landung in Palma kam Benny zu mir in die Galley. «Du, Katie, Pamela und ich wollen uns in Palma einen Wagen mieten und ein bißchen über die Insel fahren. Hast du Lust, kommst du mit?»

Das klang gut. Wir hatten bis zum Rückflug über sechs Stunden Zeit, und nichts war empfehlenswerter, als diesen neuen Riesenflughafen, auf dem in der Hochsaison pro Stunde bis zu vierzig Maschinen landen, schleunigst zu verlassen.

In einem dunkelblauen Seat verließen wir Palma Richtung Westen, hangelten uns von Andratx auf der traumhaft schönen Küstenstraße bis nach Deiá und weiter von Sóller bis Pollensa. Benny, der am Steuer saß, war ganz aus dem Häuschen. Nicht nur wegen der Aussicht auf die Küste, die sich hinter jeder Straßenwindung auftat, sondern wegen der vielen Prominenz, die er in unmittelbarer Nähe witterte. «Hier muß irgendwo die Finca von Michael Douglas sein», mutmaßte er nervös. «Und die Claudia Schiffer hat ja auch kürzlich hier gebaut. Und Boris Becker. Das stand neulich in dem SPIEGEL-Artikel über Mallorca.»

«Würdest du dich bitte auf die Straße konzentrieren», herrschte Pamela Benny an, der seinen Kopf pausenlos zum Fenster hinausstreckte, um Claudias Ruf ja nicht zu überhören.

Auf der Rückfahrt wollten wir ursprünglich noch einen Schlenker nach El Arenal ins berüchtigte «Ballermann 6» machen. Aber dann stellten wir übereinstimmend fest, daß wir heute schon genug sympathische Menschen gesehen hatten und beim Rückflug hundertprozentig einen ganzen Schwung neuer zu sehen bekämen. Nein, wenn sich die Typen das Bier eimerweise über den Kopf schütteten, mußten wir wirklich nicht dabeisein. Also bummelten wir durch Palma. Auf dem Weg zur Kathedrale flitzte mir ein kleiner grüner Lurch über den Weg. Er blieb kurz stehen, musterte uns und verschwand unter einer Hecke.

«Mein Gott, wie süß», schmolz Pamela dahin.

«Wart's nur ab, der wächst sich noch zu einem richtigen Dinosaurier aus», schmunzelte Benny.

Plötzlich fiel es mir siedendheiß ein. Wie angewurzelt blieb ich stehen. «Der Dino. Ich hab den Dino vergessen.»

«Häää?»

«Ich hab Henry einen Dinosaurier versprochen. Ich brauche unbedingt einen Dino.»

«Denkst du an den Dinosaurier?» äffte Pamela den kleinen Jungen aus der American-Express-Werbung nach.

«Sei still, Pam, ich hab ein Problem.»

Mein fünfjähriger Neffe Henry war der größte Dinosaurier-Fan unter dem Firmament. Auch wenn das Jurassic-Park-Fieber I und II längst abgeklungen war, ritt er unverdrossen weiter auf dieser Welle. Nachdem sein Vater es irgendwann satt hatte, nur noch als Brontosaurus durch die Wohnung zu wüten, und auch seine Mutter ihrer Rolle als rassiges Stegosaurus-Weibchen allmählich überdrüssig wurde, mußte ich als blutsverwandte Dino-Verbündete einspringen. Seit da an versorgte ich das Kind mit so überlebenswichtigen Dingen wie Dino-Puzzles, Dino-Tapeten, Dino-Zahnbürsten, einem Dino-Bettvorleger, Dino-Bettwäsche, einem kompletten Dino-Handtuchset, Dino-Pantoffeln, Schlafanzügen mit Dino-Muster (genau gesagt: drei, für den Fall, daß einer in der Wäsche und ein anderer gerade nicht auffindbar war). Mit der Dino-Bastel-Box aus Los Angeles landete ich einen Volltreffer. Allerdings nur bei Henry. Mein Schwager Stefan, der das Dino-Skelett aus 128 Einzelteilen zusammensetzen helfen durfte, zog angeblich erste juristische Erkundigungen, ob man sich von Schwägerinnen scheiden lassen kann, ein. Erst seit einigen Wochen sprach er wieder das Nötigste mit mir. Genau gesagt, stieß er Drohungen für den Fall aus, daß ich noch einmal irgendein Dino-Accessoire anschleppte.

Das Juwel in Henrys Sammlung war ein Dino-Kostüm, das ich in Singapur in der Orchard Road erstanden hatte. Kurz nach der Übergabe löste es einen schweren Familienkrach aus, weil sich

Henry für das bevorstehende Faschingsfest im Kindergarten unter dem Motto «Der Wilde Westen» partout kein Cowboy- oder Indianerkostüm aufschwatzen lassen wollte. Er wollte als Dino gehen, und von diesem Entschluß rückte er keinen Millimeter ab. Würdevoll mischte er sich als einziger Saurier unter all die Rothäute und Sheriffs – und zettelte damit einen Riesenaufstand im Kindergarten an, weil die anderen Kinder nun plötzlich auch keine Cowboys und Indianer mehr sein wollten. Die anwesenden Mütter, die beim Faschingsfest im Kindergarten mithalfen, regten sich wahnsinnig auf: Henry hätte sich als einziges Kind nicht an das Motto gehalten und mit seinem Ungeheuer-Outfit die niedliche Solidargemeinschaft gesprengt. Das Dino-Kostüm war dann auch Hauptpunkt auf der Tagesordnung des nächsten Elternsprechtags, bei dem sich mein Schwager Stefan von den Mutterfurien wüste Beschimpfungen gefallen lassen mußte. In den darauffolgenden Wochen machte ich einen Riesenbogen um das Haus meiner Schwester.

Kindergarteneklat hin oder her – aus Palma konnte ich auf gar keinen Fall ohne ein Dino-Zubehör zurückkommen, nachdem ich schon aus Thailand mit leeren Händen heimgekehrt war. Ich hatte Glück. In der Spielwarenabteilung des ziemlich heruntergekommenen Kaufhauses im Zentrum von Palma fand ich eine grüne Dino-Handpuppe aus Gummi. Die Verkäuferin stand dinomäßig voll neben der Kappe und wollte mir doch glatt weismachen, es handelte sich hierbei um ein Krokodil. Dabei konnte ein Blinder erkennen, daß es sich hier um einen Dinosaurier handelte, und zwar um Henrys Lieblings-Dino, den mit Reißzähnen bewaffneten Tyrannosaurus Rex. Seine Augen funkelten gelb. Henry würde begeistert sein.

Die Passagiere auf dem Rückflug waren erwartungsgemäß keinen Funken sympathischer als die auf dem Hinflug, nur deutlich brauner. Aber sonst – nur Gemeckere über die zu warme beziehungsweise zu kalte Kabinenluft, über die zu geringe Beinfreiheit, über einen kaputten Kopfhörer oder über die Zeitschriftenauswahl an Bord. Ein Mann wurde gleich pampig, als ich seine Frage, ob wir die Anglerzeitschrift «Blinker und Köder» im Sortiment hätten, verneinen mußte. Und dann war da noch dieses Kind, ein etwa vierjähriger Junge, der seit Betreten der Kabine unaufhörlich brüllte. Genauer gesagt begann er zu brüllen, als ich darauf bestehen mußte, daß ihm seine Mutter den Sicherheitsgurt anlegte. Doch genau das wollte das eigensinnige Balg um jeden Preis verhindern. Die Mutter herrschte mich an, ich solle doch nicht so stur sein und endlich einsehen, daß sich ihr kleiner Sascha durch diesen Gurt in seinem kindlichen Entfaltungsdrang behindert fühlte. Der Kleine sei nämlich eine außergewöhnliche Persönlichkeit, die genau wisse, was sie wolle. O ja, das merkte man! Sie versicherte mir, sie würde schon aufpassen, daß Sascha während des Starts ruhig in seinem Sessel sitzen bliebe. Nur eben ohne Gurt. Erst als ich ihr sagte, daß wir nicht starten würden, bis nicht jeder Passagier angeschnallt sei, gab sie nach.

Sascha schrie wie am Spieß, nicht aus Angst, sondern aus purem Trotz.

«Du mußt doch nicht weinen», wiederholte ich stereotyp.

Natürlich hatte Sascha auf Anhieb gespürt, daß ich ihn nicht leiden konnte. Das zahlte er mir nun mit seinem Gekreische heim. Meine Kollegen schauten einer nach dem anderen an der Unfallstelle vorbei, machten sich aber schnell wieder aus dem Staub. Ein schreiendes Kind – nein, danke. Doch irgend etwas mußte passieren, ich mußte dieses Kind zum Schweigen bringen, sonst würden die Passagiere hier noch durchdrehen. Da kam mir eine Idee. Ich öffnete den Overhead-Locker, wo ich meine Handtasche und Einkaufstüte verstaut hatte, und holte meinen neuen Gummi-Dino heraus. Beim Überstreifen überlegte ich, daß es in diesem speziellen Fall vielleicht besser wäre, den pflanzenfressenden Brontosaurus oder zumindest einen niedlichen Stegosaurus zur Hand zu haben. Doch auf dem Flug HA 394 gab es nur Tyrannosaurus Rex, den blutrünstigsten aller Saurier mit seinen scharfen Reißzähnen und seinen gelben Augen, die noch gefährlicher funkelten, als ich in Erinnerung hatte.

Saschas Gebrüll war mittlerweile noch weiter angeschwollen. Zornig zerrte er an seinem Sicherheitsgurt und versuchte die Schnalle zu öffnen, was seine Mutter nur mit Mühe zu verhindern wußte. Plötzlich tauchte neben seinem Sitz etwa auf Ohrenhöhe ein grüner Dinosaurier auf und funkelte den schreienden Sascha aus gelben Augen an.

«Ich bin der Dino», ließ ich meinen T. Rex mit tiefer Stimme sagen. «Hast du Lust, gehst du mit mir in den Jurassic Park?» Das Geschrei brach abrupt ab. Zufriedenheit durchflutete mich. Wie leicht diese Pimpfe doch zu manipulieren waren! Ich überlegte gerade, wie ich meinen Dino die vielversprechende Konversation fortsetzen lassen sollte, da brach Saschas Geschrei wieder los. Meine sonoren Detailausführungen zum Thema Jurassic Park gingen völlig im Gebrüll unter.

Erschrocken kam Benny angeeilt. «O Gott, was geht denn hier ab? Das hört ja überhaupt nicht mehr auf.» Bennys Augen wanderten irritiert zwischen meinem Gesicht und dem Gummi-Dino an meiner Hand hin und her.

«Der Kleine hier ist nicht zu beruhigen», schrie ich Benny an, damit er mich auch verstehen konnte.

«Ihre Kollegin hat mein Kind erschreckt», petzte die doofe Mutter. «Mit … diesem Ungeheuer. Sie sehen ja, in welcher Panik das Kind ist!»

Schützend drückte sie ihren brüllenden Rotschopf an die Brust. Die fürsorgliche Mutter, wie rührend!

«Das ist doch nur ein Spielzeug», bemühte ich mich händeringend um meine Verteidigung. «Da, sehen Sie, alles ganz weich, aus ganz weichem Gummi.» Ich hielt ihr das Tier unter die Nase. Sie wich entsetzt zurück.

«Weg, weg, tun Sie das sofort weg», kreischte sie, als werde sie gerade von Killerbienen attackiert.

«Schau, der ist ganz lieb», wandte ich mich wieder an Sascha und klappte Dinos Unterkiefer auf und zu. «Willst du ihn mal streicheln?» Sascha ließ sich von meiner Puppenspiel-Performance nicht beeindrucken. Mit unverminderter Lautstärke brüllte er weiter. Ganz schön zäh, dieser Bursche, dachte ich tief beeindruckt. Der würde es in seinem Leben noch einmal weit bringen.

«Spielzeug nennen Sie das, womit Sie meinen Sohn in Angst und Schrecken versetzen?» herrschte mich nun ein Mann aus der Sitzreihe dahinter an.

Aha, einen Vater gab's also auch noch in dieser Familie. Typisch. Während des Fluges wollte er seine Ruhe haben und ließ sich einen Platz fern von Gattin und Kind geben. Aber jetzt, wo sich ein Scharmützel anbahnte, machte er sich als das besorgte Familienoberhaupt wichtig.

«Das ist ein Monster und kein Spielzeug. Das gehört verboten! *Das* hier ist ein Spielzeug», sagte er mit entschiedener pädagogischer Schärfe und kramte ein Holzmobil hervor. Am liebsten hätte ich es mir mit dem Tyrannosaurus-Rex-Maul gleich geschnappt und zu Sägemehl zermalmt. Warum hatte er dieses Mobil seinem Sohn nicht schon vorher gegeben?

Die Cockpittür ging auf. Oje, jetzt hatte meine letzte Stunde bei Holiday Airways geschlagen. Gott sei Dank trat nicht Charlie Reichenberger heraus, sondern Michael Reimers – allerdings mit einem überaus besorgten Gesicht. Wer so schrie, konnte vermutlich nicht nur Gläser zerspringen lassen, wie das Oskar in der «Blechtrommel» so eindrucksvoll demonstriert hatte, sondern auch eine Boeing zum Abstürzen bringen.

«Um Himmels willen, was ist denn hier los?» gesellte sich Michael zu uns.

Bevor der blöde Vater oder die blöde Mutter dieses blöden Kindes wieder zu petzen anfingen, kam ich ihnen mit meinem Geständnis zuvor.

«Dieses Kind hat die ganze Zeit geschrien. Da wollte ich ihn mit meinem Tyrannosaurus Rex aus Gummi etwas ablenken. Leider hat das nicht funktioniert.»

Reimers sah mich kopfschüttelnd an. «Warum hast du dem Kind nicht Malbuch und Buntstifte gegeben wie andere Stewardessen auch?»

Da hatte Reimers nicht ganz unrecht. Das mit den Buntstiften wäre zumindest einen Versuch wert gewesen. Das Geschrei hatte mich völlig aus der Routine gebracht. Beschämt senkte ich den Blick zu Boden. Mir war zum Heulen. Geknickt streifte ich mein Gummitier von der Hand, rollte es zusammen und stopfte es in die Einkaufstüte. In meiner augenblicklichen Verzweiflung schweiften meine Gedanken voller Rührung zu Henry. Mein Neffe war ein ganzer Kerl. Der schrie nie so herum wie ein Vollidiot. Von dem konnte sich dieser rothaarige Sascha so einiges abschauen.

Immerhin hatte Sascha, die Ursache dieses tumultartigen Auflaufs, sein Geschrei mittlerweile komplett eingestellt und verfolgte neugierig den Disput zwischen seinen Eltern und den uniformierten Erwachsenen. Toll hatte er das hingekriegt. Er war der Mittelpunkt, er hatte eine Stewardeß in Schwierigkeiten gebracht und als Krönung sogar den Piloten aus dem Cockpit geholt. Das Leben war schon eine feine Sache.

6

Völlig down kam ich zu Hause an. Tina war nicht da. Irgendein Wochenstopp auf Sri Lanka. Oder waren es die Malediven? In ihrem Abschiedsbrief erwähnte sie lediglich die Heizöl-Nachzahlung und ein Einschreiben, das ich bitte für sie entgegennehmen möge. Obwohl ich den ganzen Tag kaum etwas gegessen hatte und der Magen heftig rumorte, brachte ich nichts hinunter. Ein Bissen von meinem Käse-Vollkornbrot, das war's schon wieder. Mit glasigem Blick saß ich vor meiner Teetasse und verpestete die Küche mit schlechter Stimmung. Nicht zum ersten Mal in den vergangenen Jahren wallte der Wunsch in mir auf, dieser hirnverbrannten Branche den Rücken zu kehren. Ein für allemal. Aber wohin mit mir? Ich hatte zwar die Erfahrung gemacht, daß sich alle bewußt herbeigeführten Veränderungen in meinem Leben als Volltreffer erwiesen. Keine hatte ich je bereut. Doch in den vergangenen Fällen hatte ich immer eine Alternative gehabt, von A nach B. Von VW zu Fiat, von Oliver zu Markus, von cholesterinreicher zu cholesterinarmer Ernährung. Doch jobmäßig war weit und breit keine Alternative in Sicht. Es fehlte das B.

Warum hatte ich diesen Beruf nur ergriffen, für den ich doch ganz offensichtlich total ungeeignet war? Ich hätte es damals bei dem Ferienjob belassen sollen, anstatt gleich das Studium hinzuschmeißen und mit fliegenden Fahnen zur Fliegerei überzuwechseln.

Aber ich war damals in puncto Studium in einer Sackgasse angelangt, der ich um jeden Preis entrinnen wollte. Nach drei Semestern Theaterwissenschaft und Kunstgeschichte an der Uni Berlin dämmerte mir, daß ich mit dieser Fächerkombination im günstigsten Fall Taxifahrerin werden konnte. Es sei denn, ich würde eine Universitätslaufbahn anpeilen. Doch diese Alternative schied von vornherein aus, weil ich auf alle bisher abgelegten Prüfungen, Referate und Seminararbeiten nur mittelmäßige Noten erhalten hatte. Kein Professor würde eine Nullachtfünfzehn-Studentin wie mich als Assistentin haben wollen. Und da mich sowieso alles gerade anödete und überdies mein damaliger Freund Philip mich wegen einer Kuh aus dem Doktorandenseminar hatte sitzenlassen, beschloß ich, der ganzen Misere für eine Weile aus dem Weg zu fliegen: Auf eine Anzeige in der «Süddeutschen Zeitung» meldete ich mich bei Holiday Airways, die für den bevorstehenden Sommer Saisonstewardessen suchten. Nichts wie weg von Berlin und raus aus den muffigen Universitätsmauern! Ich ließ das Semester ausfallen, und nach einer Kurzausbildung war ich in der Luft.

Das Leben zwischen Himmel und Erde gefiel mir auf Anhieb. Der lockere Umgang der fliegenden Kollegen untereinander war ein starker Kontrast zum spießigen Seminarbetrieb. Es gab keine Anlaufschwierigkeiten; vom ersten Moment an fühlte ich mich dazugehörig. Und nachdem ich bei der Toilettenverlade meine Gesellenprüfung abgelegt hatte, klappte alles wie am Schnürchen. Die flapsige Fliegersprache ging mir ebenso glatt in Fleisch und Blut über wie der flotte Lebenswandel. Die Branche schien wie vom Zuckerbäcker für mich gemacht. Und da ich ja noch die Beziehungsschlappe mit Philip verarzten mußte, riß ich mir gleich beim ersten längeren Stopp in Namibia einen smarten Copiloten unter den Nagel, der meinem angeschlagenen weiblichen Selbstbewußtsein wieder auf die Beine half. Mit jedem Arbeitstag bei Holiday Airways fiel die Tür zur Uni ein Stückchen weiter zu – bis das Schloß endgültig eingerastet war.

In meiner Familie löste der Entschluß, das Studium an den Nagel zu hängen und Stewardeß zu werden, blankes Entsetzen aus. Den Stewardessen-Job für die Ferien hatten meine Eltern ja noch ganz witzig gefunden. Aber die Vorstellung, daß ihre jüngste

Tochter ein Leben lang irgendwelchen Pauschaltouristen über den Wolken Essen servieren wollte, ging weit über ihre Kräfte. Auf meinen Monolog über die Perspektivlosigkeit meines Studiums reagierten sie erwartungsgemäß mit der Frage, warum ich überhaupt zwei solche Studienfächer gewählt und nicht gleich einen aussichtsreicheren Weg eingeschlagen hätte, beispielsweise Jura oder BWL. Wirklich eine gute Frage. Nur leider wußte ich keine plausible Antwort darauf.

Die elterlichen Beeinflussungsversuche halfen nichts. Mein Entschluß stand fest. Ich gab mein Zimmer in Berlin-Charlottenburg auf und bereitete meine Eltern schonend auf die Rückkehr in mein Münchner Mädchenzimmer vor.

Drei Monate später unterschrieb ich meinen Vertrag als Flugbegleiterin bei Holiday Airways. Das Grundgehalt war zwar nicht üppig, aber mit den diversen Zuschlägen wie Verpflegungspauschalen oder Provision aus den Duty-free-Verkäufen kam doch ein passables Monatsgehalt zusammen. Außerdem hatte ich minimale Unkosten, da ich daheim freie Kost und Logis genoß. Und ich konnte mir meinen Wunschtraum so gut wie kostenlos erfüllen: die große weite Welt kennenzulernen.

Das erste halbe Jahr wurde ich fast ausschließlich auf den Rennstrecken eingesetzt: Palma de Mallorca, Gran Canaria, Rhodos, Kos, Antalya. Von diesen Zielen bekam ich wenig mit, weil wir gleich nach der Landung wieder zurückfliegen mußten. Doch nach diesen Lehr- und Kehrmonaten ging es schon etwas feiner zur Sache. Ich durfte mit auf Fernstrecken, die auch immer mit einem drei- bis siebentägigen Aufenthalt vor Ort verbunden waren. New York, Singapur, Rio, die Karibik, Südafrika, San Francisco... Und wenn ich bei Sonnenuntergang auf dem Zuckerhut stand und sich der sichelförmige Copacabana-Strand unter mir ausbreitete, dann kam es schon mal vor, daß ich mich selbst in den Arm zwickte – nur um sicherzugehen, daß ich nicht alles nur träumte.

Zwangsläufig unterlag dieses Excitement mit der Zeit einer

gewissen Routine. Aber auch nach all den Jahren hörte ich nicht auf, Dankbarkeit für die vielen schönen Erlebnisse zu empfinden, die mir mein Beruf ermöglichte.

Meinem Studium habe ich übrigens keine Träne nachgeweint, ebensowenig meinen Kommilitonen. Meinen Eltern blieb schließlich nichts anderes übrig, als sich irgendwann doch zähneknirschend mit der Berufswahl ihrer Tochter anzufreunden. Dieser Gesinnungsumschwung wurde nicht zuletzt dadurch erleichtert, daß sie als direkte Verwandte nur fünfzig Prozent des regulären Ticketpreises bezahlen mußten. Und als mein Vater pensioniert wurde, waren die beiden fast soviel unterwegs wie ich.

Aber jeder Traumberuf, sofern man meinen Beruf als solchen bezeichnen konnte, hatte Schattenseiten, die phasenweise mal mehr, mal weniger zutage traten. Und wenn der Ärger mal knüppeldick auf einen einstürmte wie in den letzten Wochen, dann ging einem die Chose unsäglich auf den Wecker. Alle Unannehmlichkeiten, die dieser Beruf mit sich brachte, türmten sich vor mir auf, ließen mein Dasein sinnlos erscheinen.

Aber erging es nicht jedem Berufstätigen so? Hatte nicht jeder diese Momente, in denen die berufliche Perspektive fehlte, der Spaß abhanden kam und die Aussicht, diesen Job noch viele Jahre machen zu müssen, unerträglich schien?

Ich konnte nur hoffen, daß diese Phase wieder verging. Dank einem gut funktionierenden Selektionsmechanismus blieben mir meistens die schönen, aufregenden Seiten meines Jobs in Erinnerung. Prickelnde Erlebnisse mit Menschen und fremden Ländern. Sie waren das Salz in einer Suppe, über die ich mich nach einiger Zeit immer wieder mit großem Appetit hermachte.

7

«Katie, weißt du, wo mein weißer Bikini ist, der mit den goldenen Ringen an den Seiten? Den ich mir in Bali gekauft habe», rief Tina aus ihrem Zimmer.

«Keine Ahnung. Aber hast du zufällig mein dunkelblaues Tommy-Hilfiger-Shirt gesehen?»

Tina Engelmann und Katharina Paulus, zwei Kofferpack-Profis vor dem Herrn! Es war immer das gleiche Theater. Auch wenn wir den Vorgang des Kofferpackens bestimmt mehrere hundert Male praktiziert hatten, war es keiner von uns beiden gelungen, aus der Routine dieser Handlung Kapital zu schlagen beziehungsweise gegenüber packunerfahrenen Leuten einen Vorteil herauszuarbeiten. Im Gegenteil: Das viele Packen machte schludrig. Und da es überdies lästig war, geschah alles auf den letzten Drücker, mit dem Ergebnis, daß man immer irgend etwas vergaß. Mal war es die Zahn- oder die Haarbürste, mal der Steckdosenadapter oder der Deoroller, mal das Adreßbuch oder das kleine Reisenähzeug. Weiß der Geier, warum ich es mir in all den Jahren nicht angewöhnen konnte, die Packerei schon am Vorabend zu erledigen, wie es Hunderttausende von schlauen Touristen machten. Meine guten Pack-Vorsätze, die ich jedes Jahr zu Silvester faßte, hatte ich bisher in keiner Weise umsetzen können.

Gott sei Dank handelte es sich bei den vergessenen Dingen nicht immer um so wichtige Utensilien wie den Reisepaß. Den hatte ich vor Jahren einmal zu Hause liegen gelassen, was bei der Einreise in Miami fatale Folgen hatte: Der Immigration Officer, der mich paßlos erwischte, blieb trotz meines steinerweichenden Buß- und Reuemonologs hart wie Granit. Und so saß ich am

Nachmittag statt in einem schicken Straßencafé in Miami South Beach zerknirscht in der Maschine, die mich heim nach München brachte. Zum drei Tage später angesetzten Rückflug der Crew mußte Ersatz für mich beschafft werden. Das kostete die Firma eine Stange Geld und bescherte mir einen deftigen Anpfiff des Flugbetriebsleiters.

Seitdem hütete ich den Paß wie meinen Augapfel. Bei meinen Klamotten sollte ich mir das auch langsam mal angewöhnen. Fast jedes Wäschestück, das ich mitnehmen wollte, lag – aprilfrisch gewaschen und gebügelt – abholbereit bei meiner Mutter. Von Mamis großzügigem Angebot, sich «bei Bedarf» meiner Schmutzwäsche anzunehmen, machte ich heftig Gebrauch. Der Bedarf war immer ungeheuer groß, und meine Mutter wußte genau, daß sie mich wenigstens über die von ihr installierte Wäscheschiene regelmäßig zu Gesicht bekam. Doch wie schon so oft hatte ich auch diesmal den Wäscheabholtermin verpaßt. Mein Pech! Denn nun fehlten neben meinem Lieblingsbadeanzug auch zwei meiner Lieblings-T-Shirts und meine einzige unbeschädigte Calvin-Klein-Jeans. Na gut, dann eben nicht. Dann durften eben meine dritt- bis siebtliebsten T-Shirts mit nach Israel, ebenso zwei Hosen, die ich bei nächster Gelegenheit auf dem Flohmarkt vorhatte zu verscherbeln.

Auf diesen Fünf-Tage-Trip nach Israel freute ich mich besonders. Nachdem sich in letzter Zeit ein gewisses Phlegma eingeschlichen hatte und ich bei den Stopps nicht wesentlich über das magische Dreieck Zimmer–Pool–Bar des jeweiligen Hotels hinausgekommen war, wurde es höchste Zeit, wieder mal auf Entdeckungstour zu gehen. Die Idee dazu hatte Tina gehabt. Und nicht nur das: Wie immer, wenn Tina einen grandiosen Plan aus der Taufe hob, bestand sie auch darauf, die Vorbereitung und Organisation von A bis Z in die Hand zu nehmen.

Meterhoch stapelten sich seit Wochen in unserem Wohnzimmer Info-Unterlagen, die sich Tina vom Israelischen Fremdenverkehrsamt in Frankfurt hatte zuschicken lassen, und Israel-Reiseführer in rauhen Mengen. Tina vertiefte sich mit einer Inbrunst in die Literatur, als müsse sie eine Doktorarbeit darüber anfertigen. Okay, mir sollte es recht sein. Je besser sich Tina auf die Israel-Reise vorbereitete, desto weniger mußte ich mich um den Detailkram kümmern. Nur die israelischen Volksweisen, die pausenlos aus dem CD-Player dudelten, begannen mir allmählich auf den Keks zu gehen. Wo sie die Scheiben nur wieder aufgetan hatte! Allerdings hätte ich es nie gewagt, Tina gegenüber auch nur den Hauch einer Beschwerde anzubringen, denn ich hätte mir nur wüste Vorwürfe bezüglich meines Kulturbanausentums eingehandelt. Ich mußte natürlich befürchten, daß Tina mich in Israel tagein, tagaus mit ihrem frisch gesammelten Wissen zukleistern und mir zehnmal am Tag reindrücken würde, daß sie über deutlich mehr Tiefgang verfügte als diese oberflächliche Fliegerbagage. Trotzdem überwog die Vorfreude auf die gemeinsame Rundreise. Auch wenn Tina gelegentlich sehr anstrengend war – langweilig wurde es mit ihr nie.

Mir fielen in der Vorbereitungsphase lediglich ein paar Handlangerjobs zu. So trug mir Tina auf, bei einem auf Israel spezialisierten Reiseveranstalter ein Verzeichnis der Kibbuze zu besorgen. Sie bestand darauf, daß wir wenigstens einmal in einem Kibbuz übernachteten. Dieser Vorschlag stand in enger Verbindung mit Tinas ausgesprochen romantischen Vorstellungen vom Leben in so einem Kibbuz.

«Das ist Kommunismus in seiner reinsten Form», erläuterte sie mir verklärt.

Ich stellte mich schon mal seelisch darauf ein, daß Tina sich Hals über Kopf in einen Kibbuznik verknallen und gleich übersiedeln würde. Trotzdem bestellte ich brav die Kibbuz-Broschüren, um nicht schon vor der Abreise bei ihr in Ungnade zu fallen.

Noch ein Job fiel in mein Ressort: die Reservierung eines Mietwagens. Da ich von der weitverbreiteten Mietautofirma Happy-Rent-a-Car eine VIP-Karte besaß, auf die es einen fünfundzwanzigprozentigen Discount gab, fiel diese wichtige Aufgabe logischerweise mir zu. Die VIP-Karte verdankte ich dem Marketingleiter der deutschen Happy-Rent-a-Car-Niederlassung, den ich letztes Jahr auf dem Rückflug von Puerto Rico als Passagier betreut hatte. Als Dankeschön für meine fachliche Dutyfree-Beratung – er suchte ein geeignetes Parfum für seine Sekretärin – hatte er mir das Plastikkärtchen in die Hand gedrückt, von dem ich nun erstmals Gebrauch machen konnte.

Tinas mit jungfräulicher Miene vorgetragene Ankündigung: «Wir fahren durchs Heilige Land» löste bei den Kollegen keine überraschten Reaktionen aus. Auch unsere Befürchtungen, irgendein Sponti würde sich uns anschließen wollen, erwiesen sich als unnötig. Nur Kapitän Lutz Behrend hob den Zeigefinger. Während er am Frühstückstisch des Hotels «Solaris» in Elat gerade an der Schale seines weichgekochten Eis herumwerkelte, drohte er uns mit Todesstrafe, falls wir uns nicht allerspätestens am Vorabend des Rückflugs wieder bei ihm zurückmeldeten.

Tina konnte ihre leichte Verachtung für die Kollegen, die in den nächsten fünf Tagen von Israel wohl nicht viel mehr mitbekommen würden als den Swimmingpool des «Solaris» Hotels und vielleicht eine Aufreißerkneipe in Elat, nur schwer im Zaum zu halten. Nur unsere Sportskanone Reni hatte sich das Netz der Joggingpfade schon untertan gemacht. Sie kam gerade von ihrem Morgenlauf zurück, als uns die Kollegen vor dem Hotel verabschiedeten, und hielt uns ihre schweißnasse Wange zum Küßchen hin.

Vor dem Hotel stand ein dunkelgrüner Fiat Punto bereit. Dank meinem VIP-Status bei Happy-Rent-a-Car war der Wagen von einem Firmenangestellten in Anzug und Krawatte zum Hotel gebracht worden. Tina warf mir einen anerkennenden Blick zu. Ja, genau das war die Art von Behandlung, die sie liebte. Der übereifrige Anzugträger half uns auch noch, die Reisetaschen in den Kofferraum zu verstauen und die Unmengen von Wasserflaschen auf den Rücksitz zu legen, die Tina in einem kleinen Geschäft neben dem Hotel besorgt hatte.

Ich war fassungslos: «Hey Sister, schließen wir uns einer Karawane an? Oder wozu brauchen wir das ganze Wasser?»

Als Antwort zitierte Tina einen ihrer zahllosen Reiseführer: «Führen Sie immer reichlich Wasservorräte mit, falls Ihr Fahrzeug in der Wüste liegenbleibt und Hilfe auf sich warten läßt.»

Offenbar war mir total entgangen, daß wir uns hier auf ein verschärftes Überlebenstraining einließen. Ich fing an, die Kollegen um ihre sorglosen Tage am «Solaris»-Pool zu beneiden.

Gleich hinter der Stadtgrenze von Elat ging die Zivilisation abrupt in die Wüste über. Die Straße, die rechter Hand in nur ein paar Kilometer Entfernung parallel zu uns verlief und auf der wir einige Lastwagen erkennen konnten, gehörte bereits zu Jordanien. Wir hatten im Vorfeld überlegt, ob wir vielleicht einen Abstecher nach Jordanien unternehmen sollten. Seit dem Friedensvertrag, der 1995 zwischen Israel und Jordanien geschlossen wurde, waren die Grenzen offen. Aber angesichts unserer knapp bemessenen Zeit verwarfen wir diesen Plan wieder.

Das Thermometer zeigte fast vierzig Grad Außentemperatur an. Obwohl die Air-condition für angenehme Kühle im Wageninneren sorgte, schüttete Tina das Wasser literweise in sich hinein. Der Wüstensand zu beiden Seiten des schnurgeraden Highway schien schwere Dehydratationsphobien zu wecken.

«Geht's noch, oder soll ich fahren?» fragte sie mich alle zehn Minuten. Natürlich ging es ganz wunderbar. Es gab kaum Verkehr, und unser Punto schnurrte zuverlässig vor sich hin.

Unser erstes Ziel war das Tote Meer. Wir kannten die Fotos von auf dem Rücken im Wasser treibenden Zeitungslesern. Angeblich konnte man im Toten Meer wegen des hohen Salzgehalts von siebenundzwanzig Prozent – der zehnfachen Menge des normalen Meerwassers – nicht untergehen. Das mußten wir natürlich persönlich überprüfen, wenn wir schon mal in der Nähe waren.

Auf einer von rötlichen Felswänden flankierten Serpentinenstraße hangelten wir uns auf das Tote Meer zu, das aus dieser Perspektive seinem Namen alle Ehre machte. Öde, ockergraue Landschaft ohne einen Hauch von Vegetation oder sonstigem Leben drapierte sich um das Ufer des achtzig Kilometer langen, aber nur achtzehn Kilometer breiten Meeres. Kein Lufthauch bewegte die dünnen Äste an den Bäumen. Erst hinter der letzten Straßenwindung entdeckten wir die weißen Hotelkästen von En Gedi, dem Touristenzentrum am Toten Meer. Endlich Leben. Hatten wir doch schon das Gefühl gehabt, mutterseelenallein in diesem Land zu sein. Im Schatten eines Olivenbaumes parkten wir unser Auto.

Hand in Hand wateten wir in die badewannenwarme, ölige Salzbrühe, bis der Pegel Hüfthöhe erreicht hatte. Um uns herum trieben die Badegäste in bekannter Schildkrötenhaltung auf dem Rücken, wenn auch ohne Zeitung. Es sah wirklich zum Schießen aus. Kurz darauf schlossen sich zwei Münchner Stewardessen dem trägen Wasserballett an. Jeder Versuch, zumindest *einen* Brustschwimmzug zu machen, war fehlgeschlagen. Aus einem physikalisch bestimmt einleuchtenden Grund drehte es uns – flupp – sofort in die Rückenlage. Der Auftrieb des Salzwassers war so stark, daß wir es nur mit Mühe schafften, die Schultern unter Wasser zu tauchen. Allzu wildes Geplansche mußten wir uns ebenfalls tunlichst verkneifen. Ein Spritzer in die Augen, und wir wären wahrscheinlich auf der Stelle erblindet.

Die meisten der Badegäste waren offenbar nicht zum Vergnügen hier, sondern kurierten am Toten Meer ihre Hautkrankheiten. Der Anblick von quadratmetergroßen Schuppenflechten und sonstigen Hautausschlägen beschleunigte unseren Aufbruch.

Nach langer Fahrt durch leblose Ödnis erreichten wir am frühen Abend Jerusalem. Um den Sonnenuntergang noch mitzuerleben, fuhren wir als erstes zum Ölberg hinauf und genossen den atemberaubenden Blick auf die Stadt mit ihren Hunderten von Kirchen, Synagogen und Moscheen. Am wirkungsvollsten setzte sich im Schein der untergehenden Sonne der Felsendom mit seiner goldenen Kuppel in Szene. Die Kuppel war erst kürzlich erneuert worden. König Hussein von Jordanien hatte für die neue Kuppel acht Millionen Dollar springen lassen. Kleine Geschenke erhalten die Freundschaft.

Tina blätterte aufgeregt in einem ihrer Reiseführer. «Mensch Katie, das ist doch die berühmte Moschee mit dem Felsen innendrin. Von der Stelle soll der Prophet Mohammed in den Himmel aufgestiegen sein. Glaubst du, daß das wirklich so gewesen ist?»

Ich zuckte die Schultern. Nicht weil es mir egal war, ob oder wie Mohammed seinen Weg zu Allah gefunden hatte. Ich hatte nur mit Glaubensdingen grundsätzlich so meine Probleme. Alles, was im entferntesten mit Wundern zu tun hatte, war nicht meine Sache. Ich hätte gewettet, daß mit den Chronisten einige Pferde durchgegangen waren. Das war zu jener Zeit vermutlich nicht anders als heute. Um ein großes Publikum für ihre Geschichten zu begeistern, mußten sie auf den Putz hauen, ein bißchen übertreiben, ein bißchen dazuerfinden. Dieses Prinzip, das den Verlegern der Boulevardblätter heute Millionenauflagen bescherte, hatte sicher schon damals funktioniert. Auch wenn Tina und ich auf dem Ölberg das Rätsel um Mohammeds Himmelfahrt nicht klären konnten, so wurden wir doch von einer Art religiöser Energie erfaßt, die in der Luft lag. Nach dem Einchecken und Abendessen im «Caesar Hotel», in dem wir einen vierzigprozentigen Airline-Discount bekamen, fuhren wir bei Einbruch der Dunkelheit in die Altstadt. Die Stadtmauer mit ihren prächtigen Stadttoren und alle Kirchen, Moscheen und Synagogen waren von Scheinwerfern angestrahlt und verliehen dem alten Stadtkern einen majestätischen Glanz.

Wir stellten den Wagen auf einem riesigen Parkplatz neben der Klagemauer ab. Es war Freitag, Dutzende frommer Juden in ihren schwarzen Gewändern bereiteten sich mit Gebeten und

Gesängen auf den heiligen Sabbat vor. In den Ritzen der Granitsteine steckten unzählige Zettel, die wohl Klagen, Wünsche und Danksagungen an Gott enthielten. Wie ich von Tina erfuhr, konnte man dieselben mittlerweile per Fax aus aller Welt an einen Rabbiner schicken, der die Botschaften dann in die Mauerritzen steckte.

«Also, ich glaube, so ein extrem Gläubiger wäre nix für mich», kommentierte Tina die Szenerie in typischer Engelmann-Manier.

«Tina, das hier ist eine heilige Stätte und kein Aufreißerschuppen», mahnte ich zu etwas mehr Pietät.

«Ist ja gut, Schwester Katharina. Ich stelle ja nur fest: Die sehen alle so blaß und unsportlich aus. Und dann diese schwarzen Klamotten tagein, tagaus – nee.»

Ich erlaubte mir die Vermutung, daß Tina auch nicht unbedingt dem klassischen Bild einer idealen Gefährtin für einen streng orthodoxen Juden entsprach. Nach einiger Überlegung stimmte mir Tina zu – was mich wunderte. Denn Tina hielt sich grundsätzlich für die Traumfrau eines *jeden* Mannes.

Am nächsten Morgen machten wir uns auf den Weg zur Grabeskirche. «Kreuzigung, Grablegung und Auferstehung Christi haben sich an dieser Stelle ereignet» – was sich im Reiseführer so sachlich las, verursachte uns Herzklopfen. Tina, die sich bei mir untergehakt hatte, zitterte leicht, als wir unmittelbar vor einer Bahre aus Stein standen, auf der der Leichnam Jesu Christi gelegen haben soll. Ich war überwältigt wie schon lange nicht mehr. *Hier* also ist das alles passiert. Nur ein paar Meter weiter an einer mit Plexiglas bedeckten, mit einem Scheinwerfer bestrahlten Stelle soll Jesus auferstanden und in den Himmel aufgefahren sein.

«Mein Gott, und ich Idiotin bin aus der Kirche ausgetreten», raunte mir Tina zu.

«Tröste dich, ich auch. Aber ich fürchte, wir sind die einzigen Heidenkinder weit und breit», mutmaßte ich angesichts der ehrfürchtig an uns vorbeiziehenden Pilgergruppen.

Bei aller religiöser Ergriffenheit wollten wir noch ein bißchen durchs Nachtleben von Jerusalem ziehen. Tina hatte recherchiert, daß in Jerusalem im Vergleich zu Tel Aviv nicht viel los war. Aber der junge Mann an der Hotelrezeption hatte uns ein paar Kneipenadressen genannt. Doch während des Abendessens in einem arabischen Lokal gleich neben unserem Hotel begann es in meiner Unterleibsgegend dermaßen zu ziehen, daß an eine Kneipentour nicht zu denken war. Merkwürdig. Meine Tage hatte ich gerade hinter mir. Mein Organismus spielte offenbar wieder einmal verrückt. Diese ständige Gewalt gegen die innere Uhr mußte sich ja irgendwann einmal rächen. Mit zwei Schmerztabletten löste ich das Problem – vorübergehend.

Am nächsten Morgen brachen wir in Richtung Norden auf. Tel Aviv und seine angeblich so gutaussehenden Männer mußten wir aus Zeitgründen linker Hand liegen lassen. In der Hafenstadt Haifa, die auf drei Etagen auf einem Berg hoch über dem Meer gebaut ist, tranken wir einen Kaffee, um uns für die nächsten biblischen Hämmer zu rüsten: Die nächste Station war Nazareth. Obwohl die Stadt mit ihren 40 000 Einwohnern heute überwiegend von Arabern bewohnt ist, lebt sie noch weitgehend von Jesus, der hier seine Jugendjahre verbracht hat. Im Stadtkern wimmelte es von ereignisreichen heiligen Stätten. Dort, wo heute die Gabrielskirche steht, soll der Erzengel Gabriel die Jungfrau Maria von ihrer bedeutungsvollen Schwangerschaft unterrichtet haben. In der Josefskirche stiegen wir in eine finstere Grotte, die der Heiligen Familie als Wohnung gedient haben soll.

«Wenn ich wieder daheim bin, dann kauf ich mir als erstes eine Bibel», versicherte mir Tina flüsternd.

«Ich zahle die Hälfte», flüsterte ich zurück.

Die Fahrt ging weiter in Richtung See Genezareth durch das grüne, blühende Galiläa. Kein Mensch würde hier darauf kommen, daß Israel, wie der gesamte Nahe Osten, unter enormen Wasserproblemen zu leiden hat.

Wir hielten auf dem Berg der Seligpreisung an. Hier soll Jesus die Bergpredigt gehalten haben. Wir schlenderten im Blumengarten vor der Kirche der Seligpreisung umher, wo vor ein paar Jahren Papst Johannes Paul II. gepredigt hatte. Der Blick von hier oben auf den Nordteil des See Genezareth war umwerfend.

«Glaubst du, der ist tatsächlich über den See gelaufen?»

Ich hatte wirklich keinen blassen Schimmer. «Wäre eine klasse Nummer gewesen. Heute könnte er eine Menge Kohle damit verdienen», überlegte ich raffgierig. «Stell dir vor, Nike würde bestimmt einen eigenen Schuh dafür kreieren, nach dem Motto: Just do it!»

Tina kicherte. «Nicht so laut, ich glaube, das nennt man Gotteslästerung.» Sie schielte auf die Reisegruppe neben uns: «Die knüpfen uns am nächsten Baum auf.»

«Ach was, Jesus war ein cooler Typ, dem hätte so was gefallen.»

Außerdem fiel uns auf, daß auch die anderen in gar nicht so brandheilige Themen vertieft waren. Ein schwäbelndes Damen-Trio tauschte gerade lautstark Tips aus, wie man Oleanderbüsche durch geschicktes Umtopfen schadlos durch den Winter bringt. Und zwei ältere Herren, die hinter dem Trio herschlenderten, analysierten die taktischen Fehlgriffe von Berti Vogts bei der Mannschaftsaufstellung der letzten Fußball-WM.

Tina war immer noch angetörnt von dem herrlichen Blick auf den See Genezareth. Und nach einer Weile meinte sie: «Glaubst du, daß damals zu seiner Zeit auch noch Dinosaurier herumgelaufen sind?»

Ich war mir nicht sicher, ob sie einen Witz machte oder die Frage ernst meinte. Ihr Blick signalisierte letzteres. Ich schüttelte empört den Kopf. Bei Dinos verstand ich keinen Spaß. «Die Dinosaurier sind vor fünfundsechzig Millionen Jahren ausgestorben!» blaffte ich meine Reisebegleiterin an.

«Ist ja gut, Frau Neunmalklug», gab Tina eingeschnappt zurück und stapfte zum Auto zurück.

Au Backe, hoffentlich würde sie sich nicht auf einen ihrer Beleidigte-Leberwurst-Trips begeben! Erfahrungsgemäß konnten die sich eine Ewigkeit hinziehen. Mit Schaudern erinnerte ich mich an einen handfesten Krach vor gut einem Jahr, nach dem Tina sechs Tage am Stück konsequent vor sich hin gebockt hatte. Am siebten Tag empfing sie mich strahlend mit einem bombastischen Frühstücksbuffet und einem gutgelaunten «Schwamm drüber».

Da in mir alles nach Harmonie schrie, machte ich auch diesmal wieder den ersten Schritt. «Tina, das war doch nicht so gemeint. Ich kenn mich mit den Dinos halt zufällig ganz gut aus. Du weißt doch, daß Henry kein anderes Gesprächsthema hat.»

Tina dachte gar nicht daran, mir die Hand zur Versöhnung zu reichen. «Es geht gar nicht um die Dinosaurier im speziellen. Was mir stinkt, ist, daß du mir bei jeder Gelegenheit reindrückst, wieviel mehr du auf dem Kasten hast als ich. Das machst du besonders gern, wenn andere Leute dabei sind. Und so was nennt sich Freundin.»

Jetzt reichte es mir, das war wirklich sehr unfair von ihr. «Nun mach aber mal 'nen Punkt! Ich hab dich noch nie vor anderen bloßgestellt. Und ich will dir auch gar nichts ‹reindrücken›, sondern habe dich lediglich korrigiert. Das hat doch nichts mit Besserwisserei zu tun.»

Tina zog eine Schnute. Sie atmete heftig. Ich wußte, was jetzt kommen würde: Gleich würde sie wieder so tun, als kämpfte sie mit den Tränen. Und wenn sie sich sehr anstrengte und ein bißchen Glück hatte, würde auch tatsächlich eine Krokodilsträne vorwurfsvoll über ihre Wange kullern. Diese dumme Kuh. Ich setzte mich auf eine Bank und blätterte in einem Reiseführer. So, jetzt war ich einmal mit dem Bocken dran.

Der Trick wirkte. Mit gesenktem Kopf kam Tina zwei Minuten später auf mich zu. «Sorry, Katie, war nicht so gemeint.»

«Is' okay», erwiderte ich knapp.

«Ich weiß ja, daß ich in manchen Dingen einen Knacks weghabe», lenkte sie ein. «Weißt du, meine Eltern haben mich nie für voll genommen. Als ich damals nach der zwölften Klasse vom Gymnasium runtergegangen bin – das war vielleicht ein Schlag für die, als hätte ich mich in einem Puff beworben.»

Tina erzählte von ihrem älteren Bruder, der sein Einser-Abitur mit links gemacht und zur größten Freude ihres Vaters, eines Orthopädie-Professors am Klinikum Großhadern, Medizin studiert hatte. Daß aus Tina keine große Wissenschaftlerin, sondern – wie er es zu nennen pflegte – eine fliegende Kellnerin geworden war, hatte er bis heute nicht verwunden. Kein Wunder, daß nicht nur Minderwertigkeitsgefühle, sondern auch Gewissensbisse an ihrer verwundbaren Seele nagten.

Ich legte meinen Arm um sie. «Nimm's nicht tragisch. Meine Eltern lassen auch bei jeder Gelegenheit durchblicken, daß sie mit meiner Berufswahl nicht glücklich sind.»

Tina ließ verzagt die Schultern hängen. «Aber deine akzeptieren es wenigstens und behandeln dich nicht wie die letzte Vollidiotin.»

«Dafür habe ich einen Flugkapitän, der mich wie eine Vollidiotin behandelt.»

«Also, dein ewiges Hickhack mit dem Reichenberger kapier ich nicht. Der ist doch ein ganz dufter Typ, mit dem kann man doch prima auskommen. Ich könnte mir sogar eine Affäre mit ihm gut vorstellen... Okay, er hat ein paar Macken, aber in dem Punkt befindet er sich in bester Gesellschaft.»

Ich seufzte schwer. Das angeknackste Verhältnis zu Charlie Reichenberger machte mir mehr zu schaffen, als ich mir eingestehen wollte.

Nun legte Tina den Arm um mich. «Heute steht uns ja eine Nacht im Kibbuz bevor. Vielleicht ist es das, wonach wir uns immer gesehnt haben?»

Nein, *danach* hatten wir uns definitiv nicht gesehnt. Der Kibbuz ein paar Kilometer außerhalb der Stadt Tiberias war zwar adrett angelegt, mit parkähnlichem Garten und sauberen Gästezimmern, aber was uns später ein bildhübscher junger Kibbuz-Angehöriger namens Dany erzählte, der uns die Koffer aufs Zimmer trug und sich gleich mit uns an der Cafébar verabredete, hatte mit unseren idealistischen Vorstellungen vom Kibbuz-Leben wenig zu tun.

Von den landwirtschaftlichen Erzeugnissen könne schon längst kein Kibbuz mehr leben, und auch das Umsatteln auf Industrieproduktion habe den rund 280 Kibbuzen in Israel nicht den rechten Aufschwung gebracht. Ohne die Übernachtungsgäste hätten die meisten dieser Kollektivsiedlungen längst dichtgemacht. Das eiserne Prinzip der Kibbuze, daß keiner der Bewohner über eigenen Besitz oder Geld verfügen dürfe, vertreibe die jungen Leute scharenweise.

«Ihr stellt euch das sicher sehr romantisch vor», mutmaßte Dany. «Aber es ist einfach beschissen, wenn man kein eigenes Geld hat.»

«Wem sagst du das», stöhnte ich mit gedanklichem Schielblick auf meinen letzten Kontoauszug. Ein Kibbuznik hatte wenigstens keine Schulden!

Leider schaffte ich es im Wettrennen um die Gunst des schwarzgelockten Dany nicht mehr bis zur greifbar nahen Ziellinie, weil sich nach dem Abendessen mein Unterleib wieder unangenehm schmerzhaft zu Wort meldete. Verflixt, was war nur los mit mir? Zurück in München würde ich mir sofort bei Dr. Egner einen Termin geben lassen. Aber bis dahin mußte ich mich mit meinen Aspirin-Tabletten über Wasser halten. Ich überließ Tina kampflos meinen Platz an der Bar neben dem schnuckeligen, überaus aufgeschlossenen Dany, um schleunigst meinen Unterleib zur Ruhe zu betten.

Dr. Egner kam mit dem Kopfschütteln gar nicht mehr nach. «Und Sie haben wirklich vorher nie etwas gespürt?»

Die Zyste an meinem Eileiter hatte die stattliche Größe von

acht Komma eins Zentimetern und schob sich auf dem Ultraschallbildschirm aufdringlich in den Vordergrund.

Für Dr. Egner gab es nur eine Konsequenz: Operation. Und zwar so bald wie möglich. Mein Aufjaulen beeindruckte ihn überhaupt nicht.

«Von mir aus können Sie Ihre Zyste bis zum Sankt-Nimmerleins-Tag mit sich herumschleppen. Aber irgendwann platzt die, und Sie hocken irgendwo im Dschungel von Sumatra. Ich wünsche Ihnen jetzt schon viel Vergnügen.»

8

Elfie Vogelstätter hieß die Frau, mit der ich das Krankenzimmer teilte. Auch wenn sie gerade an einer Gebärmuttergeschichte laborierte, handelte es sich bei ihr um einen ausgesprochenen Zysten-Profi. «Zyste? Ach, von denen hab ich mir schon vier oder fünf rausnehmen lassen in den letzten paar Jahren, die zwei Myome nicht mitgerechnet», winkte sie lapidar ab.

Mit meiner Eileiterzyste konnte ich null Eindruck schinden, obwohl ich ihr die beachtlichen acht Komma eins Zentimeter Zystengröße nicht vorenthielt.

«Am Eileiter? Ach, haben Sie's gut. Meine waren alle am After. Ich sag Ihnen, da hab ich alle meine Sünden abgebüßt. Das wünsche ich meinem ärgsten Feind nicht. Kinderkriegen ist ein Scheißdreck dagegen.»

Wenn ich es mit meiner Eileiterzyste laut Elfie Vogelstätter auch noch so gut erwischt hatte, mochte ich mich nicht so recht über sie freuen. Der Gedanke an die bevorstehende Operation bereitete mir ein solches Unbehagen in der Herz-, Magen- und Zystengegend, daß ich erst gegen drei Uhr morgens Schlaf fand. Nicht einmal vor meiner Führerscheinprüfung, bei der ich mich schon nahe einem Herzinfarkt wähnte, war ich so in Panik wie jetzt. Noch nie war ich im Krankenhaus gewesen, noch nie hatte ich eine Narkose bekommen, und der einzige Mensch, der bisher ungestraft an mir herumschnippeln durfte, war mein Friseur Franz. Aus jeder Zeitschrift, die ich aufschlug, sprangen mir in den Tagen vor der Operation Berichte über Narkoseunfälle, Fehlamputationen und chirurgische Pfuscher entgegen. Mir war klar, daß mein letztes Stündchen geschlagen hatte.

Dr. Egner versuchte die aufkeimende Panik im Keim zu ersticken: Eine Operation sei zwar grundsätzlich ein ernstzunehmender Eingriff, doch handle es sich in meinem Fall um eine ausgesprochene Routineoperation. Und bei meiner ausgezeichneten Konstitution spreche alles dafür, daß ich die Sache ohne Komplikationen hinter mich bringen würde.

Trotz Dr. Egners Beschwichtigungsversuch mußte ich unbedingt noch einmal mit Henry sprechen.

«Is' okay», versprach er mir auf meine Bitte, immer lieb zu seinen Eltern zu sein. Leider kam ich nicht mehr dazu, ihm noch ein paar wichtige Ratschläge mit auf seinen weiteren Lebensweg zu geben.

«Jetzt mach aber mal 'nen Punkt!» fauchte mich Franziska an, nachdem sie Henry den Hörer aus der Hand gerissen hatte. «Soll das eine Abschiedsvorstellung sein oder was? Wenn ich mich recht erinnere, bekommst du morgen kein neues Herz eingepflanzt, sondern einen Pickel im Unterleib weggemacht.»

Ich schwieg beleidigt. Pickel! Nicht einmal meine engsten Verwandten wollten erkennen, daß es bei mir Spitz auf Knopf stand.

Am nächsten Morgen war es dann soweit. Das Narkosemittel ließ mich schnell und sanft in eine andere Welt gleiten. Störrisch, wie ich von Natur aus nun mal bin, hatte ich mit einem erbitterten, langen Kampf gegen die Bewußtlosigkeit gerechnet. Doch es dauerte nur Sekunden, dann war ich weg.

Ich kam erst wieder zu mir, als man gerade dabei war, mich in einem Tuch von einem Bett oder einer Bahre zu hieven und irgendwo hinzutragen. Durch einen Tuchspalt schimmerte ein bißchen Licht. Hoffentlich hielten sie mich nicht für eine Leiche. Oder noch schlimmer: Hoffentlich *war* ich keine Leiche. Doch bevor ich mich als Lebende bemerkbar machen konnte, landete ich auf einer weichen Matratze und vernahm die vertraute Stimme meines Frauenarztes.

«Na, Frau Paulus, wie fühlen Sie sich denn», meinte Dr. Egner und streichelte mir mit dem Handrücken über die Wange.

«Memm», umschrieb ich meinen nebulösen Zustand rudimentär. Tja, wie fühlte ich mich? Schwer zu sagen. Am Bauch tat es ziemlich weh, soviel stand schon mal fest. Ach richtig, den hatten sie mir ja aufgeschnitten. Links und rechts von mir breitete sich eine kleine Kollektion von Schläuchen aus. Durch den einen Schlauch floß Urin, durch den anderen Blut, und von oben träufelten sie mir eine farblose Flüssigkeit über eine Kanüle in den Handrücken. Auf meinem geschundenen Bauch lag ein Sandsack, der mich in die Matratze drückte.

Die Bewegungsunfähigkeit als solche entsetzte mich nicht weiter, damit hatte ich gerechnet. Auf den unbändigen Hunger, der da in mir tobte, war ich allerdings nicht vorbereitet. Alles in mir schrie nach Nahrung. «Wann gibt's denn Mittagessen?»

Dr. Egner sah mich fassungslos an. «Wie bitte? So kurz nach der Narkose haben Sie schon Hunger? Sie nehmen mich bestimmt auf den Arm, oder?»

Ich ging vorsichtshalber nochmal in mich und machte einen Gegencheck. Nein, es bestand kein Zweifel. Was da rumorte, war kein Sodbrennen, keine Blähung und kein Milzstechen. Es war ein ausgewachsener, röhrender Hunger. Ein Königreich für einen Rinderbraten mit Spätzle oder wenigstens eine Schüssel Spaghetti carbonara.

Dr. Egner rieb sich nachdenklich das Kinn. Dann rückte er mit dem Unfaßbaren heraus: daß ich heute und morgen absolut keine Nahrung aufnehmen und frühestens übermorgen mit einer leichten Zwiebackmahlzeit rechnen dürfe.

Ich war wie vom Blitz getroffen. Hilfesuchend sah ich Schwester Petra an, die gerade mein Kopfkissen aufschüttelte. Doch zu meiner unbeschreiblichen Enttäuschung war Schwester Petra zwiebackmäßig ganz auf Dr. Egners Seite.

Beleidigt und resigniert zog ich die Bettdecke bis übers Kinn. So war das also, man wollte mich hier systematisch fertigmachen. Als hätten sie mir mit dem aufgeschlitzten Bauch nicht schon genug Scherereien eingebrockt. Meine Drohung, daß ich noch in dieser Stunde verenden würde, ließ Egner und seine als Krankenschwester getarnte Komplizin kalt.

«So schnell gehen Sie uns nicht vor die Hunde», versicherte er mir gut gelaunt und rauschte mit ein paar lobenden Worten über meinen Blutdruck hinaus.

Es wurde eine schreckliche Tortur. Der Hunger brachte mich fast um den Verstand. Für einen Lila-Pause-Snack hätte ich einen Mord begangen. Die Maggi-Versuchsküchen-Werbung im Fernsehen stürzte mich in eine tiefe Depression. Zeitschriften standen auf dem Index, weil die appetitlichen Lebensmittelanzeigen über meine Kräfte gingen. Den Rest aber gab mir Elfie Vogelstätter.

Da sie mit ihrem Eingriff an der Gebärmutter drei Tage Vorsprung hatte, waren ihr in Sachen Ernährung keinerlei Beschränkungen mehr auferlegt. Ständig wurden herrlich duftende, dampfende Menüs hereingetragen, in denen sie schlecht gelaunt herumstocherte. Das Fleisch war zu zäh, die Nudeln zu weich, das Gemüse verkocht und der Nachtisch zu süß. Elfie Vogelstätter hatte ein Riesenglück, daß ich kein Nudelholz zur Hand hatte, um es ihr überzubraten. Denn sie wußte um meinen permanenten Heißhunger und reagierte auf meine Klagen nur mit einem herzlosen «Sie versäumen gar nichts. Den Fraß können S' eh vergessen». Natürlich vergaß ich den «Fraß» nicht. Im Gegenteil, ich mußte dauernd an ihn denken.

Um mich von meinem Hunger abzulenken, fuhr ich mit meinem Bett ein bißchen auf und ab. Wirklich ein tolles Geschoß. Per Knopfdruck ließen sich Höhe und der Winkel des Rückenteils verstellen. Doch egal, ob ich mich in die Horizontale streckte oder die aufrechte 90-Grad-Haltung einnahm: Der Hunger blieb immer gleich unerträglich. Und wäre ein Salz- und Pfefferstreuer in der Nähe gewesen, hätte ich sogar den bunten Blumenstrauß, den mir die Kollegen von der Crewplanung mit Fleurop geschickt hatten, nicht verschmäht.

Am nächsten Morgen um sechs Uhr staubte Schwester Karin

herein. Ich war so verschlafen, daß es ein paar Sekunden dauerte, bis ich kapierte, warum ich in einem fremden Zimmer neben einer fremden Frau lag. Noch immer hingen Schläuche aus mir heraus, noch immer schmerzte die Operationswunde, und noch immer lag der Sandsack auf meiner Bauchdecke. Elfie Vogelstätter muffte Schwester Karin verpennt an, sie solle gefälligst dieses gräßliche Neonlicht ausmachen. Die Schwester ging nicht weiter darauf ein, sondern hängte mich vom Tropf ab und drückte mir die Plastikbeutel, die am Ende der Schläuche hingen, in die Hand.

«So, Sie gehen jetzt ins Bad und machen sich frisch. Ich überziehe in der Zwischenzeit Ihr Bett neu.»

Schwester Karin stellte Elfie Vogelstätter das Frühstück auf das Tischchen neben ihrem Bett. Der Anblick der beiden Brötchen bestätigte meinen Verdacht, der bereits im Bad aufgekeimt war: Ich hatte schon wieder einen Hammer-Mega-Riesenkohldampf.

Auf Frau Vogelstätter schien das Frühstückstablett deutlich weniger Faszination auszuüben als auf mich. Sie nippte von ihrem Kaffee, machte «bääh» und mümmelte miesepeterig an ihrem Marmeladebrötchen herum, bevor sie nach der Schwester klingelte, man möge dieses ungenießbare Zeug umgehend abtransportieren. Angewidert drehte ich mich weg.

Die Rettung nahte in Form meiner Eltern. Mama brachte mir nicht nur meine Post, den neuen Donna-Leon-Krimi und ein paar Magazine, sondern auch eine Packung mit Schokoladenlebkuchen. Wie unvorsichtig von ihr! Kaum waren meine Eltern wieder weg, fiel ich über die Lebkuchenpackung her. Die Gelegenheit war günstig. Elfie Vogelstätter war im Bad, und Schwester Renate hatte sich gerade mit meinem Fieberthermometer davongemacht.

Gierig stopfte ich den ersten Lebkuchen in mich hinein. Hatte ich je etwas so Köstliches gegessen? Ich wollte gerade antesten, ob der zweite Lebkuchen auch nur annähernd so gut schmeckte wie der erste, als die Tür aufging und der junge Arzt hereinkam, der am Abend vor der Operation einen umfangreichen Check mit mir gemacht hatte.

Mit dem Stethoskop fuhr er auf meiner Bauchdecke herum. «Hier rumpelt es aber gehörig», stutzte er. Er sprach mit leichtem Akzent. Wie ich gestern einer Unterhaltung zwischen Schwester Karin und Dr. Egner entnommen hatte, stammte er aus Litauen.

«Ach ja? Das ist wahrscheinlich das Magenknurren, weil ich so hungrig bin», meinte ich scheinheilig, während ich heimlich einen Schokokrümel aus dem Mundwinkel leckte.

Dem leichten Grinsen des Herrn Doktor war anzusehen, daß er den Unterschied zwischen einem leeren und einem arbeitenden Magen sehr wohl kannte, er verkniff sich aber jeden Kommentar. Gott sei Dank verpetzte mich der junge Doktor auch nicht bei Dr. Egner, als der zu der Untersuchung dazustieß.

«Na, wie geht's uns denn heute? Schon Stuhlgang gehabt?» begrüßte mich Dr. Egner.

Das war ja wohl der Gipfel der Unverschämtheit.

«Nein», antwortete ich trotzig. Stuhlgang! Da wird man systematisch ausgedörrt und leer gepumpt – und dann soll man auf Bestellung einen Stuhlgang hervorzaubern. Wie hätten Sie's denn gern, lieber Herr Doktor Egner? In kleinen Klümpchen oder lieber am Stück?

«Der sollte aber langsam wieder in die Gänge kommen», blieb Dr. Egner am Ball. «Süßen Sie Ihren Tee mit Edelweißmilchzucker, dann kriegen wir das schon hin.»

Elfie Vogelstätter war mir gegenüber mittlerweile richtig aufgetaut, was sich in einem ungeheuren Mitteilungsdrang äußerte. Ich erfuhr beim Mittagessen – bei *ihrem* Mittagessen wohlgemerkt, ich ging nach wie vor leer aus –, daß sie neben ihren Zysten am After auch noch einen Ehemann, einen Liebhaber und jede Menge Schulden hatte. Letztere hatte ihr der Liebhaber eingebrockt, der zwar gut im Bett war, aber in Gelddingen zu haarsträubenden Entscheidungen neigte. Noch am selben Tag sollte ich beide kennenlernen: den Ehemann, einen gutmütigen Glatzkopf, und eine Stunde später kam der junge Liebhaber zu Besuch, der eine Schnapsfahne hinter sich herzog.

Abends kam der junge Stationsarzt noch mal herein, um nach meiner Operationsnarbe zu sehen. «Schön, wirklich sehr schön», lobte er.

Während er in seine Liste mit konzentrierter Miene Notizen eintrug, beschloß ich, ein paar persönliche Takte anzuschlagen.

«Woher kommen Sie, wenn ich fragen darf», eröffnete ich gesellig das Gespräch. «Sie haben einen so interessanten Akzent.»

Der Arzt zuckte unter der unerwarteten Offensive seiner Zysten-Patientin leicht zusammen, dann legte sich ein schelmisches Grinsen über sein Gesicht: «Dreimal dürfen Sie raten.»

Ich bemühte mich um einen grüblerisch kompetenten Gesichtsausdruck und tippte mit «Tschechien» erst einmal absichtlich daneben. Ich kam mir vor wie die Königstochter aus dem Rumpelstilzchen, die den Namen des Gnoms erraten muß, um ihr Kind zurückzubekommen: «Heißest du Hinz? Heißest du Kunz? Heißest du etwa … Rumpelstilzchen?»

Mein Tschechien-Irrtum erheiterte den Herrn Doktor ungemein. Mit triumphblitzendem Schalk in den Augen schüttelte er den Kopf.

«Hmm, Pole sind Sie auch nicht», grummelte ich fachmännisch in mich hinein. «Vielleicht aus Litauen?»

Jetzt fiel ihm seine baltische Kinnlade aber nach unten. «Ja, das stimmt … woher … woher. Wie kommen Sie denn darauf?»

Ich schwadronierte über seine hohen Backenknochen und seine unverwechselbar litauische Augenpartie, was natürlich blanker Unsinn war. Die hätte ebensogut bei einem Chilenen oder bei einem Kölner vorkommen können. Trotzdem war der Stationsarzt von meinen ethnolinguistischen Analysen schwer beeindruckt und himmelte mich auf einmal wie ein hypnotisiertes Kaninchen an. Schade nur, daß er überhaupt nicht mein Typ war – trotz der litauischen Wangenknochen.

Er zog den Besucherstuhl heran und setzte sich erwartungsfroh an mein Bett. Wie er zufällig in den Unterlagen gesehen hätte, sei ich Flugbegleiterin. Das müsse ja ein wahnsinnig aufregender Beruf sein. Ich würde doch bestimmt die ganze Welt kennen. Ob ich denn schon einmal in seiner Heimat gewesen sei beziehungsweise sie gerne kennenlernen würde. Er könne mir gute Tips geben, Adressen von Verwandten und Bekannten – und überhaupt.

Wie gesagt, er gefiel mir nicht. Leider. Außerdem schmerzte die Operationswunde, und in der obersten Schublade meines Bettkästchens wartete der letzte von sechs Lebkuchen darauf, von mir verdrückt zu werden. Ich gab dem Doktor zu verstehen, daß ich bedauerlicherweise wahnsinnig erschöpft sei und gerne schlafen würde. Unser interessantes Gespräch könnten wir ja liebend gerne morgen fortsetzen. Der Doktor nickte verständnisvoll, dennoch war ihm die Enttäuschung über den Rausschmiß anzusehen. Mit unübersehbarem Frust im Mundwinkel stellte er den Stuhl wieder an seinen Platz zurück und wünschte mir eine gute Nacht.

«Ein toller Mann, dieser Doktor Lewandowsky», stöhnte Elfie Vogelstätter, unmittelbar nachdem die Tür von außen geschlossen wurde. «Wie der auf eine Frau eingehen kann... so sensibel, so, so... inniglich. So was kannst du lange suchen.»

«Jaja», sagte ich nur. Ich hatte überhaupt keine Lust, mit ihr über den inniglichen Doktor Lewandowsky zu diskutieren. Elfie Vogelstätters Schwärmereien für Männer hatte etwas Inflationäres. Mir schien, als fände sie jeden Mann toll – außer ihrem eigenen. Sie hielt unsägliche Monologe über ihren Liebling Howard Carpendale. Sieben Konzerte hatte sie schon live miterlebt. Vergangenen Dezember hatte sie sich in der Olympiahalle einen Platz ganz vorne an der Bühne ergattert und während Howies Zugabe «Hello Again» ihren Lieblings-BH auf die Bühne geworfen. Ich betete relativ selten. Doch in diesem Moment schickte ich ein Stoßgebet an den lieben Gott, er möge mich von einer solchen spätpubertären Phase verschonen.

Sie schwärmte von Sigmar Solbach und Sylvester Stallone, von George Clooney (den sie bayrisch-kumpelhaft «Schorsch» aussprach) und von Leonardo DiCaprio, wobei sie mit der Feststellung, Leonardo könne locker ihr Sohn sein, direkt selbstkritische Ansätze zeigte. Am meisten rastete sie beim Melitta-Mann aus, der für mich ja nun das reinste Brechmittel war.

Zur Strafe folterte sie mich für den Rest des Fernsehabends mit einer Krankenhausserie nach der anderen. Um neunzehn Uhr ließ sich mich gnädigerweise die «Tagesthemen» gucken, doch dann glitten auch schon die heilenden Hände von «Dr. Markus Merthin» über den Bildschirm. Klar, daß auch Sascha Hehn zu Frau Vogelstätters engerem Favoritenkreis zählte und mit wildem Gestöhne begrüßt wurde. Dann kam «Hallo, Onkel Doc», gefolgt von «Für alle Fälle Stefanie». Nicht zu fassen!

Trotzig fuhr ich mit meinem Bett noch ein bißchen auf und ab, nahm meine halbe Schlaftablette und drehte mich ostentativ von der «Stadtklinik» weg. Jaja, Zimtzicke müßte man sein, da würde manches im Leben einfacher gehen.

Hoffentlich war mir wenigstens ein antiseptischer Traum vergönnt. Doch Pustekuchen! Statt dessen befand ich mich mit dem litauischen Stationsarzt gemeinsam auf einem Pferd auf der Flucht vor unseren Häschern. Vieles in diesem Traum deutete darauf hin, daß der Balte und ich das herkömmliche Arzt-Patienten-Verhältnis überschritten hatten. Sonst hätte er mir vermutlich nicht dauernd am Busen herumgeknetet.

Allmählich ging es bergauf. Ein Schlauch nach dem anderen kam weg, die Kanülen wurden abgestöpselt, und nach zwei drögen Zwieback-Tagen bekam ich doch tatsächlich eine richtige Mahlzeit ans Krankenbett serviert. Das versöhnte mich für viel erlittene Schmach. Die Journale, die mir meine Mutter mitgebracht hatte, konnte ich wieder unbekümmert durchblättern, ohne wegen einer ganzseitigen, farbigen Fertigmenüwerbung in Schwermut zu versinken.

Meine postoperative Glückssträhne riß jedoch am fünften Tag jäh ab. Bei meinem frühmorgendlichen Badbesuch hätte der Blick in den Spiegel um ein Haar einen Herzinfarkt verursacht: Gesicht und Dekolleté waren von einem feuerroten Ausschlag übersät. Ich sah aus wie ein Streuselkuchen im Spitzennachthemd.

Der mir bislang unbekannte Stationsarzt, der die Morgenvisite machte, meinte, es gebe keinen Grund zur Panik. Er war sich nur nicht sicher, ob der Ausschlag von den Antibiotika käme, die in den Infusionen enthalten gewesen seien, oder von dem Edelweißmilchzucker, den ich mir in großen Mengen den lieben langen Tag in den Tee schaufelte, um die Verdauung wieder in die Gänge zu bringen.

Am nächsten Morgen waren die Pusteln auf ebenso rätselhafte Weise wieder verschwunden, wie sie aufgetaucht waren. Die Erfolgsmeldung ging total unter, weil die gesamte Station mit Elfie Vogelstätters Entlassung beschäftigt war. Doch ihr letzter Kliniktag sollte nicht ohne Krach verstreichen. Offensichtlich hatte ihr Mann bei einem Telefonat mit der Krankenversicherung herausbekommen, daß ihre Police nur die Unterbringung in einem Mehrbettzimmer abdeckte und nun ein happiger Doppelzimmerzuschlag in vierstelliger Höhe fällig wurde. Wie eine Gewitterziege polterte sie durch das Krankenhaus, um dem Klinikdirektor den Marsch zu blasen. Die Mehrbettalternative sei ihr in betrügerischer Absicht vorenthalten worden…

Na ja, irgendwann war Elfie Vogelstätter dann doch endgültig weg. Ich genoß mein Alleinsein, vor allem die alleinige Herrschaft über die dreiunddreißig Fernsehprogramme. Mit großem Vergnügen überzappte ich sämtliche Klinikserien, die auch an diesem Tag das TV-Geschehen beherrschten. Ich fühlte mich großartig. Und in nur wenigen Tagen würde ich mich nicht mehr ausschließlich als Fernsehzuschauerin am Leben beteiligen, sondern auch wieder persönlich mitmischen.

Tina brachte mir im Namen der Kollegen einen riesigen Blumenstrauß und ein kleines Geschenk ans Krankenbett: «Katie, werd schnell wieder gesund. Wir vermissen Deinen Elan und Deine Dynamik», stand in handgeschriebenen Lettern über einem großen Foto, das mich schlafend in einem Sessel hängend, in Uniform und mit offenem Mund zeigte. Es sah aus, als sei ich gerade von einem Heckenschützen niedergestreckt worden. Das Bild klebte auf beigem Kartonpapier, auf dem gut zwei Dutzend Kollegen unterschrieben hatten.

«O Gott», stöhnte ich erschrocken und steckte das Kunstwerk beschämt in den Umschlag zurück. Wie Tina mir verriet, hatte Benny diesen zauberhaften Schnappschuß am Miami International Airport vor dem Rückflug gemacht. Na warte, Benny, wenn ich dich in die Finger kriege!

Im Telegrammstil berichtete Tina von den aktuellen Vorkommnissen in der Firma: Susanne von der Flugplanung war schwanger. Allerdings war bisher noch nicht herauszubekommen, von wem: ihrem langweiligen Versicherungsangestellten-Lebensgefährten, mit dem allerdings seit einigen Wochen Schluß war, oder von dem schlaksigen Fluglotsen, mit dem sie in letzter Zeit häufig gesichtet worden war. Aus der Chefetage war durchgesickert, daß Holiday Airways im kommenden Sommerflugplan die Bermudas aufnehmen würde. Und bei Andy Zangenmeister hing der Haussegen schief, nachdem Andy auf Pamelas Geburtstagsfeier ungeniert mit Pamelas jüngerer Schwester geflirtet und die junge Ehefrau mit Türknallen die Party verlassen hatte. Ich mußte grinsen. Andy, dieser Hallodri! Sechs Monate, so hatte ich getippt, würde er sich zusammennehmen, bevor er zu seinen alten Jagdgepflogenheiten zurückkehrte. Doch die Zangenmeister-Hochzeit lag gerade mal drei Monate zurück.

Dann erzählte mir Tina, Charlie Reichenberger habe mich für einen New-York-Flug über Silvester requestet. Sie sei natürlich auch mit von der Partie, außerdem Benny und Andy Zangenmeister.

«Der Reichenberger hat *mich* requestet?» bohrte ich mir ungläubig den Zeigefinger ins Schlüsselbein. Doch Tina beteuerte, sie habe sich bestimmt nicht verhört und ich solle in bezug auf Charlie Reichenberger nicht immer so pessimistisch sein.

«Der hat nun mal so 'ne muffige Art manchmal. Das darfst du nicht persönlich nehmen.»

Ich hatte so meine Zweifel. Wahrscheinlich brauchten Charlie und Andy einen Dodel für die Pleiten-, Pech- und Pannenabteilung.

Ich zögerte noch aus einem anderen Grund. Nach dem Klinikaufenthalt war ich noch drei Wochen krank geschrieben. Danach war ich für zwei Tagesflüge nach Lanzarote und Madeira eingeteilt, und dann stünde auch schon dieser Neujahrsflug nach New York an, nach dem sich bestimmt drei Viertel der Belegschaft die Finger lecken würden. Und ausgerechnet ich, die so lange ausgefallen war, sollte dieses Bonbon bekommen – aus kollegialer Sicht bestimmt kein besonders geschickter Schachzug.

Doch Tina wollte von meinem Gezaudere nichts wissen: «Jetzt zick bloß nicht herum. Du fährst mit, basta. Was meinst du, wie geil das wird.»

9

Mit einem Korb schmutziger Wäsche und einem Sack voll schlechtem Gewissen traf ich bei meinen Eltern ein. Ich mußte Mama die New-York-Sause beichten, wohlwissend, daß sich die Begeisterung über diese Mitteilung im Hause Paulus sehr in Grenzen halten würde. Ich schilderte den Silvestertrip nach Manhattan als bedauerliches Malheur, das wegen einer ebenso hochkomplizierten wie unglücklichen Dienstplansituation leider, leider nicht zu umgehen war. Trotz einer schauspielerisch hochklassigen Performance war Mama ziemlich stinkig. Das New-York-Geständnis bedeutete, daß ich dieses Jahr wieder nicht zu ihrem Silvesternachmittagskaffee kommen würde, zu dem sie immer die Verwandtschaft zusammentrommelte. Und wieder würde sie mich zähneknirschend entschuldigen und den Onkeln und Tanten meine besten Grüße aus der Ferne bestellen müssen. Das Gemeckere meiner Patentante Monika, die mein ständiges Fehlen beim Silvesterkaffee schon längst persönlich nahm, war vorprogrammiert. Gott sei Dank gab es mittlerweile Henry. Sein Unterhaltungswert stieg mit jedem Jahr, so daß von meiner Abwesenheit bald keiner mehr Notiz nehmen würde.

«Und vergiß nicht, du bist frisch operiert. Du solltest dich wirklich besser schonen. So eine Narbe ist in Null Komma nichts aufgeplatzt, wenn du nicht kürzertrittst.»

Ich versuchte Mama davon zu überzeugen, daß ich mich lange genug auskuriert hatte und mich nicht noch ein halbes Jahr lang auf die Couch legen könne. Doch sie hörte mir gar nicht zu. Mama vertrat sowieso die Meinung, meine Unterleibsgeschichte ginge zu hundert Prozent auf das Konto meines ungesunden Berufs. Ich solle diesen Vorfall als Omen werten. Ob ich mich denn schon einmal ernsthaft mit einer beruflichen Alternative auseinandergesetzt hätte?

Wie ich dieses Thema haßte. Und wie ich Mama haßte, wenn sie damit anfing und ihrer geringschätzigen Einstellung zur Fliegerei freien Lauf ließ. Befragt nach konkreten Vorschlägen, fiel ihr nichts anderes ein als ein stereotypes «Dann-lern-was-Ordentliches». Sehr konstruktiv, vielen Dank, Mama. Sollte ich vielleicht wieder an die Uni gehen und mich unauffällig unter die Kommilitonen mischen, die gut zehn Jahre jünger waren als ich? Eine Lehre anfangen? Dort würde der Altersunterschied fünfzehn Jahre betragen. Wirklich tolle Perspektiven für eine Zweiunddreißigjährige. Ich zwang mich, bei Mamas Genöle nicht in die Luft zu gehen, sondern ruhig und sachlich zu bleiben.

«Mama, ich bin *Chefstewardeß* bei einer angesehenen und erfolgreichen Fluggesellschaft. Das ist kein Ferienjob, sondern mein Beruf. Er hat seine schönen und seine weniger schönen Seiten, wie jeder andere Beruf auch. Ist Papa vielleicht jeden Tag glückstrahlend vom Büro nach Hause gekommen, weil es dort immer so umwerfend schön war?»

Am liebsten hätte ich ihr eine zynische Bemerkung über ihr sorgloses Hausfrauendasein hingelatzt. Aber dann wollte ich doch keinen Knatsch heraufbeschwören. Daher sagte ich nur: «Bei meinem Beruf überwiegen die Vorteile, und vor allem: Ich mag ihn. Du solltest dich allmählich damit abfinden.»

«Is' ja gut, Kind», lenkte sie ein. «Ich will nur nicht, daß du deine Gesundheit ruinierst. Heute Kalifornien, morgen Hinterindien, übermorgen australischer Busch – das hält doch keiner ewig durch. Ich wundere mich sowieso, daß du nicht längst ein Magengeschwür hast. Glaub mir, diese Zyste ist ein ernster Warnschuß.»

Ich seufzte. Mama hatte ja irgendwo recht. Aber das durfte ich unter gar keinen Umständen zugeben. Diesen Triumph wollte ich ihr nicht gönnen. Nicht mal zur Vorweihnachtszeit.

«Komm, laß uns Scrabble spielen», lautete mein besinnliches Friedensangebot.

Mama schaute auf ihre Armbanduhr. «Mußt du nicht um drei Uhr zu Hause sein? Franziska hat mir erzählt, daß du mit Henry heute nachmittag Plätzchen bäckst.»

«Ach du Scheiße», entfuhr es mir. Stimmt, ich hatte es Henry versprochen.

Anfang der Woche hatte Henry beim gemeinsamen Besuch im Supermarkt mit seinen Röntgenaugen in der Backzutatenabteilung eine kleine Schachtel mit zwölf kleinen Marzipan-Dinos entdeckt. Logisch, daß die sofort in unserem Einkaufswagen landeten. Um zu verhindern, daß Henry die Dinos noch im Auto in sich hineinmampfte, unterbreitete ich ihm den pädagogisch wertvollen Vorschlag, diese Dinos bis zum nächsten großen Großbacktag aufzuheben, um damit die Weihnachtsplätzchen zu dekorieren. Henry ließ sich auf den Deal ein. Allerdings wollte er sich nicht mit einem unverbindlichen «Demnächst» abspeisen lassen, sondern bestand auf einem konkreten Backtermin. Da er bereits dem zweiten Dino den Schwanz abgebissen hatte, stellte ich kurzerhand den kommenden Samstag in Aussicht. Die Dinos würde ich solange in Verwahrung nehmen, zumal wir mit den Dino-Plätzchen auch die Verwandten überraschen wollten.

Ich hoffte natürlich für den anvisierten Samstag auf ein kindergesellschaftliches Großereignis, das den Backtag mit einem Schlag in Vergessenheit geraten ließe. Ich hoffte vergebens. Nichts hätte Henry von seinen Backplänen abbringen können. Wie Mama erzählte, sprach ihr Enkel seit jenem Supermarktbesuch von nichts anderem als von seinem Plätzchentermin bei seiner Tante Katharina und fieberte startklar mit seinem Nudelholz dem Samstag entgegen.

Und heute war Samstag. Mist aber auch! Gut, daß Mama mich

daran erinnert hatte. Ein Zerwürfnis mit Henry wollte ich dann doch nicht riskieren. Auf dem Heimweg machte ich einen gedanklichen Backzutatencheck. Na ja, für einen stinknormalen Mürbeteig mußte eigentlich alles vorrätig sein. Mit Puderzucker für den Guß konnte es schlecht aussehen. Und wo hatte ich das Back-Sonderheft von «Meine Familie & ich» deponiert? Ohne genaue Mengenangaben war ich aufgeschmissen. Ach ja, und die Plätzchenbackform mit den zwei kopulierenden Nikoläusen, die mir Pamela einmal geschenkt hatte, mußte ich rechtzeitig vor Henry in Verwahrung bringen.

«Henry, jetzt laß mich mal machen. Nur ganz kurz. Schau genau hin, wir müssen den Teig ganz glatt ausrollen, erst dann kannst du ausstechen.»

Henry hatte sich in Rambomanier mit seinem persönlichen Nudelholz über den Mürbeteigklumpen hergemacht und dabei ein ziemliches Massaker angerichtet. In der Teigmitte klaffte ein riesiges Loch, dafür hatte sich der Teig am unteren Ende auf fast zehn Zentimeter Dicke zusammengeschoben. Vom Nudelholz hingen lauter Teigfetzen weg. Ich riß ein Stück vom südlichen Wulst ab und reparierte notdürftig das Loch. Kaum war ich mit meiner Flickarbeit fertig, drückte Henry einen pinkfarbenen Marzipan-Dino in die weiche Masse. «Ist das Dino-Plätzchen jetzt fertig?» hoffte er ungeduldig.

Ich versuchte ihm schonend beizubringen, daß es noch nicht ganz soweit war. Er solle erst einmal seinen Stern holen und vorsichtig mit dem Ausstechen beginnen, ich würde schon mal das Backblech herrichten.

Als ich mit dem Blech aus der Besenkammer zurückkam, war Henry mit seinem Fünfzacker bereits dabei, den Teig niederzumetzeln.

«Henry, nein, nicht!» funkte ich dazwischen. «Du darfst nicht in die fertigen Sterne stechen.»

Zu spät. Na ja, egal. Unsere Plätzchen waren schließlich zu keinem Schönheitswettbewerb angemeldet. Und da Henry von mir keine technischen Vorschriften annahm, ließ ich ihn weitermetzeln, bis er triumphierend «Fertig!!» rief.

Mit dem Messer hob ich die merkwürdigsten geometrischen Teigfiguren aufs Backblech. Nicht ein einziger kompletter Stern war darunter. Na und, schließlich gab es einen Halbmond, warum sollte es dann nicht auch Halbsterne geben?

Ich hing mit dem Oberkörper im Ofen, als das Telefon klingelte. «Henry, geh mal hin! Wenn es jemand für Tina ist, dann sag, daß sie nicht da ist», rief ich aus der dunklen Tiefe des Backrohrs heraus.

«Tina ist nicht da!» begrüßte Henry den Anrufer. Dann hörte ich ihn geschäftig sagen: «Wir haben auch einen Tony im Kindergarten. Den mag ich aber nicht, weil der immer Blödmann zu mir sagt. Rate mal, was er gestern gemacht hat. Er hat meine Hausschuhe versteckt. Und rate mal, was Frau Schlagerbauer gemacht hat. Die hat ihn geschi-himpft.»

Ich knallte die Backofentür zu und eilte erst zum CD-Player. Mit meinem einzigen teigfreien Fingerknöchel machte ich Mariah Carey etwas leiser, die gerade in vorweihnachtliche Begeisterung ausgebrochen war: «Santa Claus is coming to town»; dann eiste ich mit meinen beiden ebenfalls teigfreien Ellenbogen Henry sanft vom Telefonhörer los und klemmte mir letzteren zwischen Schulter und Ohr. Tony am anderen Ende der Leitung klang etwas erschöpft. Das Protokoll über die skandalösen Vorfälle in Henrys Kindergarten hatten ihn rein sprachlich an den Rand seiner Möglichkeiten gebracht. Mit mir durfte er wenigstens englisch reden. Er rechnete mir mit leicht vorwurfsvollem Bedauern vor, daß wir uns nun fünf Monate nicht gesehen hätten, die längste Trennung, seit wir uns näher kannten. Ob ich denn über Silvester nicht nach Jamaika kommen könne? Er sei zwar in den Weihnachtsferien bis unters Dach voll und extrem busy, aber für mich würde er immer ein Plätzchen und ein wenig Zeit finden.

Ein tiefer Seufzer drang an mein Ohr, als ich ihm von meinen Reiseplänen nach New York erzählte.

«Ach, New York. Weißt du noch, unsere Suite im ‹Four Seasons›?»

Ich seufzte zurück. Ja, das war schön damals. Tony – das ganz große Herzflimmern von einst war abgeklungen. Trotzdem schön, daß es ihn gab. Wir wünschten uns schon mal einen guten Rutsch und tauschten ein Fernküßchen aus. Dann klingelten die ersten fertigen Plätzchen nach mir.

Franziska, die sich einen schönen Nachmittag allein gemacht hatte, tauchte in einer dramaturgisch entscheidenden Phase wieder in der Backstube auf. Henry hatte die Aufgabe, eine zähflüssige Schoko-Puderzucker-Glasur mit dem Pinsel auf die frischgebackenen Plätzchen zu streichen, sehr eigenwillig gelöst. Die Schokopampe hatte ihren Weg bis in Henrys Achselhöhlen gefunden, ein bißchen war auch auf den Plätzchen gelandet. Mit einem feuchten Waschlappen bearbeitete ich gerade eine glasierte Haarsträhne, als Franziska beim Anblick ihres Schokohasen fast in Ohnmacht fiel.

Der krönende Höhepunkt dieser Backsession stand Henry aber noch bevor: Nachdem ich den Pinsel in meine Gewalt gebracht und die ersten Plätzchen dick mit Schokoglasur bestrichen hatte, durfte er einen seiner bonbonfarbenen Dinos in die Mitte plazieren. Wow! Das sah einfach geil aus, wie Henry und ich übereinstimmend feststellten – auch wenn mein Neffe mit einer kleinen Kritik an dem pinkfarbenen *Triceratops*, dem seiner Behauptung nach eines von drei Hörnern fehlte, nicht hinterm Berg halten konnte. Zum Zeichen seiner Verachtung für den unfähigen Marzipan-Dino-Hersteller stopfte Henry ein Plätzchen in sich hinein, ohne zu warten, bis der Dino überhaupt auf der Glasur festklebte.

«Der Tony hat angerufen. Aber nicht der Tony vom Kindergarten. Ein anderer, ich glaube Katharinas Freund», machte Henry nun Konversation.

Franziskas Augen richteten sich mit amüsiertem Erstaunen auf mich. «Sieh mal einer an. Gibt es da irgendwas, das mich interessieren könnte? Schwager-mäßig, meine ich.»

Ich fertigte für meine Schwester einen kurzen Tony-Steckbrief an. Die Wahrheit ist ja immer schnell gesagt.

10

«Bring ihm eine Levi's-Jeans mit und vielleicht noch Turnschuhe. Aus den alten ist er schon wieder fast rausgewachsen. Er hat Größe 30, aber die Amerikaner haben andere Größenangaben. Im Notfall kannst du auch nach der Sohlenlänge gehen. Es sind etwas mehr als zwanzig Zentimeter. Ach so, die Amis haben ja keine Zentimeter, sondern *inches*. Das weiß ich jetzt auf Anhieb nicht, wie man das umrechnet...»

Meine Schwester betete mir wieder mal ihren Wunschzettel herunter. Obwohl ich meine Kuriertätigkeiten für Verwandte und Freunde in den letzten Jahren drastisch eingeschränkt hatte, hagelte es vor Flügen nach New York unverändert viele Bestellungen. Franziska begann immer ganz unschuldig mit bescheidenen Besorgungsanfragen für meinen Liebling Henry – wohlwissend, daß mir kein Weg zu weit war, um meinem Neffen die überlebenswichtigen Accessoires zu beschaffen. Aber dann ratterte sie ihre Wünsche hinterher: Dutzende von Cremes und Wässerchen von Clinique, Lippenstift von Elizabeth Arden, Salatdressing von Newman und Unterwäsche von Calvin Klein. Ich notierte brav mit. Aber ich warnte sie schon mal vor, daß ich mir definitiv kein Bein ausreißen würde: Alles, was ich nicht in meinem Stammkaufhaus Lord & Taylor an der Fifth Avenue bekommen würde, nur zwei Gehminuten von unserem Hotel entfernt, würde von der Liste fliegen. Die Zeiten waren vorbei, als ich noch in Manhattan von einem Laden in den anderen hechelte, um für meine Schwester irgendwelchen exotischen Firlefanz aufzutreiben, den sie in einem Lifestyle-Magazin als letzten Schrei entdeckt hatte.

Auf den Sektkübel, den ich ihr bei Bergdorf & Goldmans besorgen mußte, habe ich heute noch einen Haß. Da er in meinem Koffer natürlich keinen Platz fand, stopfte ich ihn auf dem Heimflug in den Overhead-Locker in der Kabine, aus dem er kurze Zeit später prompt meiner Kollegin Reni auf den Kopf fiel.

«Ach Katie, noch was: Stefan hat doch so einen hellgrau-schwarzen Jogginganzug. Könntest du mal schauen, ob es dazu von Nike...»

«Franzi, sei mir nicht böse. Ich muß jetzt zum Flugzeug, meine Kollegen sitzen schon im Bus, die warten nur noch auf mich. Ich ruf dich aus New York an, okay?»

Die Maschine war natürlich bis auf den letzten Platz ausgebucht, wie alle unsere Fernflüge zwischen Weihnachten und Neujahr. Ich wunderte mich immer wieder, woher die Leute das Geld für all die teuren Reisen nahmen. Eine vierköpfige Familie eine Woche in New York – da waren doch sicher gleich mal zehntausend Mark fällig. Wo gerade in der Hochsaison in Manhattan selbst in der preiswertesten Kategorie kein Hotelzimmer unter zweihundert Mark zu bekommen war. Dazu Essen, ein bißchen Shopping, ein, zwei Musicals... So weit konnte es mit unserer Wirtschaftskrise nicht her sein. Nicht zu vergessen die Urlaube über die Karnevalstage, über Ostern, Pfingsten und natürlich der «große Urlaub» im Sommer.

Während ich jeden einzelnen Passagier mit einem warmen Herzlich-willkommen-Lächeln begrüßte, fiel mir siedendheiß ein, daß ich meine neuen schwarzen Pumps daheim vergessen hatte. Die Schuhe gehörten zu dem Cocktailkleid, in dem ich eigentlich den Silvesterabend bestreiten wollte. Also mußte ich mir wohl oder übel in New York ein Paar passende Schuhe besorgen. Die hundert Dollar, die dafür fällig würden, schmerzten mich jetzt schon.

Okay, meinen naiven Vorsatz, meinen Kontostand bis zum Jahresende aus der Talsohle zu hieven, hatte ich bereits zum Buß- und Bettag über Bord geworfen. Trotzdem hätte ich das Finanzjahr gerne mit einem halbwegs anständigen Spar-Finish zu einem versöhnlichen Ausgang geführt. Und jetzt diese überflüssige Ausgabe für ein Paar Treter!

Tina hatte sich ebenfalls eine Spar-Kur verordnet. Wirklich geschickt von uns. Ausgerechnet in New York. Als würde man einen Alkoholiker zum Entzug im Hofbräuhaus einquartieren. «Immer wenn du merkst, daß ich auf ein Kaufhaus zusteuere, dann gib mir eine Ohrfeige», ordnete Tina an, die mir beim Herzlich-willkommen-Lächeln assistierte.

Ihrem Vorsatz, mal ins Museum of Modern Art und ins Guggenheim Museum zu gehen, schloß ich mich gerne an. Denn bei einer ehrlichen New-York-Bestandsaufnahme mußten wir übereinstimmend feststellen, daß wir zwar jeden Kleiderständer im Bloomingdales, Macy's, Saks Fifth Avenue oder Lord & Taylor kannten, aber kein einziges der berühmten Museen. Unsere kulturellen Einsätze beschränkten sich auf «Cats» oder «Miss Saigon». Das mußten wir schleunigst ändern.

«Weißt du was, wir leihen uns Inline-Skates und düsen durch den Central Park», schlug ich vor, um unserer Museums-Tournee wenigstens noch eine sportliche Note zu geben. Kollegin Reni pflegte in New York jeden Morgen um halb sechs durch Manhattan zu skaten. Trotz ihrer schwärmerischen Ausführungen über das geile Gefühl, die leere Fifth Avenue runterzurollern, hatte sie bisher noch nie einen von uns zum Mitmachen überreden können.

«So, meine Herren, hier ist Ihr Kaffee. Einmal mit Milch und ein bißchen Zucker, einmal schwarz. Soll ich euch noch etwas Süßes zum Nachtisch bringen? Tiramisu vielleicht. Oder Eiscreme?» Andy Zangenmeister grinste mich keß an. «Ich habe eigentlich gehofft, du bist das Dessert.» Ich gab Andy einen Klaps auf den Hinterkopf. «Gegessen wird zu Hause, verstanden? Von der Vor- über die Haupt- bis zur Nachspeise. Was sagt eigentlich deine Frau dazu, daß du Silvester ohne sie feierst?»

«Ach, der macht das nichts aus. Vermute ich mal. Die feiert lieber mit ihrer alten Clique in St. Moritz. Das wäre eh nichts für mich. Zuviel Schnee, zu viele schicke Leute. Da begrüße ich das neue Jahr doch viel lieber mit meiner Katie-Mausi und meinem Mausebär Charlie», versicherte Andy und zwickte seinen Mausebär leidenschaftlich in die Backe.

«Finger weg, du schwule Sau», bellte Charlie zurück.

Benny kam aufgeregt ins Cockpit gestürmt. «Du, Katie, ich hab gerade die Kopfhörer verteilt. Auf 14C sitzt eine, die ist hochschwanger, wenn mich nicht alles täuscht. Ich kenn mich da ja nicht besonders gut aus... Also, wenn du mal nachsehen könntest.»

Was faselte Benny da für ein dummes Zeug? Ich hatte doch beim Boarden der Passagiere am Eingang gestanden. Okay, ich war mit meinen Gedanken nicht ganz bei der Sache gewesen. Die Schuhe. Das Kulturgespräch mit Tina. Aber eine Hochschwangere wäre mir doch sicher aufgefallen.

«Ja nun, was stehst du noch länger hier rum», forderte mich Charlie auf. «Schau mal nach, was es mit unserer werdenden Mutter auf sich hat. Vielleicht hat sie ja nur zuviel Popcorn gegessen.»

Das wäre zu schön gewesen, um wahr zu sein. Schon von weitem war zu erkennen, daß die Popcornlösung ausschied. Die Frau saß da mit einem entrückten Wir-erwarten-ein-Kind-Lächeln. Weiße Bluse mit Puffärmeln, darüber ein dunkelblaues Trägerkleid, wie es nur Schwangere zu tragen pflegen. Nur Hochschwangere.

«Darf ich fragen, in welchem Monat Sie sind?» fragte ich so unverbindlich wie möglich, in der verzweifelten Hoffnung, daß wir es hier vielleicht doch mit einem etwas üppig geratenen Siebenmonatsbauch zu tun hatten. Diese Hoffnung zerstob umgehend: «Es ist bald soweit», trompetete die hoffnungsvolle Mutter heraus und fügte stolz hinzu: «Vorgestern hatte ich schon Senkwehen.»

Mir schnürte es die Kehle zu. «Haben Sie denn eine ärztliche Flugerlaubnis?»

Die Schwangere griff lächelnd neben sich. «Mein Mann ist Sanitäter. Er hat mich vor dem Abflug untersucht, alles ist in Ordnung. Wir haben auch schon eine Klinik in New York kontaktiert, falls es in den nächsten vier Tagen passiert. Es wäre uns sogar sehr recht, wenn ich in New York entbinden könnte. Dann hat das Kind später wenigstens keine Probleme mit der Arbeitsgenehmigung.» Und dann lachte sie glockenhell.

Die künftigen Eltern waren offenbar frei aller Sorgen. Was man von mir keineswegs behaupten konnte. Tränen der Verzweiflung bahnten sich ihren Weg nach oben.

«Kann man die Sitzlehne nicht weiter zurückstellen?» platzte ein bebrillter älterer Herr in der Reihe hinter der Schwangeren mitten in meine Panik.

Mit einem tonlosen Nein und butterweichen Knien wankte ich nach vorne in Richtung Cockpit zur Beichte. Wie sag ich's meinem Chef? Sorry, Charlie, nicht sechster, nicht siebter und nicht achter Monat – nein! Die Passagierin ist sozusagen höchstschwanger.

«Und, kann man's noch durchgehen lassen?» empfing mich Charlie gereizt.

«Ich glaube nicht. Die ist schon ziemlich weit», murmelte ich.

«Wie weit?»

«Na ja, sie hatte schon Senkwehen...»

Hätte Charlie nicht am Steuer eines Flugzeugs, sondern eines Autos gesessen, hätte er vor Schreck eine Vollbremsung hingelegt.

«Senkwehen», sprach er wie in Trance nach. Vermutlich hatte er dieses Wort vorher noch nie in den Mund genommen.

«Das hat gar nichts zu bedeuten», versuchte ich zu beschwichtigen. «Kritisch wird's erst bei den Geburtswehen und dann natürlich bei den Preßwehen.»

«Preßwehen, natürlich.» Charlies Lippen waren während meines gynäkologischen Schnellkurses zu einem blutleeren Strich gefroren. Die Augen hielt er starr auf die Instrumente gerichtet. Hoffentlich bekam er nicht gleich selbst Wehen.

«Du brennst bestimmt darauf, mich darüber aufzuklären, wie das passieren konnte», meinte er eiskalt nach einer Weile.

Ich biß mir auf die Oberlippe. Wirklich eine gute Frage. Nur hatte ich leider keine Antwort parat. Nicht einmal eine schlechte Ausrede. Charlie machte eine halbe Drehung in meine Richtung und bedachte mich mit einem verächtlichen Blick. «Na, dann mach dich mal an die Arbeit. Vielleicht kannst du dich bei der Entbindung nützlich machen. Das mit den Preßwehen klang jedenfalls schon sehr qualifiziert.»

Mir saß ein dicker Kloß im Hals. Ich hätte heulen können. Verdammt, verdammt, verdammt! Da requestete mich Charlie schon mal für einen Silvesterflug nach New York. Eine Ehre, um die mich viele Kollegen beneideten. An seiner großen Sympathie für mich konnte es ja nicht gelegen haben. Aber vielleicht hielt er mich trotz so mancher Pannen für eine fähige, verläßliche Kollegin. Und dann legte ich ihm ein Kuckucksei ins Nest, noch bevor wir überhaupt in New York gelandet waren. Ich war am Boden zerstört. Diese hochschwangere Panne hatte ich ganz alleine verbockt. Diesmal konnte ich mich nicht einmal darauf hinausreden, daß mich Charlie unfair ins offene Messer hatte laufen lassen. Was war ich doch für ein unfähiges Ding! Es würde Tage, ach was, Wochen dauern, bis ich mich wieder mit mir selbst versöhnt hätte. Ein grauenhaftes Gefühl, zum Jahresende mit sich selbst in eine schwere Beziehungskrise zu trudeln.

Wäre ich doch daheim geblieben. Bei Mamas Silvesterkaffee hatte sich noch nie eine Schwangere blicken lassen.

11

Die New Yorker Einreisebehörde bereitete uns den traditionell unfreundlichen Empfang – Weihnachten hin, Silvester her.

Wenn ich etwas an New York absolut nicht ausstehen konnte, dann war es die Atmosphäre im John-F.-Kennedy-Airport. Dieses feindselige Loch! Nichts, aber auch gar nichts an und in diesem Flughafen deutet auf die Nähe zu der aufregendsten Stadt der Welt hin. Irgendwie wirkte JFK auf mich immer wie ein riesiges Gefängnis in der sibirischen Ödnis. Einen Eindruck, den die Angestellten virtuos zu unterstreichen verstanden. Nirgendwo traf man so viele unfreundliche Amerikaner auf einem Haufen wie an diesem Flughafen. Ich konnte mich nicht erinnern, daß in JFK mein «Hello», «Hi» oder «Good afternoon» je erwidert worden wäre. Statt dessen studierte der jeweilige Immigration Officer das ausgefüllte Einreiseformular, blätterte mißmutig in meinem Paß herum, verglich mit angewiderter Miene mein Gesicht mit dem Paßbild und hämmerte mit dem Stempel auf eine freie Seite ein.

Die Fragen auf dem Einreiseformular waren zudem ein Witz: Ob man einer terroristischen Vereinigung angehöre. Ob man beabsichtige, in den Vereinigten Staaten eine kriminelle Handlung zu begehen. Ob man wegen eines Drogendelikts schon einmal eine Haftstrafe verbüßt habe... Ein Kollege hatte sich vor zwei Jahren mal den Spaß erlaubt, diese Fragen mit «ja» zu beantworten, worauf er mehrere Stunden am Immigration Office festgehalten wurde und in ziemlichen Erklärungsnotstand geriet.

Dies war bestimmt mein zwanzigster New-York-Aufenthalt. Aber immer noch war er da, dieser Flash, wenn nach der Fahrt durch den Stadtteil Queens plötzlich das majestätische Manhattan auftauchte. Meine Augen suchten die Skyline nach dem World Trade Center mit seinen Zwillingstürmen, dem Empire State Building und dem bildschönen Chrysler Building ab. Wunderbar, alles noch da, wo es hingehörte. Entspannt lehnte ich mich zurück. Hallo, New York, hier bin ich wieder. Kennst du mich noch?

Am frühen Nachmittag des 30. Dezember checkten wir im Hotel «Kitano» ein. Die Rezeptionistin hatte ein Fax für mich. Es war von Alex. Auf einer DIN-A4-Seite verlieh er in pathetischen Worten seiner Erschütterung darüber Ausdruck, daß er mich daheim nicht hätte erreichen können (gähn!), daß er die Faxnummer meines Hotels von einer Holiday-Airways-Kollegin bekommen hätte (wow, gut recherchiert!) und daß ich ihm nichts von meiner New-York-Reise erzählt hätte. Vielleicht hätte er sich irgendwie von seinem Hotel loseisen können, um endlich einmal mit mir, seinem Mäuschen, gemeinsam Silvester zu feiern (nochmal gähn). Aber er freue sich schon unbändig auf Singapur und unseren Trip im Luxus-Liebeszug (ich glaub's erst, wenn ich drinsitze). Ich faltete das Fax zusammen und schob es in meine Handtasche. Am liebsten hätte ich es gleich zerrissen, aber das hätte nur neugierige Fragen der Kollegen provoziert.

«Soll ich für heute abend im ‹Smith & Wollensky› reservieren lassen?» schlug Andy Zangenmeister vor. «So ein richtiger Lappen Steak, der über den Tellerrand hängt, wäre genau das richtige.»

«Smith & Wollensky», New Yorks bekannte Steak-Adresse in der 49. Straße, fanden alle okay. Ich klinkte mich aus, weil ich David versprochen hatte, gleich nach meiner Ankunft bei ihm vorbeizuschauen.

Nach einem kleinen Nickerchen besorgte ich in einem Liquor Store in der 37. Straße eine Flasche Weißwein und pfiff mir ein Taxi heran. Ich ließ mich am Rockefeller Center absetzen, um dem berühmten Weihnachtsbaum guten Tag zu sagen. Unterhalb des Mega-Baums mit seinen Abertausenden von Lämpchen zogen auf einer Eisfläche Schlittschuhläufer ihre Kreise. Dann riß ich mich von diesem Großstadtidyll los und machte mich zu Fuß auf den Weg zu Davids Wohnung in der Madison Avenue zwischen 51. und 52. Straße.

Ich hatte David vor Urzeiten in Kalifornien kennengelernt. Diese Reise, die ich zusammen mit meiner damals besten Freundin Ulli unternahm, bekam ich von meinen Eltern zum Abitur spendiert – angesichts meines unrühmlichen Notendurchschnitts eine ausgesprochen noble Geste. Mein Flirt mit David führte zu dem erfreulichen Ergebnis, daß Ulli und ich in sein kleines Häuschen in Santa Monica mit einziehen durften und das Geld für das Bed & Breakfast sparten.

Die eingesparten Dollars investierte ich ins Kiffen und Tequilatrinken, wofür mich David kurzfristig zu begeistern verstand. Nach ein paar Tagen mußte ich allerdings einsehen, daß ich das eine wie das andere nicht vertrug. Die Joints bescherten mir statt des erwarteten Hochgefühls nur eine schwere Zunge und einen mordsmäßigen Kohldampf, vom Tequila bekam ich Schädelbrummen, und die Kombination von beiden endete regelmäßig mit einer wüsten Kotzerei und anschließenden Migräneanfällen. Also gab ich meine neuen Hobbys wieder auf, zumal es im Bett mit David auch weiterhin ohne Shit und Schnaps schön war.

Der Kontakt zu David war seither nie abgerissen. Etwa alle zwei Jahre kam er zu mir nach München, und seit ich bei Holiday Airways angefangen hatte, ergab sich regelmäßig die Gelegenheit, ihn in Los Angeles zu besuchen. Zur großen Liebe hatten wir es nicht geschafft, aber dafür zu einer bombigen Freundschaft, die auch durch Davids Ehe mit Tammy, einer Tänzerin, nicht ins Bröckeln geriet. Nach der Trennung von Tammy war er dann für eine Weile in einem Ashram untergetaucht, um sich anschließend mit fast täglich wechselnden Freundinnen vom Karma wieder zu erholen. Irgendwann war die Experimentierphase vorbei. David fand eine neue Ehefrau und einen neuen

Job als Computeranimateur bei einer Zeichentrickfilm-Produktionsfirma, die ihn vor einem halben Jahr nach New York zum Aufbau einer Dependance schickte.

«Good to see you!» Ich flog David in die Arme. Er wirkte etwas seriöser als beim letzten Wiedersehen. Die braunen Locken waren gestutzt, die von der kalifornischen Sonne gegerbte Beachboy-Haut war merklich blasser. Dann machte er mich mit Melissa bekannt, die mich freundlich, wenn auch ein bißchen scheu musterte. Na ja, vielleicht hatte David irgendwann mal erwähnt, daß er mit mir vor hundert Jahren einen kleinen Flirt unterhalten hatte. Manche Frauen neigten ja gerne zu der Befürchtung, kleine Flämmchen könnten wieder zu lodern beginnen. In meinem Fall konnte Melissa beruhigt sein. Ihr David war für mich längst wie ein Bruder. Zum Dank dafür durfte ich Missy zu ihr sagen.

Nach einem kleinen Rundgang durch die schöne Altbauwohnung ließ ich mich auf die Couch plumpsen.

«Was kann ich dir anbieten», fragte Missy-Melissa.

«Am liebsten einen Schluck Bier. Ein Budweiser oder so.»

Ein Schluck Bud aus der Dose, das war sozusagen unser Wiedererkennungsritual, unser Markenzeichen. Immer wenn sich David in München ankündigte, besorgte ich als allererstes Dosenbier.

David und Melissa wechselten einen verunsicherten Blick. «Ich schau mal nach, ob wir noch irgendwo eins haben», murmelte Melissa und ging in die Küche.

Wie bitte?! Kein Bud im Haus? Ich konnte mich lebhaft an Zeiten erinnern, in denen Davids Kühlschrank vor Bier-Sixpacks nur so überquoll. Nur mit Mühe ließ sich noch ein wenig Platz für Milch und Butter freischlagen. Hatte man bei David je einen Fuß über die Schwelle bekommen, ohne nicht mindestens einen Tequila mit Salz und Limone zu kippen? Und jetzt löste die Frage nach einem kleinen Bud eine regelrechte Hausfrauenpanik aus.

«Ich hab eins gefunden!» triumphierte Melissa kurz darauf und zog aus einer abgelegenen Ecke des Kühlschranks eine silberne Dose Coors Light, die sie kritisch musterte, als müsse sie kyrillische Buchstaben entziffern. Ich überlegte, ob Dosenbiere ein Verfallsdatum haben. Wer weiß, wie lange die einsame Dose im Kühlschrank schon vor sich hin gammelte. Melissa reichte mir die Dose, während David aus einer Thermoskanne eine trübe braune Brühe in zwei Gläser goß und eine Ladung Eiswürfel reinknallte.

«Apfel- und Selleriesaft gemischt», fühlte sich David nun doch bemüßigt, auf meine entsetzte Miene zu reagieren. «Missy und ich besorgen unser Obst und Gemüse von einem Biofarmer aus New Jersey. Den hier haben wir heute morgen frisch gepreßt. Wenn du einen Schluck willst...»

Ich saugte mich krampfhaft an meiner Bierdose fest. Um Himmels willen, in welches schlechte Stück war ich denn da geraten? War vielleicht irgendwo eine versteckte Kamera plaziert?

«Wir sind auf Diät», begann Melissa mit der Auflösung des Rätsels. «Nur Gemüse und Milchprodukte, kein Fleisch. Alkohol trinken wir auch nicht mehr.»

«Ach wirklich», fiel mir dazu nur ein. Ich wäre vielleicht besser doch zu «Smith & Wollensky» mitgegangen. Denn nach Melissas Outing wurde mir mit einem Schlag klar, daß ich mir Davids berühmte T-Bone-Steaks mit buttertriefenden Maiskolben und das flankierende Saufgelage abschminken konnte. Ich schielte auf den mitgebrachten kalifornischen Chardonnay. Ob ich den wieder mitnehmen sollte? Hier bei Mr & Mrs McGregor würde er doch nur vergammeln. Bei dieser Gemüsesaftorgie keimte aber vor allem der Verdacht auf, daß der Saft zwischen den beiden raus war.

«Die Umstellung tut mir wahnsinnig gut», versicherte Melissa. «Ich schlafe besser, und wenn ich morgens aufwache, weiß ich gar nicht, wohin mit meiner Energie.» Um Gottes willen. Der arme David.

«Und deine Orangenhaut ist auch besser geworden», ergänzte David.

Ein Ruck ging durch Melissa, als sei sie versehentlich an einen elektrischen Weidezaun gekommen. «Orangenhaut? Welche Orangenhaut? Ich habe doch keine Orangenhaut!»

David rollte genervt die Augen. «Ich sage ja nicht, daß du Orangenhaut *hast,* sondern *hattest.*»

«Das ist nicht wahr! Das ist ein-fach nicht wahr!» protestierte sie. «Ich hatte nie die Spur von Orangenhaut.»

David machte einen herablassenden Mund. «Jetzt komm bitte wieder auf den Boden der Tatsachen zurück.»

Wutschnaubend schoß Melissa von ihrem Stuhl hoch, knöpfte ihre Jeans auf und streifte sie hastig bis zu den Knien hinunter. Dann faßte sie sich mit beiden Händen an ihren rechten Oberschenkel und knetete wie eine Wilde daran herum. «Da! Da! Wo bitte ist die Orangenhaut?» keifte sie ihren Gatten an.

Der sah sich die Demonstration ungerührt an und rollte wieder die Augen. «Ich sagte ja, daß es besser geworden ist.»

Mir war es egal, ob Melissa nun schwere, leichte oder gar keine Orangenhaut hatte. Aber ich sorgte mich um David, von dessen Witz und Lausbubencharme ich nichts wiederentdecken konnte. Hatte ihm New York seine lockere Unbeschwertheit geraubt? Hat ihm Melissa das Sellerietrinken an- und das Augenfunkeln abgewöhnt? Na ja, zu einer schlechten Ehe gehören immer zwei.

«Und, was gibt's bei dir Neues?» erinnerte man sich schließlich wieder an mich. Ich mußte scharf überlegen. Für einen Kurzüberblick über mein Liebesleben, den David bisher immer von mir verlangt hatte, wabbelte mir zuviel Zellulitis im Wohnzimmer herum. Eine Berichterstattung über meine Zystenoperation schien eher am Platz zu sein. Melissa legte mir dringend ans Herz, meine Eß- und Trinkgewohnheiten zu ändern, sonst würde die Zyste binnen weniger Monate wieder nachwachsen. Quatsch doch nicht so einen Unsinn, dachte ich, während ich ihr versprach, darüber nachzudenken, und nach einer rohen Karotte griff, um sie tief in die Dipschüssel einzutunken. Die Selleriestangen, die Melissa wenig später auf den Tisch stellte, waren dann wohl die Hauptspeise.

Auf frischerstandenen, nur neunundsechzig Dollar teuren hohen Hacken schwebte ich am Silvesterabend an der Hotelbar des «Kitano» ein. Der Food & Beverage-Manager des Hotels, den wir schon lange kannten, hatte die Crew um 19 Uhr zu Drinks und Häppchen eingeladen. Anschließend wollten wir uns in den Rummel auf New Yorks Straßen stürzen.

Im Kreise meiner festlich gekleideten Kollegen entdeckte ich ein unbekanntes Gesicht. Wie sich herausstellte, handelte es sich um Marciella, eine aus der Dominikanischen Republik stammenden New Yorker Börsenmaklerin. Sie war eine kaffeebraune Schönheit und ganz offensichtlich ein ganzes Stück näher mit Charlie Reichenberger bekannt als wir alle. Während sie uns das Programm für die bevorstehende Nacht erläuterte, faßte sie immer wieder Charlie an Arme, Schulter und Brust – eindeutige Signale fortgeschrittener Intimität. Ich persönlich wäre am liebsten in ein Musical und dann in eine nette Bar gegangen. Aber nachdem ich gestern die Programmbesprechung im «Smith & Wollensky» geschwänzt hatte, war's vorbei mit meinem Mitspracherecht.

Also gingen wir auf eine schnelle Nudel zu Marciellas Lieblingsitaliener in Greenwich Village. Danach war das Empire State Building eingeplant. Doch um den Wolkenkratzer wickelte sich eine endlose Schlange, die sich bestimmt nicht vor Ostern auflösen würde.

«Ich hab gelesen, daß pro Jahr neunundsiebzig Millionen Leute das Empire State Building besuchen», meinte Benny. «Aber warum kommen die alle auf einmal?»

Ich schlotterte im eisigen Wind, der durch die Straßenschluchten pfiff. In der Grand Central Station war es schön warm. Dieser Prachtbahnhof aus dem Jahr 1871 erstrahlte im festlichen Glanz. Eine argentinische Combo machte Stimmung. Zur Kältebekämpfung kippten wir zwei Southern Comfort, die mir erfreulicherweise sofort in die kalten Füße schossen.

Charlie blieb auch diesmal das Tänzerschicksal nicht erspart. Marciella riß ihn an sich und schob ihn mit weit ausfallenden Schritten durchs Gewühl.

«Also beim Rock 'n' Roll mit Tina auf meiner Hochzeit war er überzeugender. Aber mit der richtigen Maus im Arm ließe sich aus Charlie wahrscheinlich sogar ein Eiskunstläufer machen», amüsierte sich Andy und legte den Arm um mich.

Unter Marciellas Kommando zogen wir weiter ins «Algonquin Hotel». Nach einem Drink an der Blue Bar trieb sie uns wieder in die Kälte. Von meinem und Bennys Vorschlag, doch lieber dort in der warmen Stube zu bleiben, wollte sie nichts wissen. Wir *mußten* rechtzeitig am Times Square sein, wo sich um Mitternacht der berühmte funkelnde Ball nach unten auf die Menge senkte. Ein Spektakel, das Abermillionen Amerikaner am Fernseher verfolgten. Schon vier Blocks vor dem Times Square war in dem Gedränge kaum ein Durchkommen mehr. Mit Charlie am Arm bahnte sich Marciella energisch einen Weg durch die teilweise schon deutlich angedudelte Menge, und schließlich gelang es ihr doch noch, ein paar Quadratzentimeter Asphalt mit Blick auf den Ball für uns freizuschlagen. Aus einem Rucksack, den sie schon den ganzen Abend mitschleppte, kramte sie Tröten hervor, die Charlie an uns verteilen mußte. Dann setzte sie jedem von uns eine Art Haarreif auf den Kopf, auf dem in bunter Glitzerschrift «Happy New Year» stand.

«Süß siehst du aus», meinte Pamela zu Benny. «Fast könnte man dich für einen Schwulen halten.»

Andy nahm mich in die Arme und brach in theatralisches Gewimmer aus. «Sei ehrlich, Katie: Seh ich auch wie ein Schwuler aus?»

«Aber nein, mein Schatz», beruhigte ich ihn. «Das Glitzerkränzchen unterstreicht deine männliche Ausstrahlung erst so richtig.»

«Ach wirklich?!» raunte mir Andy ganz und gar un-schwul ins Ohr.

Marciella war gerade mit ihrer Gruppenmaskierung fertig, als der Chor der Menge zu einem begeisterten «Ten, nine, eight, seven...!» ansetzte und nach dem «one» in frenetisches Geschrei ausbrach.

Der Lärm der jubelnden Masse war unbeschreiblich, als der Countdown zu Ende war und das neue Jahr mit Geböller und Gekrache an den Start ging.

«It's party time!» kreischte Marciella, nachdem ihr schätzungsweise zehn Minuten dauernder Neujahrskuß mit Charlie beendet und die Champagnerflasche aus ihrem Rucksack entkorkt war.

Wie jedesmal an Silvester wollte der letzte Euphoriefunke nicht so recht auf mich überspringen. Es war einfach nichts zu wollen. Was sollte diese ausgeflippte Begeisterung? Das alte Jahr war vorbei, dem normalerweise kein Mensch eine Träne nachweinte. Und wozu all die Vorschußlorbeeren fürs neue Jahr? Das mußte meiner Meinung nach erst einmal beweisen, ob es etwas taugte. Vorher würde ich es jedenfalls nicht bejubeln. Selbst im prickelnden New York wich ich keinen Deut von diesem humorlosen Prinzip ab. Mehr noch: Der Jetlag stellte für meine Silvesterlaune ein zusätzliches Handicap dar.

Aber meinen Kollegen zuliebe tat ich so, als wäre ich halb rasend vor Begeisterung, und fiel in die glückseligen Neujahrsumarmungen und -knutschereien ein. Marciella ratterte noch ein Dutzend geile Locations herunter, die wir in dieser Nacht unbedingt noch abklappern müßten. Aber zu meiner allergrößten Erleichterung bestand Charlie darauf, daß wir uns umgehend auf den Weg in unser Hotel machen sollten. Wir hatten Timothy, dem F & B-Manager, fest zugesagt, nach Mitternacht zur Neujahrsparty in die Bar zu kommen.

Marciella zog eine kleine Schnute, fügte sich dann aber mit einem weiteren «It's party time!» schnell in ihr Schicksal. Schließlich hatten sie und Charlie es von der «Kitano»-Bar nicht so weit ins Bett. Man mußte das Ganze nur positiv sehen.

An der Bar des «Kitano» war die Hölle los. Die Band hatte mittlerweile auf Soft-Rock-Oldies heruntergedreht. «Take It Easy», «I Got You Babe», «Good Morning America How Are You» – lauter schöne alte Gassenhauer zum Mitsingen. Lange würde ich nicht mehr bleiben. Ich hatte mein Silvesterfeiertalent heute über Gebühr strapaziert. Tina war die erste, die sich verabschiedete. Ausgerechnet sie, die Partynudel der Firma.

Ich war leicht beunruhigt. «Hast du was, Tina? Du warst den ganzen Abend so ruhig, irgendwie bedrückt.»

«Neinnein, alles okay», winkte sie ab. «Ich brüte wohl eine Grippe oder eine Erkältung aus. Drum will ich jetzt ins Bett, damit morgen alles wieder beim alten ist.»

Irgend etwas stimmte nicht mit ihr. Mit dieser banalen Erklärung sollte sie mir nicht davonkommen. Doch bevor ich Tina einfangen konnte, spürte ich Andy im Nacken.

«Hier Katie, der ist für dich. Prost.» Andy drückte mir einen Margarita in die Hand. Er grinste mich unverschämt an. Ich tat so, als würde ich es nicht registrieren.

«Prost Andy.» Ich nahm einen Schluck und leckte das Salz von den Lippen, mit dem der Rand des Glases dick paniert war. «War ja echt ein witziger Abend. Hast du am Times Square…»

«Schön, daß du dabei bist, Katie. Ich meine, es ist überhaupt schön, daß du bei uns bist, ich meine, in der Firma.» Mit seiner leichten Schlagseite tat sich Andy bei seinem Plädoyer etwas schwer. Ich setzte eine tadelnde Doris-Day-Sauberfrau-Miene auf: «Wenn das jetzt deine Frau hören würde…»

«Ach, fang doch nicht dauernd mit meiner Frau an. Da gibt es doch viel spannendere Themen für dich und mich… Komm, tanzen wir lieber.» Die Band spielte gerade «Tonight's the night».

Mit einem heiseren Aufschrei brach Andy über mir zusammen.

Hoffentlich handelte es sich dabei nur um einen ausgewachsenen Orgasmus und nicht etwa um einen Herzinfarkt. O mein Gott, bloß nicht! Die Scherereien. Wen mußte man in so einem Fall als erstes verständigen? Den Hotelmanager? Oder etwa die junge Frau Zangenmeister? Hallo, Frau Zangenmeister. Ich rufe aus New York an. Ihr Mann liegt nackt auf mir. Ich fürchte, er ist tot...

Auf jeden Fall würde ich Charlie verständigen müssen. Peinlich, peinlich. Vielleicht sollte ich der Leiche etwas überziehen, bevor die Ermittler kamen. Vielleicht würden die mich verdächtigen, dem armen Opfer Gift oder eine Überdosis K.-o.-Tropfen in den Margarita gemischt zu haben.

Doch mit einem wonnigen Stöhner zerschlug die vermeintliche Leiche meine schlimmsten Befürchtungen. Andy wälzte sich schweißnaß neben mich aufs Laken und hechelte noch ein bißchen nach. O Andy, du Lump.

So, genug Ehebruch betrieben heute nacht. Ich begann, meine Klamotten einzusammeln, um mich für den Rückzug in mein Zimmer zu rüsten. Die unangenehme Aufgabe, bei Anbruch des neuen Tages im Cocktailkleid durchs Hotel zu schleichen, wollte ich lieber hinter mich bringen – auch wenn man am Neujahrsmorgen schon mal etwas zerrupft durch ein New Yorker Hotel laufen durfte. Trotzdem hoffte ich auf einen begegnungsarmen Wechsel von Andys Zimmer in meins.

«Katie, bleib bei mir. Du kannst mich jetzt doch nicht allein lassen», schmollte Andy.

«Wir sehen uns ja in ein paar Stunden wieder.»

Er hob kraftlos zu einem Protest an, doch dann pennte er endgültig weg.

Mit großen Schritten eilte ich den Flur entlang in Richtung Fahrstuhl. Während ich hektisch nach meinem Zimmerschlüssel kramte, rannte ich frontal in Charlie rein.

«Oh, hallo, äh. Du hier?»

«Ja, ich hier. Da bist du baff, was? Übrigens einen wunderschönen guten Morgen», begrüßte mich Charlie gut gelaunt. An seinem Arm hing eine halbtote Marciella.

«Na ihr beiden, habt ihr auch noch Manhattan auf den Kopf gestellt? Ich komm auch gerade heim und habe mich im Stockwerk geirrt, ich Schussel», quasselte ich blechern vor mich hin und ärgerte mich gleichzeitig über meine völlig überflüssige Rechtfertigung. Charlie war der letzte, den es etwas anzugehen hatte, wann ich wo hinging. Und er hatte mich nicht einmal danach gefragt.

«Darf ich mal?» Charlie griff mir ins Haar und fummelte meinen Ohrring heraus, der sich wohl darin verfangen hatte. Gott, wie peinlich! Im Reflex faßte ich mir ans rechte Ohr. Ja, da baumelte noch einer am Ohrläppchen.

«Jaja, da machste was mit in den New Yorker Nächten», sinnierte Charlie grinsend und drückte Marciella, die um Beachtung schnurrte, ein flüchtiges Küßchen aufs Haupt.

Ich mochte gar nicht daran denken, zu welchen Wanderungen meine Wimperntusche in dieser New Yorker Nacht aufgebrochen war.

12

Tina warf ihre Handtasche auf die Wohnzimmercouch und sich gleich hinterher. Dann schluchzte sie hemmungslos ins Polster hinein. Ich erschrak zu Tode.

«Tina, um Himmels willen, was ist los?»

Tina blieb mir die Antwort schuldig. Auf dem Rückflug war sie schon so komisch gewesen. Nicht einfach nur schlecht gelaunt, was niemandem besonders aufgefallen wäre, sondern eigenartig zurückhaltend, bedrückt und einsilbig. Ich hatte ja schon am Silvesterabend den Verdacht gehabt, daß ihr eine Laus über die Leber gelaufen war und daß die Story mit der ausgebrüteten Grippe nur eine Ausrede war.

Ich legte eine Hand auf ihren vom Weinkrampf geschüttelten Rücken. «Tina ...»

«Wenn du's – hfff – genau wissen willst: Es ist – hfff – wegen Charlie.»

Ach so war das. Dieser Rüpel! Hatte er nun mit seiner vierschrötigen Art auch Tina zur Verzweiflung getrieben. «Ach Tina, nimm's nicht tragisch. Was meinst du, wie oft er mich mit seinen Anpfiffen schon fertiggemacht hat.»

Tina schüttelte den Kopf. Es ging nicht um einen Anpfiff. Es ging, wie sie mit stockendem Atem hervorbrachte, um das völlig unerwartete Auftauchen dieser «karibischen – hfff – Schlampe». Das habe sie «ganz tief da drinnen» getroffen.

Hää? Ich verstand nur Bahnhof. Was war denn faul mit Marciella? Die war doch ganz in Ordnung gewesen. Ein bißchen überdreht vielleicht. Aber doch eigentlich ein lustiges Haus, die einiges an guter Stimmung verbreitet hatte. Eine New Yorkerin eben. Hatte sich Tina mit ihr angelegt? Welches kleine Drama war mir da durch die Lappen gegangen?

Tina sah mich aus verquollenen Augen an. «Ja, kapierst du denn nicht? Ich bin verknallt in Charlie. Mich hat's total erwischt. Und ich dachte eigentlich, ihm ginge es genauso. Du glaubst nicht, wie ich mich auf New York gefreut habe. Und was passiert gleich am Abend im ‹Smith & Wollensky›? Schneit diese Tussi zur Tür herein ... Ich hab gleich an der Begrüßung der beiden gemerkt, daß die etwas miteinander haben. Ich hab da unheimlich sensible Antennen.»

Das konnte ich, was die Sache Tina–Charlie betraf, offensichtlich nicht von mir behaupten. Ich ließ mich schwer atmend in einen Sessel fallen. Eigentlich hätte ich jetzt einen Schnaps gebraucht. Diese völlig unvorbereitete Eröffnung drückte mir schwerer auf den Magen als jede Weihnachtsgans. Warum hatte Tina mir nie etwas von ihrer Schwäche für Charlie erzählt? Aus ihrem kumpelhaft-derben Umgang mit ihm konnte man Amors kleine Pfeile nun wirklich nicht herauslesen.

«Mensch Tina, daß du auf Charlie stehst ... also, darauf wäre ich im Leben nicht gekommen.»

Schnippisch blitzte sie mich aus ihren roten Augen an. «Das kannst du auch nicht verstehen. Du hast ja überhaupt keinen Draht zu ihm.»

Auch wenn sie hundertprozentig recht hatte, schwieg ich eingeschnappt. Sie brauchte nicht so vorwurfsvoll zu tun.

«Was soll ich denn jetzt machen», warf Tina ihren Kopf wieder ins Polster.

«Hmm, tja», hob ich destruktiv an. Für Tips im Umgang mit Charlie hätte sie sich keine ungeeignetere Ratgeberin aussuchen können. Der einzig vernünftige Vorschlag konnte nur lauten: Schlag dir diesen Griesgram aus dem Kopf. Schlimm genug, daß er überhaupt da reingekommen ist.

Aber das würde sie jetzt nicht hören wollen. Mitgefühl war angesagt.

«Weiß er denn von deinen Empfindungen für ihn?» Hach, was war ich doch für eine einfühlsame Freundin.

Tina schniefte resigniert. «Ich dachte eigentlich ja. Aber seit dieser doofen Marcelona bin ich mir da nicht mehr sicher. Vielleicht weiß er ja davon und trampelt absichtlich auf meinen Gefühlen herum.»

Letzteres traute ich Charlie ohne weiteres zu, aber ich behielt es ebenfalls für mich, wollte ihrer geschundenen Seele nicht noch eins auf den Deckel geben.

«Kannst *du* nicht mit ihm reden?»

Ich zuckte zusammen. «Was, *iiich?* Also Tina, sei mir nicht böse. Aber wie du gerade richtig bemerkt hast, habe ich überhaupt keinen Draht zu Charlie. Ich wäre die letzte, die aus ihm etwas herausbekäme, geschweige denn, ihn in irgendeiner Form beeinflussen könnte. Der würde mir ja nicht mal seinen Vornamen verraten, wenn ich ihn nicht zufällig schon wüßte. Und überhaupt: Was sollte ich mit ihm denn besprechen?»

«Na, ob es mit dieser Marieluise – oder wie hieß die Kuh gleich wieder – was Ernstes ist.»

Nein, auf diesen Kuhhandel ließ ich mich nicht ein. Ich, die mit Charlie noch nie ein privates Wort gewechselt hatte, sollte ihn aus heiterem Himmel über sein Liebesleben ausquetschen? Tina hatte wirklich Nerven.

Tina und Charlie. Viel wollte mir dazu nicht einfallen. Insgeheim fand ich es ein bißchen fies von Tina, daß sie ausgerechnet jenen Kapitän anbaggerte, der mir noch einmal ein Magengeschwür bescheren würde. Doch diesen finsteren Gedanken knüppelte ich gleich nieder. Nein, das ging entschieden zu weit, wenn ich Tinas Zuneigung für Charlie Reichenberger als Affront gegen mich interpretierte.

Bei einer Tasse Tee sahen wir dann zusammen unsere Post durch. Trotz des durch und durch unerfreulichen Inhalts lenkten die Rechnungen und unser gemeinsamer Mieterhöhungsbescheid Tina ein wenig von ihrem fehlgeschlagenen Liebesurlaub in New York ab. Obwohl ich die Ablenkung nicht so dringend brauchte, war mein Rechnungsstapel mindestens genauso hoch wie der von Tina. Wie ich den Januar haßte! Kalt, unfreundlich, unfestlich. Und alle wollten Geld von einem: die Autoversicherung, das Kreditkartenunternehmen und das Fitneßstudio, bei dem ich schon wieder die Kündigungsfrist verpaßt hatte. Eine Überschlagsrechnung ergab, daß mich dank meiner seltenen Besuche eine Hantelhebung ungefähr zehn Mark kostete.

Die einzige, die *mir* etwas schuldete, war meine Schwester. Zur Geldeintreibung für die New-York-Mitbringsel fuhr ich noch vor dem geplanten Nachmittagsnickerchen bei ihr vorbei. Natürlich hatte ich wieder mal die falsche Tagescreme mitgebracht, und die Levi's-Jeans würde Henry frühestens zur Konfirmation passen.

«Laßt uns was spielen», schlug ich familienorientiert vor, nachdem ich das Geld eingesackt hatte. Meine Sippe sollte ruhig mal sehen, welch häusliche Züge in ihrer vielfliegenden Verwandten steckten.

«Henry, was willst du: Schwarzer Peter, Mensch-ärgere-dich-nicht oder lieber Autoquartett?»

«Keine Lust. Ich würde lieber mit dir in Mensch und Natur gehen.»

«Hä? In was bitte?»

«Das ist ein Museum. Mit Neandertalern und Dinos und ganz tollen Computerspielen.»

Stefan untermauerte Henrys Beurteilung übereifrig: «Das ist wirklich interessant. Das *mußt* du dir mal anschauen.»

Ich versicherte den beiden Männern, daß mich dieses Museum brennend interessierte und ich bald mal mit Henry dorthin gehen würde. Im übrigen sei ich jetzt endlich mal im Guggenheim Museum gewesen. Und im Museum of Modern Art laufe gerade eine Jasper-John-Sonderausstellung. Das berühmte Bild mit der amerikanischen Fahne hätte ich als Poster mitgebracht. Ob Stefan so nett sein würde und es mir rahmen könnte.

Henry streifte seine Hausschuhe von den Füßen. «Ich will auch ins Museum. Wir können jetzt gleich hingehen.»

«Ja, das ist eine Superidee!» befanden Franziska und Stefan wie aus einem Mund.

Ein Naturmuseum. Das war nun nicht gerade der Vorschlag, auf den ich monatelang gewartet hatte. Eigentlich wollte ich bald heimfahren, mich endlich aufs Ohr legen und dann meinen Koffer auspacken. Bitte laßt diesen Kelch an mir vorübergehen!

«Heute ist Sonntag, da hat das Museum bestimmt geschlossen», unternahm ich einen zaghaften Fluchtversuch.

Stefan höhnte, mit dieser unsinnigen Behauptung könne ich mich nicht aus der Affäre ziehen. Sonntag sei *der* Museumstag schlechthin.

«Aber dann ist es bestimmt dort proppenvoll.» Ich gähnte mitleidheischend.

«Für euch beide ist bestimmt noch Platz», befand Franziska ungerührt und zog Henry die Schneestiefel und den Anorak an.

Gleich hinter der Kasse packte mich Henry am Ärmel. «Da lang.»

Zielsicher schleifte er mich durch den Flur, vorbei an der Welt der Kristalle und vorbei an der Welt vor 400 Millionen Jahren, bis vor uns schließlich ein riesiges Dinosaurier-Skelett auftauchte, vor dem mich Henry endlich losließ.

«Da ist er», murmelte er ergriffen.

Verglichen mit einem Rauhhaardackel war dieser *Camptosaurus* aus Wyoming – so stand's auf dem Schild – in der Tat ein kapitaler Bursche. Aber offen gestanden, hatte ich mir einen Dinosaurier schon größer vorgestellt. Okay, auch bei Jurassic-Park tobten ein paar kleinere Exemplare über die Leinwand, und soweit ich mich erinnerte, waren die kleinen die besonders fiesen.

«Besonders groß ist der aber nicht», gab ich schließlich angesichts der lachhaften vier Meter Körperhöhe zu bedenken.

Henry hörte meine Enttäuschung heraus. «Aber dafür ist er *echt*», verteidigte er seinen Freund.

Da hatte Henry natürlich recht. Da konnte Steven Spielberg nicht mithalten. Außerdem beruhigte mich Henry, es gebe durchaus größere Saurier als diesen hier. Der *Brachiosaurus* zum Beispiel hätte es sogar mit einem Haus aufnehmen können. «Aber damals gab es noch keine Häuser», fügte er zur Sicherheit hinzu. Henry hatte schon so manche kuriose Erfahrung mit seiner halbgebildeten Tante gemacht.

«Schau, das ist der Darwin», legte ich einen pädagogischen Stopp vor einer Vitrine mit dem Bild des großen Forschers ein. Soweit ich aus dem Biologieunterricht im Gedächtnis hatte, war der doch bei seinen Tierbeobachtungen auf den Galapagosinseln zu der Erkenntnis «Der Stärkere setzt sich durch» gelangt. Oder war das der mit «Wenn du zum Weibe gehst, vergiß die Peitsche nicht»? Egal. Als Galapagosechse hätte ich vermutlich schlechte Karten gehabt.

«Der hat die Tiere erforscht», wollte ich den großen Darwin meinem Neffen näherbringen.

«Nicht die Tiere, sondern die Arten», korrigierte Henry.

Bei der kleinen Stärkung in der Cafeteria des Museums überfiel mich die Müdigkeit mit solcher Wucht, daß mir fast der Apfelsaft aus der Hand glitt und ich Henry bitten mußte, seine lebhaften Ausführungen über den Untergang der Dinosaurier auf ein andermal zu vertagen.

Am Ausgang blieben wir noch kurz vor dem Regal mit den käuflichen Plastik-Dinos stehen. Ich hielt Henry den grünen Plateosaurier für achtzehn Mark lockend vor die Nase. «Na, was meinst du, sollen wir den nehmen?»

Henry blieb unbeeindruckt. «Nö, ich möchte lieber eine CD von DJ Bobo.»

Tina schlief, als ich heimkam. Gott sei Dank. Einer weiteren unglücklichen Liebesarie wäre ich nicht gewachsen gewesen. Auf Zehenspitzen schlich ich an Tinas angelehnter Schlafzimmertür vorbei und sank ohnmächtig auf mein Bett nieder.

13

Benny drückte mir ein Glas in die Hand.

«Neiiin!! Nicht schon wieder Sekt! Mir sprudelt das Zeug von Silvester noch aus den Ohren heraus.»

«Stell dich nicht so an, Katie, ich möchte doch nur endlich mit meiner Lieblingskollegin anstoßen.»

«Das sagt er zu jeder», schallte es mehrstimmig aus zahlreichen Lieblingskolleginnenmündern durch den Raum.

Ich hob das Glas. «Alles Gute, Dicker. Auf daß du uns noch lange erhalten bleibst. Zahlt man dir auch eine anständige Durchhalteprämie?»

Benny hatte anläßlich seines dreijährigen Dienstjubiläums zu einem kleinen Umtrunk in die Holiday-Airways-Büroräume am Flughafen eingeladen. Bei solchen Gelegenheiten konnte man auch mal mit den Kollegen aus den anderen Abteilungen, denen man sonst nur zwischen Tür und Angel begegnete, ein paar private Worte wechseln, ohne ständiges Du-ich-muß-gleich-los. Einer meiner Lieblinge war Thomas Erdmann von der Flugplanung, der sich immer halb verbog, um meine Dienstplanwünsche zu erfüllen. Die Investition für die kleinen Mitbringsel von unterwegs, mit denen ich ihn regelmäßig bestach, hatte sich bisher noch immer bezahlt gemacht und mir zu einer regelrechten VIP-Behandlung beim Austüfteln der Dienstpläne verholfen.

«Katie, wenn du nächstes Mal nach Kreta kommst, mußt du mir wieder diesen Ziegenkäse mitbringen. Der war echt ein Hammer!» schwärmte Thomas.

Thomas' Freundin Claudia, die in derselben Abteilung arbeitete, kam dazu. Küßchen, Küßchen. Die beiden waren nach einem Urlaub auf Jamaika brutzelbraun. Claudias Dekolleté war richtiggehend versengt. Da beide als Airline-Angestellte zu denselben günstigen Konditionen reisen konnten wie wir vom fliegenden Personal, stiegen sie auch zum Minitarif im «Paradise Blue Resort» ab, wo die Crew bei ihren Wochenstopps wohnte – und wo mein fester freier Lover Tony als Hoteldirektor fungierte.

Es muß ein herrlicher Urlaub gewesen sein. Claudia und Thomas erzählten von den Inselausflügen, die sie mit der Crew unternommen hatten. Und natürlich hatte sie Tony zu einem Segeltörn auf sein Schiff eingeladen. Ach, das schöne Schiff, auf dem es damals zwischen ihm und mir gefunkt hatte.

«Der Tony ist ein unheimlich netter Typ», schwärmte Thomas. «Mit dem kannst du Pferde stehlen. Du glaubst nicht, was wir für einen Spaß zusammen hatten.»

Ich nickte gönnerhaft und schmunzelte in mich hinein. Wenn sie wüßten, wieviel Spaß Tony und ich schon hatten...

«Habt ihr auch seine Frau Suzie kennengelernt?» hakte ich unverbindlich plaudernd nach. Wollte doch einmal checken, ob Thomas und Claudia von ihr auch den Eindruck einer alternden, frustrierten Barbiepuppe hatten.

Die beiden grinsten sich an. «Nö, die Ehefrau haben wir nicht kennengelernt, die war auf irgendeiner Hoteliersversammlung in Minneapolis unterwegs – oder war es Montreal? Egal», meinte Claudia und fügte schelmisch hinzu: «Auf jeden Fall war sie weit weg, und das war auch besser so, für alle Beteiligten.»

«Wiesooo?» wurde ich jetzt etwas wacher.

«Na ja, Tony ist über beide Ohren verknallt. Oder sagen wir: Er ist schwer engagiert. Seine Frau hat aber damit nicht das geringste zu tun.»

Jetzt verstand ich überhaupt nichts mehr. Hatte Tony von mir erzählt? Oder hatte gar jemand aus der Crew ein paar amouröse Anekdoten von Tony und mir zum besten gegeben? Eigentlich war das Techtelmechtel zwischen uns beiden von den paar Mitwissern immer sehr diskret behandelt worden. Aber bei der

Reise, um die es hier ging, war ich doch gar nicht mit von der Partie gewesen. Was hatte es da groß über Tonys verknallte Ohren zu diskutieren gegeben?

«Jetzt redet nicht länger um den heißen Brei herum. Klärt mich endlich jemand auf?» drängte ich ungeduldig.

Thomas und Claudia wechselten wieder verschwörerische Blicke. «Na ja», hob Claudia verdruckst an, «ich weiß nicht, ob das offiziell ist. Aber Pamela wird's dir bestimmt selber erzählen...»

«Wie, was erzählen?»

«Daß sie und Tony...»

«Pamela!!?» entfuhr es mir so laut, daß das Gesprächsgrüppchen nebenan hochschreckte. «Was ist mit ihr und Tony?»

Thomas bedachte mich mit einem Blick, der sagte: Du kannst aber auch dumm fragen.

«Ja, die beiden kamen aus dem Turteln gar nicht mehr heraus... Sie haben auch gar keinen Hehl daraus gemacht. Daher dachte ich, du wärst auf dem laufenden.»

Wumm! Dieser Keulenschlag saß. Meine Knie wurden weich. Hoffentlich ließen sie mich nicht im Stich.

«Jaja, irgend jemand hat mal etwas in der Richtung erwähnt», murmelte ich tapfer. Trotz des Schocks wollte ich um jeden Preis vermeiden, daß Thomas und Claudia aus meinem vermutlich verstörten Gesichtsausdruck die richtigen Schlüsse zogen. Zur Sicherheit ging ich erst einmal aufs Klo. Ich mußte mich jetzt einfach unbeobachtet irgendwo hinsetzen und meine verspannten Gesichtszüge wieder sortieren.

Pamela mit Tony. Mir wurde klar, wie wenig ich über Pamela wußte. Eine stets nette, fleißige Kollegin ohne Zicken, keine Frage. Sie repräsentierte den Typ Mitläufer, der nie negativ auffiel, sich aber auch nie besonders hervorhob. Sie war ganz hübsch, aber zum heißen Feger fehlte ihr ebensoviel wie zur grauen Maus. Sie machte überall mit, ergriff aber selten die Initiative oder brachte eigene Ideen vor. Eine Mitmacherin, eine typische Abstauberin eben.

Pamela mit Tony. Es wollte mir einfach nicht in den Kopf. Die Schlampe und der Hurenbock. Ich wünschte ihnen vorsorglich schon mal Tripper und Syphilis an den Hals – und natürlich sonstwohin. Tonys Telefonanruf eine Woche vor Weihnachten fiel mir ein. Es war am 15. Dezember gewesen, an jenem Samstag, als ich mit Henry die Dino-Plätzchen gebacken hatte. Samstag war auch jeweils der Flugtag von und nach Jamaika. Wenn ich mich nicht verrechnete, mußten Pamela und die Crew gerade abgereist sein, als Tony nach dem Hörer griff, um mich brennend vor Sehnsucht nach Jamaika zu locken. Welch aufregendes Timing! So abgebrüht konnten wirklich nur Männer sein. Vermutlich törnte ihn die Vorstellung, zwei rivalisierende Stewardessen gegeneinander auszuspielen, unheimlich an. Männer schreckten doch wirklich vor keiner Geschmacklosigkeit zurück.

Beim Händewaschen fragte ich mich, wieso ich mich eigentlich so aufregte. Zum einen hatte ich doch gerade festgestellt, daß Tony ein ziemliches Arschloch war. Zum anderen gab es keinen Grund, irgendwelche Besitzansprüche anzumelden. Außerdem war er eindeutig mit Suzie verheiratet und hatte nie etwas von großer Liebe, ewiger Treue und gemeinsamer Zukunft gefaselt. Das mußte ich ihm bei aller Wut zugute halten. Tony fragte auch nie nach meinen sonstigen Männergeschichten. Aus Desinteresse? Aus Diskretion? Aus Fairneß? Egal.

Und Pamela? Die mußte zwischenzeitlich mitgekriegt haben, daß zwischen Tony und mir was lief, sah sich aber wahrscheinlich nicht zu der Vermutung veranlaßt, daß es sich bei uns beiden um das unverwüstlichste Liebespaar seit Bonnie & Clyde handelte. In Fliegerkreisen hatte immer irgend jemand was mit irgendeinem anderen, daher nahm man die Liaisons anderer grundsätzlich nicht ernst. Sonst hätte ich nach meinem guten Neujahrsrutsch mit Andy befürchten müssen, die gesamte weibliche Belegschaft von Holiday Airways gegen mich aufzubringen – und möglicherweise noch von einigen anderen Branchen, in denen Andy sein Unwesen trieb.

Trotzdem wollte es mir an diesem Abend einfach nicht gelingen, dem drohenden Verlust von Tony mit der ihm gebührenden Lässigkeit und Gleichgültigkeit zu begegnen. Schließlich hatte es mich einige Mühe gekostet, ihn wenigstens für ein paar schwüle Nachmittage von seiner Ehegattin Suzie loszueisen. Dagegen hatte Pamela, soweit ich das Claudias Berichten entnehmen konnte, offensichtlich leichtes Spiel gehabt.

Wo war Pamela überhaupt? Soviel ich wußte, hatte sie nach New York auch ein paar Off-Tage eingereicht. War sie überhaupt mit zurückgeflogen oder gar gleich dort geblieben, einem aufregenden Rendezvous mit Tony entgegenfiebernd? Immerhin hatten Tony und ich uns auch schon in New York getroffen. Quatsch Katie, jetzt werd nicht hysterisch! Natürlich ist sie wieder mit uns zurückgeflogen. Aber nach unserer Rückkehr eine weitere New-York-Extratour einzulegen war ja nun wirklich das Einfachste auf der Welt. Möglicherweise wälzte sie sich gerade mit Tony in *meinem* Bett im 49. Stock *meines* «Four Seasons Hotel» herum. Scheiße!

Obwohl ich mir auf dem Heimweg von Bennys Fete erneut eingetrichtert hatte, der Sache Tony–Pamela keine weitere Bedeutung beizumessen, tätigte ich routinehalber einen anonymen Kontrollanruf. Bei Pamela verkündete ein Anrufbeantworter: «Sorry, kein Schwein daheim.» Hach, wie cool!

Beim Überseeanruf nach Jamaika gab ich mich als Lektorin eines deutschen Reiseführerverlags aus, die im gerade zu produzierenden Band «Jamaika» ein paar Hotels detaillierter vorstellen wollte. Ob der Chef denn derzeit zugegen sei, falls unser Jamaika-Autor noch ein paar offene Fragen mit dem Hoteldirektor persönlich besprechen wolle. Tony war offenbar im Hotel, doch bevor ich zu seiner Assistentin durchgestellt wurde, legte ich auf. Tonys Anwesenheit ließ eigentlich auf gar nichts schließen. Vielleicht hatte er Pamela in einem Gästepavillon versteckt und ehebrach gerade heftig mit ihr herum. Vielleicht sollte ich seine Frau anrufen… Katie, jetzt werd nicht schon wieder hysterisch. Wir haben doch gerade beschlossen, daß uns die Sache piepschnurzegal ist!

Schließlich gab es in Bali noch einen zweiten Hoteldirektor, der verrückt nach mir war, jawoll. Einer, der Tod und Teufel in Bewegung setzte, um mit mir eine Reise im tollsten Luxuszug der Welt zu unternehmen!

Während ich seit langem mal wieder intensiven Gedanken an Alex nachhing, tauchte Tina im Türrahmen auf. Sie sah verpennt und verheult aus. Heute nachmittag hatte ich wie auf einen kranken Gaul auf sie eingeredet, doch mit zu Bennys kleiner Fete zu kommen. Da sie sich aber in bezug auf Charlie auf die Taktik «rar machen» eingefahren hatte, wollte sie ein geselliges Zusammentreffen mit dem Objekt der Begierde um jeden Preis verhindern. Obwohl ich mir ziemlich sicher war, daß Charlie gleich nach unserer Rückkehr aus New York zu seinen Eltern an den Bodensee gefahren war, wollte Tina kein Risiko eingehen und blieb daheim.

«War er da?»

«Natürlich war er *nicht* da. Ich hab dir doch hundertmal gesagt, daß er zu seiner Verwandtschaft gefahren ist. Du hättest ruhig mitkommen können. Es waren genügend nette Leute da, die dich auf andere Gedanken gebracht hätten.»

Tina zog nur desinteressiert die Mundwinkel nach unten. «Hatte sowieso keine Lust auf die Eierköpfe. Immer dasselbe Geschwätz. Sag, haben wir noch Wein da?»

«Wärst du zu Benny mitgekommen, dort hätte es reichlich gegeben ...» ließ ich nicht locker.

«Weißt du eigentlich, Katie, daß du einem unsäglich auf den Keks gehen kannst? Es ist ganz allein meine Sache, wann ich wohin gehe. Führ dich nicht immer wie mein Kindermädchen auf.»

Es war dieser blasierte Ton, den ich auf den Tod nicht ausstehen konnte. «Tina, jetzt hör mir mal zu. Mir persönlich ist es scheißegal, ob du auf Bennys Fete mitkommst oder nicht. Ich habe dich nur deinetwegen zum Mitkommen gedrängt, damit du nicht den ganzen Abend daheim sitzt und wegen Charlie Trübsal bläst. Und zum Dank dafür muß ich mich von dir blöde anpflaumen lassen.»

Ich ging in die Küche, um mir ein Diet Coke zu holen. Tina haßte es, wenn ich unsere Verbalscharmützel abbrach. Als ich ins Wohnzimmer zurückkam, fläzte sie mit langgestreckten Beinen auf der Couch und empfing mich mit aggressivem Blick.

«Ich brauche deine beziehungs-strategischen Tips nicht. Ich beiß mich da schon allein durch. Du kannst natürlich leicht daherreden. Mit deinen zwei Hotelverehrern, die nach deiner Pfeife tanzen...»

«...da war's nur noch einer», korrigierte ich mit tonloser Stimme und berichtete in knappen Worten von dem interessanten Aufklärungsgespräch, mit dem mich Claudia und Thomas auf Bennys Fete nichtsahnend übertölpelt hatten.

Tina hörte mit offenem Mund zu, bevor sie zu einer furiosen Attacke gegen Pamela, die Superschlampe, ansetzte. Meine Schlappe war natürlich Balsam für ihre liebeskranke Seele. Nun saßen wir wieder in einem Boot. Im Boot der untröstlichen Pechvögelinnen. Grund genug, nicht länger sauer aufeinander zu sein. Tina schloß die Überlegung an, ob Pamela wohl auch schon einmal etwas mit Charlie gehabt hatte...

«Und wenn, was hätte das schon zu bedeuten?» winkte ich lapidar ab. «Mach's dir nicht schwerer, als es ist.»

«Na ja, du redest leicht. Du hast wenigstens noch Alex.»

Ich fand zwar auch, daß ich Alex hatte, hielt es aber für besser, mich mit Tina in puncto Männerpech solidarisch zu geben. Daher lamentierte ich ihr zuliebe ein bißchen über die Unzuverlässigkeit und Sprunghaftigkeit meines Hoteliers aus dem sonnigen Bali und die Perspektivlosigkeit dieses schlampigen Verhältnisses.

«Sag mal, Tina, glaubst du, daß wir es je zu einer festen Beziehung bringen werden?» Ich verspürte Lust, das Leben scheiße zu finden.

«Solange wir diesen Job haben, sehe ich schwarz», murmelte Tina düster.

Ich konnte ihr nur beipflichten. Es gab kaum eine beziehungsfeindlichere Branche als die Fliegerei. Vertrackte Kiste. Klar sprang bei den Wochenstopps so mancher Aufriß heraus – mal mit, mal ohne Herzflimmern. Das war's dann aber auch schon. Den Partner fürs Leben in der Fliegerbranche zu suchen war ein hoffnungsloses Unterfangen.

Die Stewards waren zu neunzig Prozent schwul. Die Piloten taugten durch die Bank nicht für eine feste Beziehung. Die meisten waren zwar verheiratet, doch wer wußte besser als wir Stewardessen, was auf Dienstreisen abging? Waren die Ehefrauen wirklich so ahnungslos, oder nahmen sie die Untreue billigend in Kauf – als Preis dafür, Pilotengattin sein zu dürfen? Für mich schieden Piloten als Partner jedenfalls von vornherein aus. Denn selbst wenn ich zufällig an einen wirklich treuen Piloten geraten sollte, würde ich nach alledem, was ich erlebt hatte, vor Den-Teufel-an-die-Wand-malen gar nicht mehr zur Ruhe kommen.

Also mußte ich mich nach Männern in «normalen» Berufen umsehen. Aber wie würde mein ständiges Kommen und Gehen sich in einer solchen Beziehung auf Dauer auswirken? Wäre ich dann gegen die tropischen Verlockungen in der Ferne gefeit? Und wenn ich meinen Beruf aufgab und mich auf Hege und Pflege meines Ehemannes konzentrierte? Wie lange würde es dauern, bis allein das ferne Dröhnen eines Flugzeugs die unstillbare Sehnsucht nach der Fliegerei wieder zum Ausbruch bringen würde? Ich ahnte: Auf Dauer würde ich nicht mit, aber auch nicht ohne die Fliegerei leben können.

Aber wie lange konnte man diesen Job überhaupt machen? Wann würde er einem die Gesundheit endgültig ruiniert haben? Wenn er mich nicht dahinraffte, mußte ich mir wohl mit sechzig

Jahren immer noch von sadistischen Passagieren auf der Nase herumtanzen lassen. Sie würden mich schikanieren zur Strafe dafür, daß sie von mir alter Krähe statt von einer knackigen Zwanzigjährigen bedient wurden. In ihren Blicken wäre zu lesen: Warum steckt man diese alte Schachtel nicht zum Bodenpersonal, wo man sie wenigstens nicht ansehen muß? Reizende Perspektiven, die mir schon in ein paar Jahren das Leben schwermachen würden. Auch die Hoteldirektoren dieser Welt würden ihre Stielaugen nur noch bei appetitlichen Jungstewardessen ausfahren. Und kein Tony – der sowieso nicht mehr – und kein Alex würde seinen Hintern auch nur einen Millimeter bewegen, um mit einer alten Kuh wie mir ein Rendezvous zu arrangieren.

Verdrossen nuckelte ich an meinem Coke. «Weißt du was, das beste wird sein, wir machen später mal eine Alters-WG auf. Auf jeden Fall werde ich nicht darauf warten, bis sich ein klappriger Witwer meiner erbarmt. Dann verbringe ich meinen Lebensabend lieber mit dir.»

«Oje, wenn bei dir der Altersstarrsinn dazukommt, dann bist du ja gar nicht mehr auszuhalten! Nimm's nicht persönlich, Katielein. Aber ich habe ehrlich gestanden schon noch Hoffnung, daß sich unsere Piloten irgendwann ihre Hörner abgestoßen haben. Vielleicht entpuppen die sich dann als prima Ehemänner.»

«Pah!» warf ich verächtlich den Kopf zur Seite. «Wenn du's wirklich *darauf* anlegst, warum verknallst du dich dann jetzt schon in Charlie Reichenberger und nicht erst in dreißig Jahren, hä?»

«Ach sei still, Katie! In bezug auf Charlie will ich von dir nichts mehr hören. Du bist so was von negativ ihm gegenüber eingestellt.»

Ich zog eine beleidigte Schnute. Dumme Kuh! Was sollte das nun schon wieder heißen: negativ eingestellt. Ich, Katharina Paulus, die Objektivität in Person. Mit meinen messerscharfen Reichenberger-Analysen traf ich den Nagel genau auf den Kopf.

Eine hoffnungslose Romantikerin wie Tina würde das natürlich nie zugeben. Allerdings ahnte ich in diesem Moment noch nicht, daß mein Verhältnis zu Charlie Reichenberger schon einige Zeit später in ein Negativloch driften würde, das in der Geschichte von Holiday Airways einzigartig war.

14

Der nächste Morgen verhieß keine Hoffnung auf Stimmungsbesserung. Ein pornographischer Traum mit Tony und Pamela in der Hauptrolle war mir zwar Gott sei Dank erspart geblieben, dafür war wieder mein Evergreen «Mathe-Abitur» an der Reihe gewesen. Wieder einmal saß ich ebenso verzweifelt wie ratlos über unlösbaren Vektorgleichungen und Infinitesimalrechnungen. Rund zwei Dutzend Male hatte sich dieser Traum schon wiederholt, und kein einziges Mal war mir ein halbwegs ordentliches Abschneiden vergönnt gewesen. Immer versagte ich kläglich – als ob das eine Mal im richtigen Leben nicht genügt hätte.

Nach dem Pamela-Schocker vom Vortag und dem nächtlichen Mathe-Desaster konnte mich an diesem Morgen nichts mehr erschrecken, also widmete ich mich tollkühn dem Studium meiner Kontoauszüge. Das Ergebnis war erwartungsgemäß niederschmetternd. Warum in aller Welt kam ich nicht aus den Miesen raus? Die letzten zwei Monate hatte ich mich doch wirklich am Riemen gerissen. Keine einzige Shopping-Orgie in New York, keine Stippvisite bei Douglas, das sollte mir mal einer nachmachen. Die süße Schlafzimmerlampe für einhundertneunundsechzig Mark im «Kare» hatte ich mir ebenso verkniffen wie das Live-Konzert meines glühend verehrten Bon Jovi, für das es nur noch Karten für sechsundsiebzig Mark gegeben hatte. Und was war der Dank für die Kasteiung? Ein Kontostand von dreitausendsechshundertelf Mark mit einem dicken Minus davor. Nun, die halbjährliche Abbuchung meiner Kfz-Versicherung hatte mich wieder mal reingerissen. Tina und ich hatten schon des öfteren überlegt, ob eine Karre für uns beide nicht ausreichte. Wir würden einen Haufen Geld pro Jahr sparen. Aber wir waren realistisch genug, einzusehen, daß der Kampf ums Auto schon entbrennen würde, bevor das Corpus delicti überhaupt vor der Tür stand.

Bei der Durchsicht meiner Kontoauszüge fuhr mir ein weiterer Posten unangenehm in die Magengrube: dreihundertsechzig Mark, die mein Fitneßstudio für das Vierteljahr abgebucht hatte. Ob ich zu dem Laden überhaupt noch hinfände? Ich wagte eine kleine Rückblende, wie oft ich in den letzten drei Monaten das Fitneßstudio aufgesucht hatte, und kam auf die niederschmetternde Zahl drei. Hundertzwanzig Mäuse pro Besuch. Für das Geld konnte ich ja fast Arnold Schwarzenegger zum Privattraining einfliegen lassen.

Was war ich doch für ein fauler Sack. Ich brauchte mich gar nicht zu wundern, wenn die Zellulitis in meinen Schenkeln bald Wellen schlug. Dagegen würde dann auch Melissas und Davids Selleriesaft nichts mehr ausrichten können. Es gab keine Entschuldigung für mein Phlegma. Okay, meine unorthodoxen Arbeitszeiten standen einem kontinuierlichen Fitneßtraining entschieden im Weg. Doch in Anbetracht der vielen Abende mit Weinschorle und Chips vor der Glotze, für die ich erstaunlicherweise immer irgendwie Zeit fand, konnte ich mich nicht auf die ungünstigen Umstände herausreden.

Obwohl mir die Couch schon wieder verführerisch zulächelte, gab ich mir einen heroischen Ruck und stopfte Elastikhose, T-Shirt und Schuhe in meinen Turnbeutel. Dabei mußte ich dreimal kräftig niesen – soviel Staub hatte sich angesammelt.

Sally, die aus Ohio stammende Managerin meines Fitneßstudios, ließ erstaunt von ihrem Mineraldrink ab, als ich dynamisch ums Eck gefedert kam. «Kate! Welcome back! Hast du lange kein Workout mehr gemacht. You're such a lazy girl! Wenn das so weitergeht, werde ich dich nur noch Rolling Kate nennen.»

Ich machte eine Fratze und stammelte etwas von viel Arbeit.

«Du weißt noch gar nicht, daß wir neue Geräte bekommen haben. Die können sprechen. Ganz neu aus USA.»

Kaum war ich aus dem Umkleideraum zurück, packte sie mich am Handgelenk und zerrte mich in die Folterkammer. Wow! Alles neu! Dann schob sie mich auf ein Gerät zum Rückenstrecken und begann sogleich wild auf einer Tastatur zu programmieren.

«Ich muß deinen ID-Code eingeben. Wie willst du heißen? Wie soll er dich nennen?»

«Wer?»

«Harry.»

«Wer ist Harry?»

Sally stemmte voll Ungeduld ihre Hände in die Hüften. «Jesus! Harry ist dieses Gerät, auf dem du gerade sitzt, dein Trainer. Jeder Trainer hat einen anderen Namen. Und das ist Harry. Er wird dich persönlich ansprechen. Also: Wie willst du heißen?»

Ich verstand zwar immer noch nicht ganz, wollte Sallys Geduldsfaden aber nicht überstrapazieren und sagte artig: «Katharina.»

Sally zog bedauernd die Mundwinkel nach unten. «Sorry, Katharina ist zu lang. Ich gebe Kate ein.»

Nein, Kate wollte ich mich von einem wildfremden Trainer auf gar keinen Fall nennen lassen. Katie noch weniger. So durften mich nur meine Freunde, Bekannten und Kollegen nennen. Für solche Vertraulichkeiten war es eindeutig zu früh.

«Ich heiße Paulus. Er soll Paulus zu mir sagen.»

Sally sah mich schief an, realisierte aber, daß heute nicht der beste Tag für Diskussionen war. «Paulus, very romantic!» meinte sie nur, während sie auf der Tastatur herumdrückte.

«Drei Übungseinheiten mit jeweils zwanzig Wiederholungen, ist das okay für dich?»

«Zwei Übungseinheiten genügen für den Anfang.»

«O Kate!»

«O Sally. Zwei Einheiten und keine einzige mehr, verstanden?»

Und dann konnte es losgehen. Ich gab meinen ID-Code ein.

«Hallo, Paulus!» scharrte Harry. «Schön, dich wiederzusehen. Ich hoffe, du hast gut geschlafen und bist fit für mich.»

«Sally, der spricht ja wirklich!»

Sally platzte fast vor Besitzerstolz: «Na los, zeig's ihm.»

Ich griff nach dem Bügel über mir und begann ihn nach Harrys Rhythmusvorgabe nach unten bis in den Nacken zu ziehen. Und einatmen und ausatmen, dreizehn, vierzehn...

«Wunderbar, Paulus! Du bist ganz schön fetzig!» feuerte mich Harry an.

Ja, du Schlingel, da staunst du, was? Erschöpft ließ ich nach der zwanzigsten Wiederholung los und schüttelte meine Arme aus. Ich wollte gerade von Harry heruntersteigen, da pfiff er mich noch einmal zurück. «Fünfundachtzig von hundert möglichen Punkten. Ich bin stolz auf dich.»

Alle Achtung. Der Bursche weiß, was Frauen wünschen.

Auch Robin, mein nächster Trainer, entpuppte sich als Charmebolzen alter Schule. Während ich dasaß und meine Beine gegen einen Widerstand auseinandergrätschte, platzte Robin mit einem riesigen Kompliment heraus: «Paulus, du hast den tollsten Körper im ganzen Studio.»

Donnerwetter. So uneingeschränkt hatte noch kein Mann die Sache auf den Punkt gebracht. Ich schenkte Robin ein laszives Lächeln, bevor ich mich hinüber zu Curly machte. Leider kam ich mit seinem Rhythmus zum Beinstrecken überhaupt nicht zurecht, so daß ich mir meinen tollen Punktestand versaute.

«Paulus, das kannst du aber besser!» konnte mir Curly in Anbetracht meiner lächerlichen sechzig Punkte einen leichten Vorwurf nicht ersparen.

Doch die Frau mit dem tollsten Körper im ganzen Studio ließ sich von diesem kleinen Hänger nicht entmutigen und machte Trainer Peter die Aufwartung, wo sie mit ihren Butterfly-Übungen zur Kräftigung der Arm- und Schultermuskulatur stolze neunzig Punkte einheimste.

Da ich unbedingt vor Feierabend noch ein paar Sachen aus der

Reinigung abholen wollte, vertröstete ich die noch wartenden Trainer auf das nächste Mal. Auf dem Weg in die Dusche passierte ich die Waage Wally. Diskret, wie sie nun mal war, posaunte sie meine neunundfünfzig Kilo nicht lauthals in alle Welt hinaus, sondern teilte mir das Gewicht nur auf dem Display mit. Natürlich nicht, ohne mich vorher freundlich begrüßt und mir weiterhin einen schönen Tag gewünscht zu haben. Hach, waren die alle nett zu mir. Was brauchte ich da noch einen Hoteldirektor?

«Na, wie gefallen dir meine Jungs?» fragte Sally beifallheischend.

«Ich bin begeistert. Sind die nur beim ersten Kennenlernen so freundlich, oder darf ich mich beim nächsten Mal wieder auf ein paar wohltuende Komplimente freuen?»

«Du und ein nächstes Mal! Darf ich das in diesem Jahr noch einmal erleben?»

Eines hatten Sally und ihre Jungs jedenfalls geschafft: meine niedergeschlagene Stimmung zu vertreiben.

Ich hatte gerade das Handtuch um das frischgewaschene Haar geschlungen, als es an der Wohnungstür klingelte. Ich zog mir den Bademantel über und rannte zur Sprechanlage. Auf mein «Ja bitte?» folgte erst einmal Schweigen, dann vernahm ich ein männlich-laszives «Lieben Sie Champagner?» Ich zuckte unter dem flauschigen Frottee zusammen. Diese Art von Klingelstreichen machten mir angst, vor allem, wenn es draußen finster und ich allein in der Wohnung war.

Bevor ich voller Beklemmung den Hörer auflegen konnte, vernahm ich ein Flehen: «Mäuschen! Ich bin's. Mach auf, bitte!»

Mäuschen! Das durfte doch nicht wahr sein: Alex. Ich strahlte. Und während ich ungeduldig an der Tür auf ihn wartete, wanderten meine Gedanken für ein paar wohlige Sekunden nach Jamaika. Da staunst du, was Tony?

Zwei Minuten später war er die vier Stockwerke nach oben gespurtet, eine langstielige Rose in der rechten und eine veritable Flasche Schampus in der linken Hand. Deren Korken krachte kurz darauf gegen die Wohnzimmerdecke. Alex teilte noch im Telegrammstil mit, was ihn so überraschend nach München verschlagen hatte, dann fiel er voll Begeisterung über mich her.

Ich hatte meinen Kopf auf seine Brust gebettet und spielte mit seinem Halskettchen. «Und daheim alles in Ordnung?» fragte ich in dem beiläufigsten Ton, den ich auf Lager hatte.

Mit daheim war natürlich ausschließlich Alex' Ehefrau Catherine gemeint. Die Ähnlichkeit mit dem Namen Katharina war Alex wohl zu prekär, daher das Mäuschen. Was das eheliche Verhältnis betraf, so war ich von Alex soweit informiert, daß die beiden «so gut wie getrennt» lebten. Das hatte vor gut einem Jahr, als Alex und ich uns zum erstenmal näherkamen, ja ganz vielversprechend geklungen, doch allmählich machte sich die Neugier breit, wie weit die Sache trennungsmäßig nun fortgeschritten war.

Seufzend küßte mich Alex auf den Scheitel. «Ach mein Mäuschen, das ist nicht so einfach, wie du dir das immer vorstellst.»

Ich unterbrach ihn sanft. «Ich stelle mir gar nichts vor. Mich interessiert lediglich der Stand der Dinge, damit ich weiß, ob und auf wen ich Rücksicht nehmen muß.»

Alex lächelte mich gerührt an und zog mich an sich. «Mäuschen, mein süßes Mäuschen. Du brauchst auf nichts und niemanden Rücksicht zu nehmen. Das überlaß mal mir. Ich bin es ja gewohnt, all diese Dinge auf meine Schultern zu laden.»

So kamen wir nicht weiter. Und da er mich ja gerade von übertriebener Rücksichtnahme entbunden hatte, wurde ich deutlich: «Bist du nun von deiner Frau getrennt oder nicht?»

Mega-Seufzer. Dann wieder ein Küßchen fürs Mäuschen. «Das geht nicht so hopplahopp. Das Problem ist, daß unser Vermögen inklusive Immobilien, Aktien und der ganze Kram auf unsere beiden Namen läuft. Weißt du, was es heißt, den Krempel auseinanderzuklamüsern?»

Das wußte ich natürlich nicht. Von diesen Dingen hat eine alleinstehende, mittellose Stewardeß keinen blassen Schimmer. Und während Alex über seine glücklosen Börsengeschäfte lamentierte, wurde mir klar, daß ich auf die Trennung warten konnte, bis ich schwarz wurde. Eher würde der Papst bei den Spice Girls als Frontman anheuern. Scheiße, dachte ich mir. Andere Männer trennen sich doch auch von ihren Frauen. Erst neulich beim Friseur hatte ich wieder gelesen, daß eheliche Untreue mit großem Abstand Scheidungsgrund Nummer eins war. Gerhard Schröder hatte wegen Doris Köpf sogar seine tolle Hillu verlassen und damit im Wahljahr allerhand riskiert. Daran hätte Alex sich doch mal ein Beispiel nehmen können. Doch der hatte bereits ganz andere Gedanken.

Ich spürte den festen Druck seines Oberschenkels zwischen den Knien und seinen heißen Atem in meinem Nacken. Der Zug für unergiebige Trennungsgespräche war hiermit abgefahren. Alex' Stärke lag eindeutig im Ehebrechen.

Und so machte Alex, kaum war er nach einer zugegeben berauschenden Liebesnacht aus der Tür, einem kapitalen Katzenjammer Platz. Die amouröse Konjunkturlage war niederschmetternd. Einen Hoteldirektor war ich an meine Kollegin losgeworden, den anderen würde ich wohl bis ans Ende meiner Tage mit der Ehefrau teilen müssen. Mit wem bitte schön sollte ich jemals eine Familie gründen? Ich war schließlich auch nicht mehr die Jüngste.

Von Alex hörte ich dann wieder einige Wochen nichts mehr. Wieder einmal war es ihm gelungen, sich aalglatt aus der Schußlinie zu bringen.

15

Es gibt Tage, da sollte man besser zu Hause im Bett bleiben. Heute war so ein Tag. Ich hatte meine Menstruation bekommen und war wegen heftiger Krämpfe dreimal nachts aufgewacht. Im Filtertütenbehälter fand ich zwar keine Filtertüte, dafür klebte ein gelber Zettel dran: Filtertüten besorgen!!! Kaum war der Frust über die verpaßte Tasse Kaffee abgeebbt, mußte ich feststellen, daß in meiner Handtasche sowohl Geldbörse als auch Schlüsselbund fehlten. Beides fand ich nach einer panischen Suchaktion im Schuhschrank an der Stelle, wo ich am Abend davor meine Filzpantoffeln herausgeholt hatte. Katie, du Edelschlampe, mit dir wird es noch mal ein böses Ende nehmen! Alles sprach eindeutig für Im-Bett-Bleiben. Doch um 8.00 Uhr startete unsere Boeing 757, deren Fluggäste von mir betreut werden wollten, nach Teneriffa. Muß ich erwähnen, daß mir im Cockpit meines Twingo zur Begrüßung die Reservelampe der Tankanzeige entgegenblinkte, ich gerade mal neun Mark Bargeld hatte und erst noch am Geldautomaten vorbeifahren mußte? Welche wundersame Fügung des Schicksals, daß der Automat nicht außer Betrieb oder meine ec-Karte just an diesem Tag ungültig geworden war.

Die Geschwindigkeitsüberschreitungen auf der Fahrt von Schwabing zum Flughafen hätten an diesem Morgen für drei Jahre Führerscheinentzug gereicht. Doch nur mit einigermaßen heißem Reifen würde ich es bis sieben Uhr schaffen – spätestens eine Stunde vor Abflug mußten die Crewmembers im Büro des Flugbetriebsleiters eingetroffen sein. Dieser Zeitpuffer war nötig, um für einen eventuell fehlenden Kollegen noch rechtzeitig Ersatz beschaffen zu können. Ich mußte mir endlich mal ein neues Handy zulegen. Seit ich mein treues Nokia in einem Madrider Café liegenlassen hatte, verschob ich die Neuanschaffung von Woche zu Woche. Also konnte ich im Büro keine Entwarnung für den Fall geben, daß einige Kollegen ob der Abwesenheit der sonst immer überpünktlichen Katie schon nervös geworden waren.

Völlig abgehetzt, aber immerhin sechs Minuten vor sieben, traf ich im Briefing-Raum ein, wo meine vier Kabinenkollegen schon um den Tisch versammelt waren.

«Da bist du ja! Wir dachten schon –»

«Tut nicht so, als ob ihr um diese Zeit schon denken könntet.»

Normalerweise begann ich das sogenannte Crew-Briefing, die vor jedem Flug erforderliche Einweisung fürs Kabinenpersonal, mit ein paar launigen Bemerkungen. Aber heute war die Zeit zu knapp, also kam ich ohne Umschweife zur Sache.

«Nun, heute fliegen wir via Teneriffa nach Rio de Janeiro. In Teneriffa gibt es einen Crewwechsel, wir bleiben über Nacht in Teneriffa und fliegen morgen mit der Maschine aus Rio wieder nach München. Unsere Flugnummer ist 076, die Flugzeit bis Teneriffa beträgt vier Stunden und zehn Minuten.» Die pikanteste Information hob ich mir bis zum Schluß auf: «Ich hoffe, ihr habt gut gefrühstückt, denn wir haben Full house.»

«O no!» brach Judith über dem Tisch zusammen. Auch die anderen Kollegen stöhnten. Full house, eine vollbesetzte Maschine, war ungefähr die schlimmste Strafe und fast ein Garant für irgendwelche unangenehmen Zwischenfälle.

«Sorry, meine Lieben», hob ich entschuldigend die Schultern, «das war wirklich nicht meine Idee.»

Copilot Mathias Trübbach, unser Sonnenschein, streckte den Kopf durch die Tür. «Guten Morgen allerseits. Wir haben Full house, ist das schon bis zu euch durchgesickert? Ich wünsche euch jedenfalls schon jetzt mal viel Spaß da hinten. Da würde es sich ja fast lohnen, zur Unterhaltung ein kleines Quiz zu veranstalten. Was hältst du davon, Katie?»

Ich reckte die geballte Faust nach ihm. «Wart's ab, Freundchen. Ich werde das Cockpit zum Tag der offenen Tür erklären und die lieben Paxe über Public Address herzlich dazu einladen, euch einen Besuch abzustatten. Hoffentlich habt ihr genügend Kräcker und Schnittchen besorgt.»

Public Address, so hießen im Fliegerdeutsch die Mikrofonansagen des Kabinenpersonals an die Passagiere.

Eine schlechtgelaunte Baritonstimme mischte sich ein. «Wenn auch nur ein Pax die Cockpittür berührt, mache ich Hackfleisch aus ihm. Und aus dir gleich mit, Katharina.»

Es war Charlie Reichenberger, der in unser munteres Crew-Briefing platzte. Er schickte eine Art von Morgengruß hinterher, der nach «mong» klang. Gott sei Dank war ich mit meinem Briefing so gut wie fertig. Ich haßte es, wenn Charlie dabei zuhörte. Auch wenn er sich in der Regel nicht einmischte, kam ich mir in seiner Gegenwart immer kontrolliert und kritisch zensiert vor, und mein sonst so butterweich vorgetragener Monolog geriet regelmäßig ins Strudeln.

«Nun, meine lieben Kollegen», hob Charlie an, ohne von dem zweiseitigen Fax in seiner Hand aufzublicken, «so wie's aussieht, wird es über den Pyrenäen heute etwas rappeln. Wir werden natürlich versuchen, die Gewitterfront zu umfliegen, aber ganz ungeschoren werden wir wohl nicht davonkommen. Stellt euch schon mal darauf ein, daß ihr den Service unterbrechen müßt.»

Ich rechnete. Pyrenäen. Die würden wir ungefähr eineinhalb Stunden nach dem Start überfliegen. Das war mitten während der Essensausgabe. Na ja, vielleicht würden die Turbulenzen ja nicht so schlimm werden.

Charlie fuhr fort: «Wie ihr wißt, geht unser Dicker nach Rio de Janeiro weiter. Wir werden daher unmittelbar nach der Landung in Teneriffa eine Betankung mit Paxen an Bord durchführen.» Jetzt erst blickte er von seinen Unterlagen auf. «Nun Katharina, wie sieht deine Kabinenvorbereitung aus?»

Ach herrje, da hatte er mich auf dem falschen Fuß erwischt.

Die zehn Regeln – oder waren es zwölf? –, die bei der Betankung einer mit Passagieren besetzten Maschine zu beachten waren, hatte ich schon lange nicht mehr angeschaut. Ich versuchte mich an einem hochmütigen Blick, der den Eindruck vermitteln sollte, daß mir die zehn (oder zwölf?) Betankungsregeln in Fleisch und Blut übergegangen seien.

«Also, zunächst muß gewährleistet sein, daß alle Passagiere auf ihrem Platz sitzen», hob ich an. «Der Anschnallgurt muß gelöst sein, ähh, Rauchen ist verboten, es dürfen keine Feuerzeuge oder Streichhölzer benutzt werden... ääh...» Mein Puls raste. Betankungsmäßig hatte ich mein Pulver verschossen. Ich hoffte auf eine erlösende Bemerkung von Charlie Reichenberger. Ich hoffte vergeblich.

«Weiter, was noch. Wir sind noch lange nicht fertig!» bellte er mich statt dessen an.

«Äääh...»

Es war mucksmäuschenstill im Raum. Eine Hitzewelle schoß aus meiner Magengrube nach oben. Ich wagte niemanden anzusehen. Warum folterte mich Charlie Reichenberger so? Ausgerechnet an ein solches Scheusal hatte Tina ihr Herz verloren.

Das Scheusal ließ nicht locker. «Stichwort Toiletten. Na Katharina, klingelt was bei dir?»

«Die Toiletten dürfen während der Betankung nicht benutzt werden», murmelte ich schicksalsergeben. Ich kam mir vor wie ein Prüfling bei einem Deppentest.

«Ausgezeichnet, Katharina», lobt Charlie mit sarkastischem Überschwang. «Darüber hinaus solltest du nicht vergessen, daß während der Betankung kein Service erfolgen darf, daß die Cockpit-Tür geöffnet sein muß, alle Flugbegleiter ihre Sicherheitspositionen einnehmen müssen und die Feuerwehr bereitstehen muß. Merk dir das bis zum nächsten Mal. Das heißt, in diesem konkreten Fall wäre ich ausgesprochen froh, wenn du dir's bis Teneriffa merken könntest. Ich will dich ja nicht überfordern.»

Ich nickte nur zerknirscht. Ein dicker Kloß saß mir im Hals.

Scheißkerl! Ließ mich vor den Kollegen ins offene Messer laufen. Wie sollte ich in der Kabine meine Autorität wahren, wenn ich schon vor dem Start von meinem Kapitän wie ein kleiner Ladendieb vorgeführt wurde? Wie ich den Reichenberger haßte! Ich schickte ein Stoßgebet zum Himmel, die Buchhaltung möge Charlie Reichenberger Unregelmäßigkeiten bei der Spesenabrechnung nachweisen. Jawoll, mit Schimpf und Schande sollte dieser Schuft vom Hof verjagt werden. Blamiert und gedemütigt bis in die Knochen. An dem Tag, so schwor ich mir, würden die Champagnerkorken vor Freude nur so durch die Luft fliegen.

Nein, ich war keine charmante, liebenswürdige, augenzwinkernde Stewardeß auf diesem Flug. Mit einem Betonlächeln absolvierte ich meinen Dienst auf der mit zweihundert Passagieren proppenvollen Boeing 757. Auch die gute Nachricht aus dem Cockpit, daß wir der befürchteten Gewitterfront komplett ausweichen konnten, vermochte meine Stimmung nicht wesentlich zu verbessern.

Die Kollegen waren echt süß. Reni hatte mich auf dem Weg vom Briefing-Raum zum Bus, der uns zur Maschine brachte, in die Arme genommen. «Nimm's nicht so schwer. Der Reichenberger hat wahrscheinlich nur schlecht gebumst heute nacht und muß seinen Frust darüber an der Nächstbesten auslassen. Wer weiß, was *uns* noch alles blüht heute.»

Ich schenkte ihr ein verzagtes Lächeln. Ich wünschte, ich könnte Renis Rat umgehend befolgen und den Vorfall mit einem großen Schwamm wegwischen.

Benny meinte auch, daß ich Charlies Betankungsausraster nicht persönlich nehmen sollte: «Auf mich ist er neulich auch losgegangen, bloß weil ich ihm für seinen Tee Kondensmilch statt normale Milch gebracht habe. Und weißt du noch, wie er mich auf Andys Hochzeit blöde angepflaumt hat? Es ist vor allem sein Ton, der mir echt auf den Sack geht. Aber ich glaube, der Mann ist mit sich selbst am meisten geschlagen.»

«Danke Benny, du bist ein Schatz.»

Trotz der großzügigen Aufmunterungsspenden wollte sich meine Niedergeschlagenheit nicht so einfach wegpusten lassen. Und der Trost, daß Charlie mit sich selbst am meisten geschlagen war, reichte nicht im entferntesten aus, um meine Rachegefühle zu besänftigen.

In der ersten Reihe saß eine junge Frau mit einem unheimlich süßen Baby. Sie erzählte mir, daß sie Brasilianerin sei und seit drei Jahren mit ihrem deutschen Mann in Hamburg lebe. Jetzt war sie auf dem Weg nach Rio zu einem mehrwöchigen Familienbesuch, ihr Mann wollte in zehn Tagen nachkommen. Als wir mit dem Service fertig waren, konnte ich endlich mit dem halbbrasilianischen Wonneproppen herumknuddeln. Die Kleine hatte mich schon die ganze Zeit über mit ihren scheinwerfergroßen braunen Augen fixiert und war ganz happy, als ich mich endlich ihrer annahm. Priscilla hieß sie. Ihre brasilianischen Großeltern, Tanten und Onkels, Cousins und Cousinen würden ausrasten vor Begeisterung über den wohlgeratenen Sippenzuwachs. Ich nahm Priscilla auf den Arm und ging mit ihr in die hintere Galley.

«Schaut mal, was ich da habe», präsentierte ich die Süße stolz meinen Kollegen, die gerade bei einer Zigarette beisammenstanden.

«Steht dir gut», befand Reni. Benny ließ sich bereitwillig an seinen blonden Locken ziehen, und Judith holte gleich ein Stoffbärchen hervor.

Den Besuch im Cockpit mußte ich meiner Freundin Priscilla leider vorenthalten. Die Begegnung mit einem bärbeißigen, übellaunigen Piloten konnte sich verheerend auf ihre kindliche Psyche auswirken.

«Schau, da vorne, da ist das Cockpit», erläuterte ich ihr fachmännisch, «aber da geh'n wir nicht rein. Da sitzt nämlich ein ganz böser Mann, und es kann gut sein, daß der auch kleine Kinder frißt.»

Okay, das war pädagogisch vielleicht nicht ganz korrekt. Aber die Kleine war ja nicht einmal ein Jahr alt, da konnte man schon mal ungestraft ein paar Hetzparolen loslassen. Leider mußte ich sie wieder bei ihrer Mama abliefern, weil ich wegen der vollbesetzten Maschine etwas früher als normalerweise nötig mit dem Duty-free-Verkauf beginnen wollte. Priscilla griff nach dem Milchfläschchen, das ihre Mutter gerade zubereitete.

«Nein, Schatz, das ist noch nicht fertig. Hier, trink inzwischen von deinem Saft», mahnte sie ihr Töchterchen zur Geduld.

«Geben Sie's mir, ich mach die Milch schnell warm.»

Kaum hatte ich den Ofen angeschaltet, tat es einen Riesenknall. Benny war beim Einsortieren der Duty-free-Waren eine Cognacflasche auf den Boden geknallt. Die Schweinerei hielt sich Gott sei Dank in Grenzen, weil die Flasche in der Schachtel zerschellt war. Das bißchen Cognac, das dennoch durch die Schachtelecken auslief, breitete sein Aroma in der Kabine aus. Na wer weiß, vielleicht kurbelte das die Kauflust der Passagiere an. Der Duty-free-Verkauf konnte beginnen.

Das war leichter gesagt als getan. Wie immer, wenn wir mit dem Duty-free-Verkauf etwas knapp in der Zeit waren, bestand ungefähr jeder zweite Passagier auf ein ausführliches Beratungsgespräch. Einer Frau fiel ein, daß sie das eben erstandene «L'Air du Temps» von Nina Ricci doch lieber in «Calèche» von Hermès umtauschen wollte. Eine andere zeterte herum, weil das Parfum Soundso bei ihrem Kosmetikdiscount in Koblenz vier Mark weniger kostete als bei uns an Bord und wir nur abzocken wollten. Es kostete mich ungeheure Mühe, sachlich zu bleiben. Für das Kabinenpersonal bedeutete der Duty-free-Verkauf trotz des ewigen Verdrusses einen lukrativen Zusatzverdienst.

So, jetzt aber dalli. Der Landeanflug hatte bereits begonnen, und wir schacherten immer noch mit unseren zollfreien Zigaretten und Duftwässern herum. Reni wurde von einem Passagier in ein Gespräch über Zollbestimmungen verwickelt.

«Reni, sorry, aber wir müssen Gas geben», kam ich ihr zu Hilfe, als der weitgereiste Herr gerade anfangen wollte, Reni von seinem Zoff mit Zollbeamten im Jemen zu berichten.

Auf den letzten Drücker schafften wir es, die Duty-free-Trolleys zu verstauen. Ich mußte meine Ansage bezüglich der Betankung wiederholen, von der ich die Passagiere schon bei der Begrüßung nach dem Start in Kenntnis gesetzt hatte. Die Fluggäste neigten ja dazu, unmittelbar nach Aufsetzen der Maschine auf der Landebahn den Sicherheitsgurt aufzureißen und hochzuspringen. Es war schwierig genug, sie bis zum endgültigen Stillstand des Flugzeugs zum Sitzenbleiben zu bewegen. Nun mußten wir ihre Geduld um weitere zehn Minuten strapazieren. Erst nach Ende der Betankung durften sie aufstehen.

Kaum war ich mit meiner Ansage fertig, meldete sich das Cockpit: «Cabin crew, prepare for landing.» Ich klappte den Jumpseat herunter und nahm Platz. Beim Anschnallen hörte ich das leise Wimmern eines Kindes. Priscilla! Das Fläschchen! Ich hatte Priscillas Fläschchen im Ofen vergessen. Völlig außer mir löste ich den Anschnallgurt wieder und eilte in die Reihe eins.

«Sorry, wir hatten vorher so einen Tumult, darüber habe ich völlig verschwitzt, daß ich Ihnen ja das Fläschchen bringen wollte.»

Die Mutter schien mir den Fauxpas nicht übelzunehmen. «Jaja, ich hab schon gesehen, daß Sie arg im Streß sind. Ich habe Priscilla inzwischen ihren Saft gegeben, das ist schon okay so.»

Ich ärgerte mich unheimlich über mich selbst. Die Meckerer bekamen immer alles, was sie wollten. Und meine Lieblingspassagierin mit meinem Lieblingskind ließ ich hängen – zum Dank dafür, daß sie mich *nicht* dauernd mit einem «Hey, Frollein» am Ärmel festhielt und herumschikanierte.

«Sobald wir gelandet sind, mach ich's noch mal warm, okay?»

Jetzt aber zurück auf den Jumpseat. Das Fahrwerk war längst ausgefahren, gleich würden wir aufsetzen.

«Sehr geehrte Fluggäste, bitte bleiben Sie auch nach dem Stillstand des Flugzeugs auf Ihren Sitzplätzen, und lösen Sie den Anschnallgurt. Ich werde Sie umgehend informieren, sobald die Betankung abgeschlossen ist. Ich bedanke mich für Ihr Verständnis.»

Betankung, die dritte. Sicher ist sicher. Jetzt sollte aber auch der letzte kapiert haben, was zu tun und zu lassen war. Ich hängte das Mikro ein und sauste in die vordere Galley, um endlich das Milchfläschchen noch mal warm zu machen. Ich hielt das Fläschchen zur Temperaturkontrolle an die Wange. Ja, die Milch war kalt. Ich stellte die Flasche in den Ofen zurück und drückte auf «on».

«Wärst du bitte so freundlich und erklärst mir, was du hier machst?»

Erschrocken fuhr ich herum. Es war Charlie Reichenberger, der mit unübersehbar unheilvollem Blick in der Galley aufgetaucht war. Doch ich war mir keiner Schuld bewußt.

«Ich wärme die Milch für ein Kind auf, warum?» gab ich mich betont arglos.

Charlie schnaubte. «Ich hätte deinem belemmerten Gesichtsausdruck beim Briefing heute morgen eigentlich gleich ansehen können, daß du bezüglich der Betankungsregeln nichts, aber auch gar nichts gerafft hast», polterte er los.

Wenn ich je einen belemmerten Gesichtsausdruck hatte, dann jetzt. Was zum Teufel gab es denn schon wieder zu meckern?

«Ping» schaltete sich der Ofen ins Gespräch ein.

«Kling» meldete sich jetzt auch mein Hirn. «Während der Betankung an Bord darf kein Service erfolgen» mußte ich mir erst vor wenigen Stunden von meinem Flugkapitän mühsam in Erinnerung rufen lassen. Und bereits bei der nächstbesten Gelegenheit hatte ich dagegen verstoßen und wurde dabei auch noch von der weltweit unangenehmsten Person mit Pilotenlizenz in flagranti erwischt. Trotz aller Schuldgefühle und Betroffenheit meldete sich meine Wut auf Charlie. Was sollte das Theater wegen einer Milchflasche? Wieder eine seiner Überreaktionen, zu denen ich ihn ungemein zu animieren schien. Okay, strenggenommen zählte diese kleine Gefälligkeit zum Service. Aber Charlie tat ja gerade so, als würde ich während der Betankung mit Hunderten von Mahlzeiten nur so um mich werfen. Warum machte er aus dieser Milchmücke einen Elefanten? Warum gingen mit ihm regelmäßig alle Pferde durch, wenn ich mir mal einen Schnitzer leistete? Wenn ich Bockmist baute, was leider gelegentlich vorkam, waren seine Attacken gegen mich gerechtfertigt, doch dies hier war doch kein echter Verstoß. Jeder andere Pilot wäre über das kleine Milchflaschen-Intermezzo hinweggegangen oder hätte es mit einem ironischen Seitenhieb kommentiert. Doch Charlie schien jede auch noch so winzige Gelegenheit, mich niederzumachen, willkommen.

Ich holte das Fläschchen aus dem Ofen. «Laß mich vorbei, das kleine Mädchen will jetzt endlich ihre Flasche haben», murmelte ich tonlos und drückte mich an Charlie vorbei, ohne ihn anzusehen.

16

Benny und ich saßen auf der Terrasse des «Pepe» und schlürften einen Milchkaffee mit Blick auf die Abflughalle des Flughafens Teneriffa-Süd.

«Ach herrlich, der Süden», räkelte sich Benny in der Sonne.

«Jaja», pflichtete ich ihm lasch bei. In Wirklichkeit war es mir gleichgültiger denn je, ob diese Sonne da oben schien oder sonst etwas unternahm. Ich hatte so miese Laune wie selten zuvor. Charlies gestriger Milchflaschenanpfiff hatte mir den vierundzwanzigstündigen Aufenthalt in Teneriffa gründlich vermiest. Die gesamte Crew war kurz nach dem Einchecken im «Stella Maris Hotel» in Santa Cruz mit einem Jeep in die Berge aufgebrochen. Ein Kumpel von Mathias Trübbach, der im Westteil der Insel eine Kneipe besaß, hatte die gesamte Crew zur Happy-hour mit open end eingeladen. Ich klinkte mich von dieser fun-versprechenden Unternehmung aus, obwohl ich gar nicht sicher wußte, ob Charlie auch bei der Kneipentour dabeisein würde. Die Aussicht, den Rest des Tages in Charlies Dunstkreis verbringen zu müssen, killte meine Lust auf Geselligkeit.

Statt in die Kneipe ging ich auf ein Nickerchen ins Bett und vertrieb mir den Nachmittag freudlos mit einem Buch am Pool. Als die Dunkelheit einbrach, war die Truppe immer noch nicht zurückgekommen. Die Happy-hour wuchs sich offenbar zu einer Happy-night aus. Ich war stinksauer auf die Kollegen, obwohl ich einräumen mußte, daß die Entscheidung, im Hotel zu bleiben, ganz allein auf meinem Mist gewachsen war. Dennoch fand ich den Gedanken, daß sich alle bei Cocktails und unverschämt leckeren Tapas ohne mich amüsierten, unerträglich. Ich stand schon in der Schlange am Buffet meines Hotels, als ich bemerkte, daß ich eigentlich gar keinen Hunger hatte – und schon gar keine Lust, mich allein mit meinem Teller unter die Urlauber zu mischen. Also stellte ich den Teller wieder zurück und trottete verdrossen zurück in mein Zimmer. Um acht Uhr lag ich wieder in meinem Bett und schlug die Zeit bei einem spanisch synchronisierten John-Wayne-Film tot.

Erst beim Frühstück am nächsten Morgen traf ich Benny und Reni, die mir gleich die Geschichte von dem tollen Abend und von Mathias' witzigem Freund Thommy auf die Nase binden mußten. Und von den coolen Sprüchen, die ein offenbar blendend gelaunter Charlie Reichenberger abgelassen hatte.

«Sag mal, Katie, weißt du schon was Genaueres über unsere neuen Flüge auf die Bermudas nächsten Sommer?»

Ich zog lasch die Schultern hoch. Bermudas, Bottrop, Borneo – auf jedem Flug zu jedem verdammten Zielflughafen auf dieser Welt würden mich bösartige Passagiere und bösartige Kapitäne schikanieren. Sollte Holiday Airways doch hinfliegen, wo sie wollte.

Benny ließ sich von meiner übellaunigen Gleichgültigkeit nicht herunterziehen. «Also diese Bermudas müssen wirklich einsame Spitzenklasse sein. Mein Bekannter von British Airways ist nur noch am Schwärmen. Britisches Flair, irre Strände, karibische Unbeschwertheit – Mensch, das wär's! Wenn's nach mir ginge, könnten wir dafür die Dom Rep rausschmeißen.»

Ich wies Benny darauf hin, daß die Bermudas keineswegs zur Karibik gehörten, sondern viel weiter nördlich mitten im Atlantik lägen. In puncto Dom Rep, also der Dominikanischen Republik, mußte ich Benny allerdings recht geben. Nichts gegen die Insel als solche – die Strände dort sind wirklich Spitzenklasse. Aber die Leute, die wir dorthin zu befördern hatten: der reinste Horror. Low Level Publikum. Lauter Proleten, die sich an Bord aufführten wie in ihrer Fankurve im Fußballstadion. Auf keiner anderen Flugstrecke waren unsere Alkoholvorräte so schnell alle. Was für den geübten Prolo kein echtes Problem darstellte. Wenn die blöden Stewardessen nichts mehr herausrückten, dann wurde eben der hochprozentige Nachschub aus dem Duty-free-Shop ausgepackt. Dann ging die Sauferei erst richtig los. «Ballermann 6» war eine Ausnüchterungszelle dagegen. Nein, Dom-Rep-mäßig konnte ich Benny nur beipflichten.

«Aber am geilsten finde ich ja die Typen in ihren Bermudashorts», nahm Benny wieder den Ball zum Thema «neue Bermuda-Route» auf. «Damit gehen die ins Büro! Stell dir das mal vor. Das sollten die bei uns mal einführen!»

Ich riß ihn mit einem Rüffler aus seinen Kurzhosenphantasien. «Gib's zu, du bist doch nur scharf auf die strammen schwarzen bermudianischen Waden, die du dort rudelweise anzutreffen hoffst.»

Benny grinste mich verstohlen an. Dann sah er auf die Uhr und seufzte. «Tja, ich glaube, wir sollten langsam los. Ich muß noch in den Duty-free. Kannst du meinen Kaffee mitzahlen? Ich hab nur noch einen Tausend-Peseten-Schein.»

Während ich in meinem Pesetas-Geldbeutel herumwühlte, kam ein jüngeres Paar mit je einem Hund an der Leine vom Nebentisch auf uns zu. «'tschuldigung, gehören Sie zu einer Fluggesellschaft?»

«Ja, wieso?»

Die beiden stellten sich als Julia und Thomas vor, Tierärzte aus Berlin, die in ihrer Freizeit herrenlose Hunde auf den Kanarischen Inseln vor der Tötung retteten. Sie erzählten, diese Hunde würden gefangen und in ein staatliches Tierheim gepfercht. Wenn sich nach zwei Wochen kein Besitzer melde, und das sei meistens der Fall, würden die Hunde vergast oder mit einer Injektion getötet.

«O mein Gott, wie entsetzlich», erschrak ich.

Julia fuhr fort, dies sei ja noch der humanere Teil der kanarischen Hundeentsorgung. Gerade vor der Hochsaison zu Weihnachten und Ostern schwärmten ganze Fängertrupps aus, um die Hunde wegzuschaffen, weil sie angeblich das ästhetische Empfinden der Touristen störten. Überall würden vergiftete Köder ausgelegt, an denen die Tiere elend zugrunde gingen, oder sie würden mit Booten weit aufs Meer hinausgefahren und dann ins Wasser geworfen.

Ich war entsetzt. «Was ist mit den beiden da?» murmelte ich.

«Das hier ist Chico», machte mich Julia mit einem hellbraunen schlappohrigen Settermischling bekannt. «Und die Kleine hier ist La Belle. Wir haben sie so getauft, weil sie so schöne Augen hat. Wir haben sie gestern aus dem Tierheim geholt. Insgesamt waren es drei, aber für einen Hund haben wir einen Urlauber gefunden, der sich bereit erklärt hat, ihn im Flugzeug mitzunehmen. Das war ein ganz kleiner, den konnte man in die Kabine nehmen. Der ist schon gestern geflogen.»

Thomas kam zur Sache: «Wir suchen nun eine Möglichkeit, wie wir die zwei hier nach Deutschland bringen können. Könnt ihr uns vielleicht behilflich sein?»

Benny schüttelte energisch den Kopf. «Das ist ganz unmöglich. Wir gehören zum Kabinenpersonal, wir können da gar nichts machen.»

Ich war immer noch wie vom Donner gerührt. Vergast. Vergiftet. Ertränkt. Weg mit den lästigen Viechern. Zu allem Überfluß wagte sich nun Chico aus dem schützenden Windschatten seiner Befreier hervor und tapste auf mich zu. Ich befahl mir, ihn nicht zu kraulen. Nein, Katie, misch dich da nicht ein. Du kannst diesem Hund nicht helfen. Basta. Die Tierärzte werden schon eine andere Lösung finden. Und du, Hund, schau mich nicht so herzzerreißend an, und wackle nicht so mit deinen süßen Schlappohren!

La Belle mit ihren wirklich wunderschönen braunen Augen drückte sich schüchtern an Thomas. Die Aufregungen waren ihr eindeutig zuviel.

Ich seufzte schwer. «Nein, wir können da leider nichts machen. Das ginge höchstens mit dem Okay unseres Flugkapitäns, wenn überhaupt. Aber der bekommt todsicher einen Tobsuchtsanfall, wenn wir ihm mit so einer Sache kommen.»

Da traf meine rechte Hand eine schicksalsschwere Entscheidung. Sie begann, Chico am Kopf zu kraulen. Chico schien auf diese längst überfällige Geste gewartet zu haben. Dankbar kuschelte er sich an mich und gab sich genußvoll der kleinen Kopfmassage hin.

Benny stand auf. «Katie, komm jetzt, es wird Zeit.»

Ein Mann kam auf uns zugelaufen. Noch ein Tierarzt, der gute Nachrichten hatte: Eine Passagierin hätte sich bereit erklärt, einen der Hunde mitzunehmen. Nach kurzer Beratung fiel die Entscheidung, La Belle für den Flug fertigzumachen, die Kleine hätte genug mitgemacht. Sie war zu groß für die Kabine, ein Käfig für den Transport stand jedoch schon bereit. Alles ging blitzschnell. Ehe ich mir auf die hektischen Gesprächsfetzen der drei einen Reim machen konnte, war der Tierarzt mit La Belle schon verschwunden.

Mein Gott, was sollte nun aus Chico werden. Mußte dieser Hund jetzt sterben, bloß weil ich so feige und unflexibel war?

Chicos braune Augen bohrten sich in meine. Keine Frage, er ahnte längst, daß es für ihn um sehr viel ging.

«Katie, komm jetzt.» Benny trat ungeduldig von einem Bein aufs andere.

Ich stand auf. «Ich werde mit unserem Kapitän sprechen. Ich versuch's zumindest. Mehr als nein sagen kann er ja nicht. Wartet am besten da drüben vor der Abflughalle, ich sag euch auf jeden Fall Bescheid.»

Benny stöhnte genervt. «Katie, jetzt werd nicht sentimental. Der Reichenberger wird dir den Kopf abreißen, wenn du ihm mit dieser Nummer kommst. Hast du ihn auf dem Hinflug nicht schon genug zur Weißglut gebracht? Außerdem haben wir keine Zeit mehr.»

Benny sollte jetzt endlich seine dumme Klappe halten. «Dann soll er mir eben den Kopf abreißen, das tut er doch sowieso. Ist das alles, was dir dazu einfällt? Da bittet uns mal jemand um einen kleinen Gefallen, und schon machst du die Fliege. Das einzige, was dich interessiert, wo und wann du's endlich mit einem exotischen Knackarsch ...» Ich hielt inne, erschrocken über meine unfaire Attacke auf Benny, die keinesfalls für fremde Ohren bestimmt war.

Die Tierärzte sahen verlegen zu Boden. Benny tippte sich empört an die Stirn: «Du hast doch einen totalen Sprung in der Schüssel.» Und weg war er.

«Der ist jetzt wohl sauer», analysierte Thomas messerscharf.

«Das soll jetzt nicht unsere Sorge sein. Das Problem ist, daß die Zeit wirklich ein bißchen knapp ist. Ich renne jetzt gleich los. Drückt mir die Daumen.»

Welch Elend, daß es ausgerechnet Charlie Reichenberger war, den ich mit dieser Situation konfrontieren mußte. Mit Andy Zangenmeister hätte ich auf jeden Fall leichteres Spiel gehabt. Der hatte vor Jahren selbst einmal einen verletzten Hund aus Kreta mitgebracht, der jetzt bei seinen Eltern lebte und das große Los gezogen hatte. Auch bei Peter Lechthaler hätte ich auf eine gewisse Kooperationsbereitschaft setzen können. Ach, alle hätten versucht, mir unter die Arme zu greifen. Aber Charlie? Scheiße.

Hinter der Drehtür wäre ich fast mit Benny zusammengekracht. «Weißt du, wo Charlie steckt?»

«Mensch Katie, vergiß das mit dem Hund. Zieh dir diesen Schuh nicht an. Du handelst dir damit ...»

Ich schüttelte seine Hand ab, mit der er mich beschwörend an der Schulter festhielt, und lief weiter in Richtung Stationsleiterbüro. Dort saß nur eine junge Frau am Computerbildschirm.

«Excuse, donde esta Señor Reichenberger, capitano, pilotto del Holiday Airways», kramte ich ein paar vermeintliche Spanischbrocken zusammen.

«Du meinst Charrrlie? Derrr ist in das Ops gegangen», gab sie eloquent zurück.

Ich fand ihn dort mit einem spanischen Kollegen plaudernd

am Kaffeeautomaten. Seine Begeisterung, als ich mich keuchend neben ihm aufbaute, hielt sich schwer in Grenzen.

«Hallo, Katharina, was ist denn nun schon wieder?»

Ein paar Sekundenbruchteile lang drohte mich der Mut zu verlassen. Doch der Gedanke an Chicos Schlappohren verhalf mir zu der nötigen Courage

Ich räusperte mich. «Charlie, ich habe eine große Bitte. Gerade haben mich zwei Tierärzte angesprochen, ob wir einen Hund mitnehmen können. Sie haben ihn aus einem Tierheim befreit und suchen jetzt verzweifelt nach einer Möglichkeit, ihn nach Deutschland zu bringen.»

Charlie sah mich ungerührt an. «Und warum nehmen sie den Hund nicht selber mit?»

Ich erklärte ihm, daß die Tierärzte selbst natürlich jeweils einen Hund mitnähmen. Da sie aber noch eine Weile hier auf Teneriffa blieben, um noch weiteren Tieren zu helfen, würden sie eben für mehrere Hunde eine Mitfluggelegenheit suchen.

«Charlie, kann ich diesen Hund denn nicht auf meinen Namen mitnehmen?»

Charlie sagte nicht muh und nicht mäh. Statt dessen fingerte er in einer Porzellandose nach einem Stück Würfelzucker. Warum folterte er mich so?

«Bitte!!»

Charlie zog genervt die Mundwinkel herunter. «Also immer dieser Affenzirkus! Erst spinnt die Air-condition, dann krieg ich keinen Slot, dann kracht mir die Telefonverbindung zur Home Base dauernd zusammen. Und jetzt kommst du auch noch mit irgendwelchen Hundegeschichten an.»

Mein Herz sackte in die Hosentasche. «Na ja, ich dachte mir, fragen kostet ja nichts. Hätte mir von vornherein klar sein müssen, daß mit dir da nicht zu rechnen ist.»

Hatte ich wirklich erwartet, daß Charlie Reichenberger für einen dahergelaufenen Hund seine Fliegerroutine außer acht ließ? So naiv konnte wirklich nur Katharina Paulus sein. Resigniert machte ich auf dem Absatz kehrt und ging hängenden Hauptes zum Ausgang, um Julia und Thomas die Hiobsbotschaft zu überbringen.

Ich überlegte, ob ich für Chico nicht ein Ticket kaufen sollte. So ein One-way-Flug für einen Hund konnte doch nicht die Welt kosten. Dreihundert Mark vielleicht? Das war angesichts meiner desolaten Finanzlage zwar ein Batzen Geld, aber als Preis für Chicos Leben eine geradezu lächerliche Summe. Dann kamen mir Zweifel, ob ein unbegleiteter Hund überhaupt transportiert werden dürfte. Ich kannte die genaue Bestimmung zwar nicht, aber mein Gefühl machte mir keine großen Hoffnungen. Vor allem schwante mir ein riesiger bürokratischer Aufwand, der in der kurzen Zeit, die mir noch blieb, sicher nicht mehr zu bewältigen war.

«Katie, warte.»

Es war Charlie Reichenbergers Stimme, die mich am Ende des langen Flurs erreichte. Gott, was wollte er denn noch? Der sollte mich jetzt bloß in Ruhe lassen! Die Zeit war knapp, und auf mich wartete noch eine unangenehme Aufgabe.

Aber Charlie holte mich ein und packte mich am Oberarm. Dann schnappte er nach Luft. «Jetzt hör mir mal zu, Katie. Du kommst einfach angerauscht, stammelst irgendwas von einem herrenlosen Hund und erwartest, daß ich sofort auf deinen Zug aufspringe. Das ist doch –»

Wieder mußte ich eine Hand abschütteln. «Charlie, ich hab jetzt wirklich keine Zeit für irgendwelche Analysen. Ich muß den Tierärzten Bescheid sagen, das habe ich ihnen versprochen.»

«Wo sind die denn?»

«Die warten mit Chico vor der Abflughalle.»

«Chico?»

«Na, so heißt der Hund.» Mit großen Schritten eilte ich zur Ausgangstür. Charlie lief schweigend neben mir her. Was wollte er denn noch?

Wie abgemacht warteten die beiden Tierärzte mit Chico vor

dem Abfluggebäude. Sie saßen auf dem Boden an eine Säule gelehnt und bemerkten mich sofort. Allerdings schienen sie meinem belemmerten Gesicht gleich anzumerken, was die Stunde geschlagen hatte. Achselzuckend trat ich auf sie zu. Bloß nicht Chico ansehen! «Also, ich hab wirklich alles versucht, aber leider klappt es nicht», gab ich zerknirscht zu. Und da Charlie immer noch neben mir stand, stellte ich ihn als Flugkapitän vor. Konnte mir nur recht sein, wenn der Adressat für den Schwarzen Peter persönlich zur Stelle war.

«Und da ist wirklich nichts zu machen?» wagte Thomas einen Vorstoß in Richtung Charlie.

Charlie blickte mit undurchdringlichem Pokerface auf Chico herab, der auf dem Boden lag und seine Schnauze auf dem Pflaster ausgestreckt hatte.

«Das ist Chico.» Was für eine alberne, überflüssige Bemerkung. Aber irgend etwas mußte ich in die unerträgliche Spannung hinein sagen.

«Aha», meinte Charlie gleichgültig. Doch dann wandte er sich an die beiden Tierärzte. «Haben Sie eine Box für den Transport? Ist der Hund geimpft? Wird er in München abgeholt?»

Mich riß es. Träumte ich, oder war das wirklich Charlie, der da sprach? Julia und Thomas schnatterten nun aufgeregt drauflos. Ja natürlich sei alles für einen ordnungsgemäßen Transport von Chico vorbereitet, die Impfbestätigung sei hier in diesem Kuvert, und am Münchner Flughafen stünden zwei Abholer bereit. Beide gehörten derselben tierärztlichen Organisation an wie sie. Ihre Namen, Adressen und Telefonnummern seien ebenfalls in dem Kuvert.

«Okay Katie, dann nimm ihn mit. Am besten regelst du das mit José. Du weißt ja, wo sein Büro ist. Am Informationsschalter vorbei, dann die zweite oder dritte Tür rechts. Ich sag ihm Bescheid, daß es in Ordnung geht.»

Ich machte gerade einen vielversprechenden Ansatz, Charlie um den Hals zu fallen, da hielt er mir einen drohenden Zeigefinger vor die Nase: «Der Hund kommt in die Box und fliegt unten im Hold. Wenn ich ihn in der Kabine sehe, werf ich dich überm Meer ab.»

Ich grinste ihn an. «Dabei habe ich Chico doch einen Cockpitbesuch versprochen...»

«Fräulein, könnte ich noch einen Kaffee haben?»

Natürlich bekam der Mann noch einen Kaffee. Eine ganze Kanne, wenn er wollte. Ich war blendender Laune. Alles hatte wie am Schnürchen geklappt. Chico bekam von mir noch ein mit einer Beruhigungstablette präpariertes Stück Wurst ins Maul geschoben, bevor er sich widerwillig in die Box bugsieren ließ. Am Check-in trafen wir den dritten Tierarzt mit La Belle in der Hundebox, vor der eine kleine grauhaarige Frau kniete. Es handelte sich offensichtlich um die Passagierin, die sich spontan zur Mitnahme des Hundes hatte überreden lassen.

Hoffentlich ging es ihnen gut da unten im Hold, dem Frachtraum. Hoffentlich hielt das Beruhigungsmittel lange genug an. Wichtig war, daß sie nicht in Panik gerieten. Ich setzte auf den guten Instinkt der Hunde, der ihnen verriet, daß alles zu ihrem Besten geschah – trotz des unerfreulichen Transports.

Lediglich eine Sache machte mir ein wenig Sorgen: Trotz kompletter Impfunterlagen durfte Chico das Flughafengelände erst verlassen, wenn die Abnahme durch den Flughafenveterinär glatt über die Bühne gegangen war. Leider hatte ich bei einer Blitzumfrage unter den Kollegen noch nicht in Erfahrung bringen können, wo ich nach der Ankunft in München und der Entgegennahme von Chico diesen Veterinär suchen sollte. Im Cockpit traute ich mich nicht nachzufragen. Ich hatte Charlie Reichenbergers Nerven heute genug strapaziert. Eine weitere Hundefrage, und er würde mich wahrscheinlich mit dem Feuerlöscher erschlagen.

In Reihe 30 entdeckte ich die Frau, die La Belle die Reise nach

München ermöglicht hatte. Ich gab mich als Hundetransportkomplizin zu erkennen und brachte ihr einen Veuve-Clicquot-Piccolo, von dem wir für unsere VIPs immer einen Notvorrat dabei hatten.

«Das finde ich wirklich klasse von Ihnen», versicherte ich ihr.

«Ach wissen Sie, es ist zwar nur ein Tropfen auf den heißen Stein, aber wenn sich diese Tierärzte schon für die armen Tiere einsetzen, helfe ich natürlich gerne, ihnen die vielen Steine aus dem Weg zu räumen. Die machen da unten auf den Kanaren genug mit.»

«Wir werden uns ja später noch beim Veterinär treffen», merkte ich in der Hoffnung an, daß die Dame vielleicht genauere Instruktionen erhalten hatte. Hatte sie nicht, sah diesem behördlichen Routinegang aber mit größter Gelassenheit entgegen.

Ein Finger tippte mir aufs rechte Schulterblatt. «Fräulein, kann ich noch ein Bier haben? Aber nicht wieder so 'ne lauwarme Plörre wie vorher.»

«Aber selbstverständlich, mein Herr.»

17

Jetzt war es passiert. Bittere Tränen kullerten mir über die Wangen. Der Mann vom Zoll hatte ehrliches Mitleid mit mir. Doch aus seinem hilflos-verzagten Gesichtsausdruck zog ich gleich den richtigen Schluß: Er würde mir nicht helfen können.

«Ich tät ja gern ein Auge zudrücken, Fräulein. Aber den Ärger hinterher hab *ich* am Hals. Was meinen S', wie schnell ich den Kopf runtergerissen krieg. So schnell können S' gar net schaun.»

Ich nickte resigniert. Doch dann startete ich einen erneuten Versuch: «Kann ich denn nicht bis morgen früh eine Kaution hinterlegen? Sehen Sie, ich bin seit acht Jahren feste Angestellte bei Holiday Airways. Was glauben Sie, was passiert, wenn *ich* ein krummes Ding drehe? Mir würde man doch genauso den Kopf runterreißen.»

Der Beamte zuckte wieder mit den Schultern. «Ich kann wirklich nix für Sie machen, bitte glauben S' mir das. Ohne den Stempel von dem Veterinär darf ich Sie mit den Hunden nicht rauslassen. Und aus meiner Abteilung ist heute auch niemand mehr da, der Ihnen so einen vorläufigen Wisch ausstellen könnte.»

Ich saß tief in der Tinte. Meine schlimmste Befürchtung war eingetreten: Der Flughafenveterinär hatte schon Feierabend, und ohne dessen schriftliche Absegnung der Gesundheits- und Impfatteste aus Spanien durften die Hunde das Flughafengelände nicht verlassen.

Die Frau, die sich um den Transport von La Belle gekümmert hatte, legte tröstend ihre Hand auf meine Schulter. «Mein Bruder ist Ministerialrat im Landtag. Vielleicht kann der etwas für uns tun. Ich rufe ihn an.»

Ich lächelte sie dankbar an. «Das ist lieb von Ihnen. Aber lassen Sie das lieber mal bleiben. Es ist schon zehn Uhr vorbei, das ist eine schlechte Zeit, um eine Extrawurst gebraten zu bekommen.»

Trotz der Turbulenzen stimmte beim Wort Extrawurst mein Magen ein wütendes Protestgeheul an. Ich hatte seit dem Frühstück nichts gegessen.

Chico und La Belle ließen während des Disputs mit dem Zollbeamten die Blicke gelangweilt durch die Ankunftshalle C des Münchner Flughafens schweifen. Sie hatten die unerfreuliche Beförderung glücklich hinter sich gebracht und ließen ihr weiteres Schicksal gelassen auf sich zukommen. Von mir schienen sie große Stücke zu halten. Chico leckte mir zwischendurch immer wieder die Hand, und selbst die scheue La Belle wedelte mit dem Schwanz, sobald ich den Blickkontakt mit ihr aufnahm.

Mir fiel ein, daß sich die nette Frau durchaus nützlich machen konnte. Hinter der Absperrung warteten ja die Abholer der beiden Hunde. Sie waren bestimmt schon nervös geworden. Ich schlug der Frau vor, mir La Belle hierzulassen und den Abholern Bescheid zu geben, daß ich mit den Hunden diese Nacht im Flughafen bleiben und gleich morgen früh die Formalitäten mit dem Veterinär klären würde. Ich schrieb ihr noch die Büronummer und vorsichtshalber auch noch meine Privatnummer auf, unter der die Tierärzte mich erreichen konnten.

Die Frau zögerte. «Ich kann Sie doch nicht einfach so alleine lassen…»

«Oooh doch, das können Sie sehr wohl», versicherte ich ihr mit bemüht gutgelauntem Tonfall. «Machen Sie sich um mich und die Hunde bitte keine Sorgen. Wir haben jede Menge Büroräume, und einen davon werde ich zu einer gemütlichen Schlafstätte umbauen.»

Das war natürlich großer Unsinn, den ich da von mir gab. Aber die nette Frau hatte heute schon genug Gutes geleistet. Sie hatte sich nach diesem aufregenden Rückreisetag redlich ihre Ruhe verdient.

«Also ich weiß nicht...», fing sie wieder an.

«Wissen Sie was? Wenn Sie daheim angekommen sind, rufen Sie mich an. Dann sage ich Ihnen, was die beiden tapferen Krieger so treiben.»

Sie streichelte La Belle zum Abschied liebevoll über den Kopf. «Na gut, dann geh ich eben. Macht's gut, ihr drei. Ich melde mich später, ganz bestimmt.»

Ich winkte ihr noch einmal zu, dann machte ich mich auf den Weg zum Büro. In einer Hand hielt ich beide Hundeleinen, mit der anderen schleifte ich meinen Trolley-Koffer hinterher. Eines tröstete mich: Die Hunde hatten den unerfreulichen Transport offenbar ohne Probleme überstanden. Chico hatte mich freudig begrüßt, als ich ihn aus der Hundebox ließ. Und auch La Belle war nach einigen irritierten Minuten ganz relaxed.

Rainer Weber, der im Movement Control – in dieser Abteilung werden unter anderem die Flugpläne erstellt – Nachtschicht schob, bekam vor Staunen den Mund gar nicht mehr zu. Als er mit seinem Wer-Wo-Wie-Was-Gestammel fertig war, erzählte ich ihm in Kürze die Story vom Hund. Rainer schüttelte halb amüsiert, halb verwundert den Kopf.

«So etwas kann aber auch nur dir passieren. Und weißt du warum? Weil du's passieren läßt.»

Wow, ein richtiger kleiner Psychoanalytiker! An Rainers Worten war sicher etwas Wahres dran. Aber für die Würdigung ihrer Tragweite fehlte mir jetzt die Zeit und der Kopf. Als herbergssuchende Hundemutti hatte ich naheliegendere, dringlichere Probleme zu lösen.

Ich überlegte, wo ich für meine kleine Gruppe das Nachtlager aufschlagen könnte. Tja, es blieb wohl nur der Briefing-Raum, der würde bestimmt vor acht Uhr morgens nicht benützt werden. Ich schaltete das Licht an. Iiiih! Was für ein scheußliches Neonlicht! War mir vorher noch nie so kraß aufgefallen.

Zuerst besorgte ich für die Hunde Wasser. In der Abstellkammer neben der Küche fand ich eine wannenartige, viereckige Plastikschüssel. Die war auf jeden Fall geeigneter als die Salatschüssel, die ich als Wassernapf schon im Visier gehabt hatte. Trotzdem würde es ein Gemecker wegen Hygiene et cetera geben, wenn mich ein Kollege dabei erwischte.

Die Wässerung war überfällig. Gierig tauchten die Hunde ihre Schnauzen in das Naß und schlabberten darauf los.

«Na, was haltet ihr von einem Abendspaziergang?» schlug ich vor. Am Parkplatz vor dem Bürogebäude hatte ich ein paar Quadratmeter Grünstreifen und ein mickriges Bäumchen zu bieten. Nicht gerade die perfekte Hundewiese, aber für einige grundlegende Verrichtungen würde es allemal ausreichen.

«Kommt, wir gehen Gassi», wurde ich jetzt deutlich.

Bei dem Wort «Gassi» rasteten alle Hunde, die ich je in meinem Leben gekannt hatte, vor Begeisterung aus. Chico und La Belle aber warfen mir fragende Blicke zu. Gassi war ein Fremdwort für sie. Total unspanisch. Außerdem hatte ich ihnen heute schon so viele Überraschungen eingebrockt. Was würde ihnen in meinem Schlepptau wohl noch alles blühen? Aber als ich sie an die Leine nahm, folgten sie mir willig.

Auch mir taten die paar Schritte in der frischen Luft gut, auch wenn ich allmählich die Müdigkeit in den Knochen spürte. Bevor wir wieder zurück ins Büro gingen, holte ich meine Notfallwolldecke aus dem Kofferraum. Kam der alte Lappen also doch einmal zu Ehren. Ich forstete den Kofferraum nach weiteren Schlafutensilien durch. Als Kopfkissen eignete sich am ehesten ein Sweatshirt, das ich gleich in meine Wolldecke rollte. In der Not frißt der Teufel Fliegen. Obwohl mein Magen sich damit wahrscheinlich nicht zufriedengeben würde. Während ich das Auto zuschloß, knurrte er schon wieder ärgerlich vor sich hin.

Eine andere Sache war das Magenknurren der Hunde. Die beiden hatten seit unserer Begegnung nichts gefressen. Wo bekam ich um diese Zeit Hundefutter her? Bei der Aral-Tankstelle am Flughafen? Dort gab's vom Linseneintopf aus der Dose bis zum Tofuwürfel praktisch alles. Warum nicht auch Hundefutter? In zehn Minuten würde ich wieder zurück sein. Konnte ich sie so lange allein im Briefing-Raum lassen? Sie machten zwar einen ausgesprochen entspannten Eindruck, aber vielleicht würden sie umgehend in Panik ausbrechen, wenn ich sie jetzt einsperrte. Ich wußte nicht, wer in dieser Nacht außer Rainer noch Dienst hatte. Es konnte Ärger geben, wenn sich einer von kläffenden Hunden bei seiner Arbeit gestört fühlte. Vielleicht sollte ich doch Rainer fragen, ob er –

Die Tür ging auf. Es war Charlie. Im Arm wiegte er zwei Dosen Pal und eine Packung Hundekuchen. «Guten Abend allerseits. Ich soll irgendwo ein Mitternachtsbuffet aufbauen? Bin ich hier richtig?»

Ich dachte, mich tritt ein Pferd. «Hey Charlie? Was machst *du* denn hier. Um diese Zeit?»

Die Hunde waren bei Charlies Erscheinen bellend aufgesprungen, erkannten aber gleich schwanzwedelnd ihren Bekannten, dem sie heute morgen am Flughafen von Teneriffa bereits begegnet waren.

«Ich dachte mir, deine Zöglinge haben gegen eine deftige Mahlzeit nichts einzuwenden», meinte Charlie lapidar und lud die Futterladung auf dem Tisch ab.

Ich war überwältigt. «Mensch Charlie, dich schickt der Himmel! Ich habe mir gerade den Kopf zerbrochen, wie ich an etwas Eß- und Freßbares herankomme. Das Resultat meiner Überlegungen war niederschmetternd… Aber sag, woher wußtest du, daß ich mit den Hunden hier bin?»

«Ich habe vorhin den Schmidbauer vom Zoll getroffen. Der hat mir von einer Kollegin berichtet, die mit zwei Hunden hilflos auf dem Flughafengelände herumirrt. Da wollte ich einfach mal nach dem Rechten sehen. Hätte ja sein können, daß die beiden Bestien gerade den fünften Fluglotsen reißen.»

Die «Bestien» lagen wieder friedlich unterm Tisch. Ich zog mich mit ächzenden Knochen von meinem Stuhl hoch. «Na, dann werde ich mal in die Küche gehen und das Festmahl zubereiten.» Ich inspizierte die Dosen. «Frische Rindfleischstücke», las ich neidisch. «Hoffentlich ist ein Dosenöffner da.»

Gemeinsam trugen wir die Fressalien in die Küche, Chico und La Belle trabten erwartungsfroh neben uns her. Aus der Besteckschublade zog Charlie zwischen einer beachtlichen Kollektion von Korkenziehern einen Dosenöffner heraus.

«Hast *du* eigentlich schon was gegessen?» fragte er, während er die Dose öffnete. Ich suchte im Geschirrschrank gerade nach etwas Passendem, das ich als Freßnapf verwenden konnte.

«Hmm», überlegte ich, «mein Magen hat zwar im Moment gerade aufgehört zu revoltieren, aber irgendwann sollte ich schon wieder einmal eine Art von Nahrung aufnehmen.»

«Soll ich mal bei McDonald's vorbeischauen?»

«Also wegen mir …»

«Es ist nicht wegen dir. Es ist in erster Linie wegen mir. Ich hab nämlich einen Riesenkohldampf. Unter Umständen würde ich dir was mitbringen. Allerdings muß ich mir das noch gründlich überlegen.»

«Dann möchte ich unter diesen Umständen einen TS Royal mit Extra-Käse und eine große Portion Pommes. Und», fügte ich gierig hinzu, «wenn bei McDonald's gerade Los-Wochos- oder China-Wochen sind, dann bitte noch ein paar Japaleños oder fritierte Shrimps.»

Charlie grinste und fingerte in der Tasche seiner Lederjacke nach dem Autoschlüssel. «Gut, daß ich einen Kombi habe … Okay, dann laß ich dich bei der Raubtierfütterung allein. Bin gleich wieder da.»

Gedankenverloren verteilte ich den Pal-Doseninhalt auf zwei schon etwas verwitterte Kuchenteller. Was war nur in Charlie gefahren? War er betrunken? Hatte er gekokst? Wollte er mich auf den Arm nehmen? Warum war er auf einmal so nett zu mir? Seit wann kümmerte er sich um die leeren Mägen von zwei herrenlosen Hunden und einer nicht minder herrenlosen Stewardeß? Er hätte seit einer Stunde zu Hause sein können, wie der Rest der

Crew auch. Doch er kam mit ein paar Dosen Hundefutter einfach in den Briefing-Raum geschneit, wo er mich vor gerade mal sechsunddreißig Stunden wegen dieser saublöden Betankungsgeschichte vor allen Kollegen zur Minna gemacht hatte.

Rainer streckte den Kopf durch die Küchentür. «Katie, Telefon für dich, eine Frau. Den Namen hab ich nicht verstanden.»

Ich stellte die Teller auf den Küchenfußboden; mit Heißhunger fielen meine Hunde über die Fleischbrocken her. Dann folgte ich Rainer ins Büro zum Telefon. Es war das nette La-Belle-Frauchen, die sich besorgt nach unserem Wohlergehen erkundigte. Ich versicherte ihr, daß alles in bester Ordnung sei und sie beruhigt ins Bett gehen könne.

«Ich geh dann mit den Hunden noch einmal kurz raus, dann werde ich mich auch hinlegen», versicherte ich ihr, wohl ahnend, daß in dieser Nacht an Schlaf noch lange nicht zu denken war.

Als ich aus dem Büro zurückkam, hatten die Hunde ihre Teller bereits leer gefressen. Nachdem sie auch das Hundekuchen-Dessert in Windeseile zermalmt hatten, überlegte ich, ob ich noch eine Dose Pal öffnen sollte. Chico und La Belle würden das sicher für eine großartige Idee halten. Aber zuviel auf einmal war bestimmt nicht gut für sie. Außerdem fürchtete ich egoistischerweise um meine Nachtruhe. Möglicherweise mußte ich im 20-Minuten-Intervall mit ihnen raus in die kalte Nacht… brrr! Nein, bitte nur das nicht. Mit einer weiteren Runde Hundekuchen versuchte ich einen Kompromiß.

Während die Hundekuchen krachten, kam Charlie mit zwei üppigen McDonald's-Tüten zurück.

Ich räumte die Reste des Hunde-Dinners weg, und Charlie tischte Teller und Servietten für unsere Burger-Session auf. Aus einer Küchenschublade zog er eine Kerze und hielt sie triumphierend in die Luft.

«Das hättet du wohl nicht gedacht, Katie, daß du heute noch zu einem Candlelight-Dinner kommst.»

Ich pflichtete ihm kopfschüttelnd bei. Dabei war das Essen zu zweit bei Kerzenschein ja noch die harmloseste Überraschung an diesem Tag.

Ich konnte mich nicht erinnern, je in meinem Leben etwas Besseres gegessen zu haben als diesen überirdischen TS Royal-Burger mit Käse.

«Hmmm!» mampfte ich wohlig. «Iff faff guug!»

«Nicht schlecht», gab mir Charlie recht und tunkte ein Pommes in den Ketchupnapf. «Dieses Festmahl haben wir uns auch redlich verdient.»

«Charlie, ich weiß nicht mehr genau, ob ich in all der Hektik heute überhaupt dazugekommen bin, mich bei dir zu bedanken. Gilt das noch, wenn ich es jetzt nachhole?»

Ich fand meinen Vorstoß ein wenig pathetisch. Aber ich mußte meine Danksagung endlich loswerden. Ich brachte die Geschehnisse dieses total verrückten Tages zwar in dem Moment nicht mehr ganz auf die Reihe, aber daß Charlie sich mächtig für mich und die Hunde ins Zeug gelegt hatte, stand fest.

Charlie winkte kauend ab: «Is' schon okay.»

Von unserer Tafel war kein Krümel mehr übrig. Spätestens jetzt hätte ich mit Charlies Aufbruch gerechnet. Statt dessen trug er unsere Teller in die Küche und kam mit einer Flasche Wein und zwei Gläsern zurück.

«Auch einen Schluck? Vinho Verde aus Portugal, der ist bestimmt nicht schlecht.»

Eine hervorragende Idee. Aber allmählich kroch das schlechte Gewissen in mir hoch, weil ich befürchtete, Charlie heute mehr als reichlich beansprucht zu haben.

«Ich möchte nicht, daß du meinetwegen hier Wache schiebst. Wenn du heim möchtest – also, ich komme prima alleine zurecht.»

Charlie zog leicht verwundert die Augenbrauen hoch. «Es würde mir nicht im Traum einfallen, mir deinetwegen eine schlaflose Nacht um die Ohren zu schlagen. So weit ist es mit meiner Barmherzigkeit nicht her. Aber wo wir diese Hundekiste schon einmal gemeinsam angezettelt haben, möchte ich sie auch zu Ende bringen. Und ich würde eben jetzt wahnsinnig gerne noch ein Glas Wein trinken. Mit dir, wenn du nichts dagegen hast.»

Ich lächelte ihn an. «Es gibt Schlimmeres.»

Unsere beiden Sorgenkinder hatten es sich auf dem Teppichboden unterm Tisch bequem gemacht. Nach vielen Tagen in einem kanarischen Tierheim mußten sie sich auf dem kratzigen Teppichboden im Briefing-Raum wie in einem Federbett fühlen.

Chico schreckte hoch, als wir mit den Weingläsern anstießen. Verpennt kam er auf mich zugewackelt. Ich kraulte ihn hinter den Ohren.

«Na, Alter. Das war ein Tag heute, was?»

Ich bemühte mich krampfhaft um einen burschikosen Umgangston. Er war mir mehr ans Herz gewachsen, als mir lieb war. Außerdem wollte ich verhindern, daß Chico irgendwelche Hoffnungen in mich setzte. Ich war keine Schicksalsgöttin, ich war lediglich ein Kurier. Chicos Flugbegleiterin eben. Schluß, aus, amen.

«Das ist wirklich ein klasse Bursche», teilte Charlie meine Sympathie für Chico. «Wie geht es denn nun weiter mit den beiden?»

Meine Kraulhand wechselte vom Kopf zum Hals. «Nun ja, sie kommen zunächst mal bei den Typen von dieser Tierärzteorganisation unter und werden dann weitervermittelt. Angeblich ist für unsere beiden hier schon ein guter Platz besorgt worden.»

«Na hoffentlich», meinte Charlie und hob sein Glas. «So Katie, dann laß uns mal auf eine glückliche Zukunft für deine spanischen Zöglinge anstoßen. Auf daß ihnen Tierheime, Hundeboxen und Flugzeugfrachträume in Zukunft erspart bleiben.»

Ich nickte nachdenklich. Der Gedanke an den nächsten Morgen bereitete mir Bauchdrücken. Mir war klargeworden, daß ich auf Gedeih und Verderb auf den Anruf der Abholer angewiesen war. Ich hatte keine einzige Telefonnummer, kannte nicht einmal den Namen der Tierhilfeorganisation.

Charlie schien meine düsteren Gedanken erraten zu haben. «Und wenn sich die Abholer morgen nun nicht bei dir melden? Vielleicht hat denen irgend jemand gesteckt, daß für dic Hunde gar kein Zuhause mehr gesucht werden muß, weil sie schon eines gefunden haben: bei einer netten, fürsorglichen Holiday-Airways-Stewardeß...»

«Hör auf!» unterbrach ich ihn gequält. «Ich darf gar nicht daran denken, sonst würgt es mir gleich den TS Royal wieder hoch. Samt Käse und Pommes.»

Es ging auf Mitternacht zu, langsam war es an der Zeit, das «Was-wird-wenn» durchzuspielen. Als erstes mußte ich den Veterinär aufspüren. Bevor ich mich mit den Hunden auf den Weg zu ihm machte, mußte ich die Frühschicht-Kollegen auf den möglichen Anruf der Tierärzte vorbereiten. Und daß sie mich gleich zum Veterinär durchstellten beziehungsweise die Telefonnummer notierten. Hoffentlich war die Frühschicht mit netten Kollegen besetzt und nicht mit irgendwelchen doofen Wichtigtuern, die immer waaahnsinnig im Streß waren und definitiv kein Ohr für mein Hundeanliegen erübrigen würden.

Und wenn der Anruf ausbliebe? Mist, ich hatte nicht einmal die Telefonnummer von La Belles Leihmutti notiert. Sie hatte ja nach der Ankunft mit den Abholern sprechen sollen. Im schlimmsten Fall mußte ich die Hunde mit nach Hause nehmen. Und dann? Heute konnte ich mich ja noch um sie kümmern. Aber morgen, Dienstag, mußte ich nach Kreta. Um 7.30 Uhr hin, um 13 Uhr wieder zurück. Vor 17 Uhr wäre ich nicht wieder zu Hause. So lange konnte ich sie auf keinen Fall allein in der Wohnung lassen.

Am besten wären sie natürlich bei meinen Eltern aufgehoben. Sie hatten einen großen Garten. Dennoch mußte ich damit rechnen, daß sie Türen und Fenster vernagelten, wenn ich mit herrenlosen Hunden anrückte. Vor einigen Jahren war ich schon einmal mit einem Hund im Schlepptau bei ihnen vorbeigeschneit. Es handelte sich um Tobi, einen Beagle-Mischling, dessen fröhliches

Hundeleben durch die Scheidung einer Kollegin von der Flugplanung ziemliche Einbrüche erlitten hatte. Nachdem auch meine Einsatzmöglichkeiten als Hundesitterin erschöpft waren, erklärten sich meine Eltern bereit, den armen Kerl für ein paar Tage bei sich aufzunehmen. Aus den paar Tagen wurden sieben glückliche Hundejahre im Hause Paulus, bis Tobi zwölfjährig an den Folgen eines Kreislaufkollapses starb. Tobis Tod nahmen meine Eltern zum Anlaß, die Hundepension Paulus dichtzumachen.

La Belle wollte nicht länger ungekrault bleiben und tappte erwartungsfroh auf Charlie zu. Sein sicherer Griff in das hellbraune Hundefell entlarvte den geübten Hundefreund. Und sein sonst überwiegend mürrischer Blick war weich, ja fast ein bißchen zärtlich. Ein weiterer Bonuspunkt zu den vielen Bonuspunkten, die er in den vergangenen Stunden bei mir gesammelt hatte. Charlie Reichenberger hatte mich auf der ganzen Linie überrascht.

«Du hast mich heute echt überrascht», kam mir Charlie aus heiterem Himmel zuvor.

«Was, iiich? Wieso denn ich?»

Charlie sah von La Belle auf, die ihre Schnauze vertraulich auf sein Knie gelegt hatte. «Ich hätte nicht gedacht, daß du wie eine Löwin kämpfen kannst. In einer Situation, wo alle anderen zurückstecken, weil ihnen der Aufwand und die Umstände zu groß sind.»

Das ging mir runter wie Öl. Ich selbst hatte keinen blassen Schimmer von meinem Edelmut und meiner Großherzigkeit. Ausgerechnet Charlie, von dem ich mich zeitlebens verkannt gefühlt hatte, förderte hochmoralische Eigenschaften bei mir zutage. Da mußte ich ja direkt den Hut vor mir selbst ziehen. Allerdings, wenn ich Charlie mit meiner gar nicht besonders heroischen Hundeinitiative so positiv überrascht hatte, dann konnte es vorher mit seiner Hochschätzung für mich wirklich nicht weit hergewesen sein.

«Du hast mich für sehr oberflächlich gehalten, oder?» fragte ich ihn direkt auf den Kopf zu.

Ihn schien diese Frage nicht in Verlegenheit zu bringen. «Offen gestanden, ja», bekannte er freimütig.

Ich schwieg abwartend, falls er vielleicht noch eine Nettigkeit nachreichen wollte. Doch mehr hatte er zu diesem Thema offensichtlich nicht zu sagen.

Immerhin war ich ein bißchen rehabilitiert. Und immerhin hatten zwei Hunde mit schlimmer Vergangenheit und unbestimmter Zukunft dafür gesorgt, daß ich mit Charlie Reichenberger nach all den gemeinsamen Dienstjahren endlich die ersten persönlichen Worte wechselte.

«Du scheinst dich auch nie besonders für die Person hinter der Purserette Katharina Paulus interessiert zu haben», nahm ich das Thema wieder auf. «Und ehrlich gestanden hatte ich immer das Gefühl, du könntest mich nicht leiden.»

«So ein Quatsch!» protestierte Charlie. «Nur weil ich nicht dauernd als Strahlemann wie Mathias oder Andy herumlaufe, heißt das doch noch lange nicht, daß ich jemanden nicht leiden kann.»

«Mag schon sein, daß du manchmal schlechte Laune hast», ließ ich mich nicht beirren. «Aber ich habe auch einen Unterschied gemerkt, ob diese Laune grundsätzlicher Natur war oder sich ganz speziell gegen mich richtete.»

Charlie schüttelte unwirsch den Kopf. «Was du dir nicht alles einredest! Ein Exklusivrecht auf meine schlechte Laune! So ein Quatsch.»

«Doch, doch!» blieb ich hartnäckig am Ball. «Auf Andys Hochzeit beispielsweise hast du mit Tina und den anderen herumgealbert, während du zu mir kein Wort gesagt hast.»

Ich paßte höllisch auf, wie er auf das Stichwort Tina reagierte. Das Resultat war wenig aufschlußreich. Charlie zuckte bei dem Namen Tina nur gleichgültig die Schultern.

«Ich führe nicht Buch darüber, ob und wann ich mit Tina oder sonst irgend jemandem herumgealbert habe. Aber ich wage zu behaupten, daß du dir das nur einbildest. Und wenn ich mal dir gegenüber irgendwann einen unwirschen Ton angeschlagen haben sollte, dann wird das schon seinen Grund gehabt haben.»

Jetzt zuckte ich zur Abwechslung die Schultern. Ich hätte ein Dutzend Beispiele zur Hand gehabt, um meine Schlechte-Laune-These zu untermauern. Aber das würde ja doch zu nichts führen. Ich war auch zu müde für eine lückenlose Beweisführung.

«Ich wußte gar nicht, daß du so gut mit Hunden kannst», schwenkte ich um. Nachdem ich ihm seine Kratzbürstigkeit unter die Nase gerieben hatte, sollte er ruhig merken, daß auch ich heute eine überraschende Seite an ihm kennengelernt hatte.

Charlie enttarnte meine Bemerkung keineswegs als Kompliment.

«Was soll das denn bitte heißen? Du bist vermutlich jahrelang mit einer feinen Meinung von mir herumgelaufen. Charlie Reichenberger, der Kinderschänder, der Frauenmörder, der Tierquäler – hab ich was vergessen? Ach ja, ich helfe alten Frauen über die Straße, um ihnen dann die Handtasche zu rauben.»

Ich mußte grinsen. «Du nimmst mir das Wort aus dem Mund. Aber sprich weiter. Ich könnte dir stundenlang zuhören.»

Charlie füllte seinen Rest Wein mit Mineralwasser auf. Er sah müde und blaß aus. «Auf den Titel ‹everybody's darling› bin ich beileibe nicht scharf. Aber wenn du mir mein Herz für Tiere in Abrede stellst, lernst du mich von einer unangenehmen Seite kennen.»

«Die ist mir bereits hinlänglich bekannt!» konnte ich mir nicht verkneifen.

Dann erzählte mir Charlie von seinen zwei irischen Settern, mit denen er aufgewachsen sei. Und daß es ihm sehr leid tue, daß ihm sein Job das Halten eines Hundes nicht ermögliche.

Ich konterte mit unserem Schäferhund Maxi, der sich von mir zwar alles gefallen ließ, aber zum Reißwolf wurde, sobald sich mir jemand näherte beziehungsweise mich jemand abknutschen wollte wie meine Patentante Monika. Maxi sorgte dafür, daß Tante Monika um unser Haus viele Jahre einen riesigen Bogen machte. Und ich erzählte Charlie auch von dem Scheidungswaisen, den ich meinen Eltern aufgehalst hatte.

Ein ähnliches Schicksal hatte er seinen Eltern beschert, als er als Student in Italien einen verletzten Hund mit nach Hause brachte, ihn mit Tierarzthilfe wieder hochpäppelte und dann dauerhaft bei seinen Eltern deponierte.

Ich hörte ihm begeistert zu. Am faszinierendsten aber war die Tatsache, daß Charlie zum erstenmal in unserer acht Jahre währenden Zusammenarbeit mehr als zwei zusammenhängende Sätze an mich richtete, von seinen Mecker-Tiraden einmal abgesehen.

Trotzdem verordnete ich mir sicherheitshalber, meine bisherige Meinung über Charlie Reichenberger nicht ganz über Bord zu werfen. Doch ich kam nicht um die Erkenntnis herum, daß er ausgesprochen sympathische Ansätze zeigte, die er bislang geschickt vor mir kaschiert hatte. Tina hatte mir das ja schon immer erzählt.

Beim Gedanken an Tina durchzuckte mich ein Blitz. Bisher hatte ich für ihre Verliebtheit nur kopfschüttelnde Verachtung übriggehabt. Was würde sie wohl sagen, wenn sie mich und Charlie mit Weinschorle und hochgelegten Füßen hier sehen könnte? Sicher würde sie es begrüßen, daß ich ihr bezüglich Charlie in einigen Punkten recht geben mußte. Mehr aber wollte ich mich nicht in Gedanken an Tina vertiefen. Ich hatte genug andere Sorgen.

«Macht dir der Job bei Holiday Airways eigentlich Spaß?» schnitt Charlie ein neues Thema an.

Puh, der Mann konnte Fragen stellen. Obwohl ich mir gerade in letzter Zeit sehr viele Gedanken über meine berufliche Befindlichkeit gemacht hatte, wollte mir spontan keine passende Antwort einfallen. Zumal ausgerechnet der Fragesteller immer wieder kräftig dazu beigetragen hatte, daß sich in meinem Leben über den Wolken nicht allzuviel Harmonie breitmachte. Für berufliche Vertraulichkeiten war ich Charlie gegenüber noch nicht reif genug – irische Setter hin oder her.

«Es hat alles seine schönen und weniger schönen Seiten», packte ich meine Standardaussage aus, die kürzlich auch meine Mutter zu hören bekommen hatte. «Du kannst dir ja ausmalen, wie uns die Paxe oft nerven. Aber im Laufe der Zeit hat man gelernt, Gehör und Gehirn auf Durchzug zu schalten.»

Charlie lächelte versonnen. «Ja, das kann ich mir gut vorstellen. Mir gehen manchmal schon die paar Gestalten auf den Keks, die mich im Cockpit besuchen. Wenn's nach mir ginge, würde ich Cockpit-Besuche nur für Kinder gestatten ...»

«Und für Hunde», ergänzte ich.

«Genau. Mein Entschluß, Pilot zu werden, wurde übrigens auch bei einem Cockpit-Besuch geboren, als ich mit meinen Eltern nach Spanien in den Urlaub geflogen bin. Da dürfte ich vierzehn oder fünfzehn gewesen sein.»

«Und, hast du's je bereut?»

«Grundsätzlich nicht. Aber ich hab schon auch meine Durchhänger. So richtig mit Fliegen im ursprünglichen Sinn hat unser Job ja eigentlich nicht mehr zu tun. Das ist reinste Computertechnik. Und wenn du auf Langstrecke auch noch einen doofen Labersack als Copiloten mitkriegst, dann fragst du dich manchmal schon, ob diese berufliche Laufbahn wirklich die allein seligmachende ist. Aber nenne mir *einen* Beruf, wo du vor solchen Sinnkrisen gefeit bist.»

Ich staunte über Charlies offene Worte. Beruhigend, daß nicht nur wir von der Kabinencrew unsere Krisen hatten. Doch dann mußten wir beide fairerweise einräumen, daß wir es so schlecht auch nicht erwischt hatten. In welchem anderen Beruf hatte man schon in jungen Jahren die Möglichkeit, die Welt kennenzulernen, so viele interessante und amüsante Leute zu treffen. Bestimmt nicht im Finanzamt und bestimmt nicht bei einer Versicherung oder an der Kasse eines Supermarktes.

Charlie schaute auf seine Armbanduhr. «Apropos Versicherung. Ich werde langsam aufbrechen. Um zehn habe ich einen Termin mit meinem Versicherungsagenten.» Und mit einem liebevollen Blick auf die schlafenden Hunde: «Soll ich noch mal mit den beiden runtergehen?»

Ich winkte müde ab: «Laß gut sein. Die sollen weiterschlafen. Ich führe sie später noch einmal raus.»

Und dann, so gegen fünf Uhr, fuhr Charlie Reichenberger schließlich doch nach Hause. Er schrieb mir noch seine Privatnummer und die Nummer seines Handys auf – falls bei der Auslösung der Hunde morgen Schwierigkeiten auftauchen sollten.

«Wird schon schiefgehen», murmelte ich apathisch vor mich hin. «Mach's gut Charlie. Komm gut heim, fahr vorsichtig – und vielen Dank für alles.»

«Nichts zu danken. Ich weiß zwar noch nicht, ob man mit dir Pferde stehlen kann, aber die Generalprobe mit den Hunden hat ja schon ganz gut geklappt.»

Dann war Charlie weg. Im Briefing-Raum blieb eine todmüde Katharina mit ihren beiden Waisenhunden zurück. Die Versuche, auf einer selbstgebastelten Stuhlliege eine halbwegs bequeme Schlafposition zu finden, scheiterten kläglich. Schließlich zog ich auf den Tisch um. Fürs Lichtausschalten reichte die Energie nicht mehr.

18

«Idiot!»

Manche Autofahrer müßte man wirklich ungespitzt in den Boden rammen. Zum Beispiel diesen Holzkopf mit seinem wichtigtuerisch hochgetunten Golf, der gerade vogelzeigend und ordinär gestikulierend an mir vorbeirauschte, nachdem er mich mit allen verfügbaren Hupen von der Überholspur gescheucht hatte. Krieg dich nur wieder ein. Jaja, du bist der Schnellste, der Stärkste, der Tollste. Hat doch auf *deiner* Überholspur tatsächlich ein Twingo mit lächerlichen 120 Kaa-Emm-Haa und einer verschusselten Tusse am Steuer vor sich hin getuckelt! Aber nach drei Stunden Dämmerschlaf und jeder Menge Aufregung kann es schon mal passieren, daß man sich in der Spur irrt, oder? Das ist noch lange kein Grund, sich wie ein Amokläufer aufzuführen.

Zugegeben, für den Autoverkehr hatte ich an diesem Montagvormittag keinen einzigen Nerv mehr übrig. Ich war fix und fertig. Nur eine dreitägige Schlafkur würde mich jetzt vor dem endgültigen Wahnsinn bewahren. Die Entfernung zu meinem Bett betrug noch ungefähr dreißig Kilometer. Möglicherweise würde ich noch auf dem Mittleren Ring über dem Lenkrad zusammenbrechen.

Und dennoch: Nach einem nervenzermürbenden Marathon war die Ziellinie endlich in Sicht. Bei aller Erschöpfung – es war überstanden. Die befürchteten Komplikationen bei der Abwicklung der «Operation Hund» waren mir Gott sei Dank erspart geblieben. Der Flughafen-Veterinär war pünktlich um neun Uhr zum Dienst erschienen und hatte ohne Widerspruch die Gesundheitspapiere der beiden Hunde beglaubigt.

«Das sind zwei richtige Prachtkerle», versicherte er mir mit Kennerblick.

Dank Pedigree Pal, fügte ich in Gedanken hinzu, das Bild von einem mit Hundefutterdosen beladenen Charlie vor mir.

Zurück im Briefing-Raum fand ich zu meiner großen Freude eine Gesprächsnotiz vom Flugplaner-Kollegen vor: Ich solle bitte einen gewissen Herrn Baumgartner wegen Abholung der Hunde zurückrufen. Nichts lieber als das! Ich verabredete mich mit Herrn Baumgartner – eine erfreulich junge, sympathische Stimme – um elf Uhr am Informationsschalter in Modul C zur Hundeübergabe. Eine tonnenschwere Last fiel mir vom Herzen. Die Vorstellung, daß mich die Tierärzte hängenließen, war in der letzten Phase meiner sogenannten Nachtruhe zu einer regelrechten Phobie geworden. Aber nein, es gab doch noch ein paar anständige Menschen. Herr Baumgartner am Telefon ahnte wohl nicht, welche Schäbigkeiten ich ihm insgeheim unterstellt hatte.

Jetzt mußte ich nur noch die beiden Leinen in eine Tierarzthand drücken – und dann nichts wie rein in meinen Twingo und heim in mein Federbett.

Dann wurde es doch noch etwas komplizierter als gehofft: Auf dem Weg von unserem Nachtquartier zum Infoschalter bemerkte ich ein merkwürdig flaues Gefühl in der Leibesmitte. Ich schob es zunächst dem Schlafmangel und den Aufregungen der zurückliegenden Stunden in die Schuhe. Aber dann dämmerte mir, daß es die bevorstehende Trennung von Chico und La Belle war, die mir auf den Magen schlug.

«Jetzt kommt gleich euer Herrchen!» bemühte ich mich verzweifelt um einen munteren Tonfall, während meine Mundwinkel vor sich hin zuckten.

Gleich sollte ich die beiden einem wildfremden Mann ausliefern, der für ihr weiteres Schicksal verantwortlich war. Wer weiß, was dann mit ihnen passieren würde? Vielleicht erwartete man sie bereits in einer Tierversuchsanstalt oder in einem Zwinger? Ich mußte mir auf jeden Fall die Adresse des neuen Besitzers aufschreiben und von Zeit zu Zeit nach dem Rechten sehen. Alles erschien mir wahnsinnig suspekt und kompliziert. Und ich kam mir vor wie ein Scheusal. Wie Schneewittchens böse Stiefmutter. Nein, wie Cruella de Ville, die Hexe aus «101 Dalmatiner». Ich zog ihnen zwar nicht das Fell über die Ohren, aber ich machte auch keinen Finger krumm, um das zu verhindern. Was wußte ich schon von den tierliebenden Absichten des Abholers? Vielleicht war dieser Herr Baumgartner nichts weiter als ein skrupelloser Schlepper und Dognapper, der die befreiten Hunde auf schnellstem Weg ins nächste Versuchslabor karrte. Mir wurde ganz schlecht bei dem Gedanken.

Auf jeden Fall würde ich Herrn Baumgartner sehr kritisch unter die Lupe nehmen. Ich starrte immer geradeaus, um Chico nicht ansehen zu müssen. Überhaupt war es das beste, die Hunde ohne große Abschiedsworte, Abschiedsblicke und Abschiedsgesten zu übergeben. Es war das beste für uns alle.

Leider ging die Rechnung nicht auf. La Belle hatte ihre Leine zwischen die Vorderläufe gebracht. Ich ging in die Hocke, um das Durcheinander wieder in Ordnung zu bringen. Als ich so dahockte und die Leine zurechtwurstelte, spürte ich, wie Chicos Blick mich durchbohrte. Alle Zärtlichkeit der Welt lag in diesen dunkelbraunen Hundeaugen. Warum? fragten die Augen, warum schickst du uns wieder weg?

Chico, ich bin doch nur eine Zwischenstation für euch. Und wenn gestern abend die dumme Panne mit dem Veterinär nicht passiert wäre, hätten wir uns so gut wie gar nicht kennengelernt. Ihr habt euch auch wirklich klasse benommen. Aber jetzt nimmt alles wieder den geplanten Lauf. Ich bringe euch jetzt zu eurem Abholer, und dann geht es schnurstracks zu eurer neuen Familie. Ihr werdet sehen, das wird superklasse. Schau mich bitte nicht so an, Chico. Bitte!

«Geht's Ihnen nicht gut, kann ich irgendwas für Sie tun?» Der blasse junge Mann mit der Hornbrille schien besorgt. Mit den zwei zur Abholung bereiten Hunden hatte er ja gerechnet, nicht aber mit einer in Rotz und Wasser gebadeten Überbringerin.

«Nein, es ist alles in Ordnung», log ich tapfer. «Ich bin nur ein wenig übermüdet, und dann der ganze Streß mit dem Zoll... Es war einfach ein bißchen viel auf einmal. Aber das ist schon wieder vergessen.»

Trotz meiner Untröstlichkeit breitete sich große Erleichterung aus. Der Abholer machte einen vertrauenswürdigen und sympathischen Eindruck. Er versicherte mir, Chico und La Belle seien bereits an einen guten Platz vermittelt. Chico komme in München bei einer jungen Familie mit einem kleinen Kind unter, und La Belle würde auf einem Bauernhof in Niederbayern erwartet. Ich schneuzte mich befreit. Da konnte ich nun also doch das Hundekapitel in Frieden abschließen.

«Macht's gut, ihr Racker. Und benehmt euch anständig, nicht daß mir irgendwelche Klagen zu Ohren kommen!» zwang ich mich zu einem burschikosen Abschied. Doch als meine Hand zum letzten Mal in Chicos Fell griff, liefen mir schon wieder die Tränen übers Gesicht. Es war nur die Übermüdung. Ganz bestimmt.

Noch drei Kilometer bis Autobahnende München-Schwabing. Du hast noch drei Kilometer, Katie, um dir diesen Hund aus dem Kopf zu schlagen, okay? Der hat's prima erwischt. Kapier das doch endlich. Aber dieser Blick... Mein Gott, so gucken Hunde nun mal.

Ich kramte mit der rechten Hand in meiner Handtasche auf dem Beifahrersitz nach dem Schmierzettel, auf dem ich Herrn Baumgartners Telefonnummer notiert hatte. Mist, den hatte ich wohl im Büro vergessen, und dort lag er bestimmt schon längst im Papierkorb. Futsch. Weg. Na ja, ich brauchte die Nummer ja nicht mehr. Der Hundezirkus war Vergangenheit. Und irgendwann würden auch diese albernen Tränen aufhören, über meine Wangen zu kullern.

«Jaaa, du Idiot!»

Waren denn heute nur Blödiane unterwegs? Okay, dann habe ich eben vergessen, meinen Blinker zu setzen. Davon geht doch die Welt nicht unter. Deswegen brauchst du mich noch lange nicht in Grund und Boden zu hupen.

Es war höchste Zeit, daß ich ins Bett kam. Meine Funktionstüchtigkeit schwand von Minute zu Minute. Wenn ich Tinas Dienstplan recht in Erinnerung hatte, müßte sie heute frei haben. Sie würde Augen machen, wenn ich ihr von den zurückliegenden vierundzwanzig Stunden berichtete! Und von der überraschenden Wandlung des Charlie R.

Hallo, Tina, raaate mal, wer bis zum frühen Morgen mit mir die Hundewache geschoben hat? Halt dich fest, du kommst im Leben nicht drauf: Charlie Reichenberger. Du hattest recht, der ist schwer in Ordnung. Ein Supertyp, gescheit, einfühlsam... Katie! Welcher Affe hat dich denn jetzt gebissen? Wieso übst du deinen Vortrag für Tina hier im Rückspiegel deines Autos ein? Befürchtest du etwa, daß Tina die Neuigkeit über deine exklusive Nacht mit ihrem Charlie in den falschen Hals bekommt? Vielleicht unterstellt sie dir eiskalte Berechnung, daß du Charlie über die Tierliebeschiene von langer Hand geplant in den Briefing-Raum gelockt hast. Dabei sei *sie* es gewesen, die mich überhaupt auf Charlies charakterliche Qualitäten aufmerksam gemacht habe.

Quatsch. Warum sollte Tina verschnupft reagieren. Es war nichts, aber auch gar nichts vorgefallen, was ihr Mißfallen erregen konnte. Charlie hatte nichts weiter getan, als mir einen kleinen Gefallen erwiesen. Von Kollege zu Kollege. Ich überlegte, ob er letzte Nacht vielleicht ein positives Statement über Tina gemacht hatte, das ich ihr als Praliné reichen könnte. Nein, auf Tina hatte er sich nicht eingelassen.

Wie ein rheumakrankes altes Weib schleppte ich mich die Treppen in den vierten Stock hoch und warf mich mit letzter Kraft auf den Klingelknopf. Bitte, liebe Tina, sei daheim. Mein Schlüssel ist in meiner Tasche auf Grund gelaufen.

Tina empfing mich mit Schürze und Kochlöffel in der Hand. Ein aparter, wenn auch ungewöhnlicher Anblick.

«Hi, du kommst gerade recht zu einer Gabel Rigatoni mit Thunfisch-Kapern-Soße. Wo hast du denn so lange gesteckt? Ich dachte, du wolltest gestern abend schon zurück sein.»

Stöhnend ließ ich Koffer und Tasche fallen und sackte auf einem Eßzimmerstuhl nieder.

«Du ahnst ja gar nicht, was ich mitgemacht habe.»

Mit offenem Mund hörte sie sich meine abenteuerliche Hundebefreiungs-Story an. In der Kurzzusammenfassung wirkte sie noch dramatischer, als sie tatsächlich war. Ich bemerkte ein leichtes Zucken in Tinas Mundwinkeln, als zum erstenmal Charlie Reichenberger ins Geschehen eingriff. Und als er ganz beiläufig nachts im Briefing-Raum mit ein paar Dosen Hundefutter im Arm auftauchte, unterbrach sie mich ungläubig.

«Waaas? Deeer?»

«Ja, du hast richtig gehört: Es war Charlie, der mir aus der Patsche geholfen hat. Mit jedem anderen hätte ich gerechnet.»

Ich tunkte meinen Finger in den Topf mit Pastasoße, die Tina zwischendurch auf den Tisch gestellt hatte.

«Hmm, lecker! Du hattest übrigens recht. Charlie ist wirklich schwer in Ordnung. Ich habe ihn jetzt von einer ganz neuen Seite kennengelernt und muß meine schlechte Meinung revidieren.»

Tina stieß einen verächtlichen Lacher aus. «Tu mir bitte einen Gefallen und nimm den Namen von diesem Arsch in meiner Gegenwart nie wieder in den Mund.»

Peng! Ich hatte wohl nicht richtig gehört. Was war denn in sie gefahren?

«Was hast du denn auf einmal? Ich dachte, du und Charlie ...»

«Du denkst zuviel.»

«Was ist passiert? Aber bitte erzähl mir alles ganz langsam und schön der Reihe nach. Die Batterien in meinem Hirn sind nämlich leer.»

Erregt erzählte sie mir, Benny habe neulich ein wenig aus dem Nähkästchen geplaudert. Er habe am Kaffeeautomaten zufällig ein Gespräch zwischen Charlie und Kapitänskollege Peter Lechthaler mitbekommen, in dem einige despektierliche Bemerkungen ihre Person betreffend gefallen seien.

«Wegen der Rutsche, oder?» mutmaßte ich.

Tina schlug mit dem Löffel auf den Teller. «Klar wegen der Rutsche. Ich gebe ja zu, daß ich da Scheiße gebaut habe. Aber das ist noch lange kein Grund, mich für den Rest meines Lebens wie den letzten Deppen hinzustellen. Aber genau das macht Charlie offenbar mit großem Vergnügen. Das ist Rufmord, was er da mit mir anstellt. Rufmord! Das mit der Rutsche hätte jedem anderen auch passieren können.»

Das mochte ich so allerdings nicht unterschreiben. Klar konnte es vorkommen, daß jemand vom Kabinenpersonal versehentlich die Notrutsche schoß. Diese Rutsche, die für die Evakuierung der Passagiere in einem Notfall installiert ist, kann schon mal versehentlich geschossen werden, wenn zum Beispiel eine noch nicht zum Öffnen freigegebene Flugzeugtür versehentlich geöffnet wird. Eigentlich läßt sich an der Stellung des Türhebels erkennen, ob die Tür «scharf» ist oder nicht. Aber in hektischen Situationen kommt es immer wieder mal zu einem Fehlgriff. Ein solcher Lapsus hat meist ungeheure Scherereien zur Folge. Denn ohne Rutsche darf die Maschine nicht starten. Also muß eine neue Rutsche installiert werden, wodurch sich der Abflug um mindestens eine Dreiviertelstunde verzögert. Im ungünstigsten Fall, wenn keine Ersatzrutsche zur Verfügung steht und erst eingeflogen werden muß, kann die Verspätung Stunden betragen. Zum allgemeinen Verdruß gesellen sich enorme Kosten, weshalb das Rutscheschießen ein denkbar störendes Element in der Karriereplanung eines Flugbegleiters ist.

Tina hatte das Kunststück fertiggebracht, die Rutsche gleich zweimal innerhalb von sechs Wochen zu schießen. Dieses Mißgeschick hatte ihr nicht nur eine scharfe Abmahnung der Kabinenleitung eingebracht, sondern auch noch den Spott des gesamten Münchner Flughafens, wo Tinas Meisterleistung schnell die Runde machte. Bei Rutsche Nummer zwei hatte Charlie in Goa das zweifelhafte Vergnügen gehabt, die bereits geboardeten Passagiere über eine mindestens dreistündige Verzögerung des Abflugs zu informieren, da die Ersatzrutsche aus Bombay eingeflogen werden mußte.

Das doppelte Malheur hatte auch für Verstimmung zwischen Tina und mir gesorgt. Tina erwartete von mir, daß ich bei jedem Rutschengespräch als ihre persönliche Verteidigerin in die Bresche sprang und lauthals verkündete, so etwas könne jedem passieren.

Die Sache war nur die: Sie passierte nicht jedem. Nicht einmal mir, und das wollte schon etwas heißen! Sie passierte eigentlich nur hin und wieder einer unerfahrenen Saisonstewardeß oder eben einem Schussel wie Tina.

«Und jetzt kommst du einfach reingeschneit und erzählst mir, Charlie sei ein klasse Typ», schnaubte sie verächtlich. «Während er spanische Hunde vor dem Messer rettet, führt er mich auf die Schlachtbank. Findest du das okay?»

Tina und ihre blumige Bildersprache! «Also, davon hätte ich bestimmt Wind bekommen, wenn Charlie gegen dich gehetzt hätte. Da hat Benny vielleicht wieder mal ein wenig übertrieben.»

«Jaja, nimm ihn nur in Schutz, deinen Charlie, den edlen Retter, den Robin Hood der Lüfte. Ich hab dein Gemotze über Charlie, das du sonst immer abgelassen hast, noch sehr gut in den Ohren.»

«Ich habe nicht über ihn gemotzt, sondern lediglich festgestellt, daß zwischen ihm und mir atmosphärische Dissonanzen bestehen. Gegen ihn persönlich habe ich nie etwas gesagt.»

«Ach, sieh mal einer an! Ich für meinen Teil kann nur feststellen: Als ich dir anvertraut habe, daß ich in Charlie verknallt bin, hast du ihn mir madig gemacht. Und jetzt, da ich von ihm an den Pranger gestellt und zum Gespött der Firma gemacht werde, entdeckst du auf einmal seine tollen Charaktereigenschaften. Ich erwarte ja gar nicht, daß du dich auf meine Seite stellst. Ich wäre schon glücklich, wenn du dich nicht dauernd gegen mich stellen würdest.»

O Gott, auf welche Veranstaltung war ich nur geraten? Ich hätte gleich ins Bett gehen sollen. Für eine ultimative Rechtfertigung fehlten mir Kraft und Argumente. Also versuchte ich unseren Disput mit einem Vorschlag zur Güte zu beenden.

«Tina, dir zuliebe kann ich Charlie keine Kriegserklärung vor den Latz knallen. Aber wenn du dich von ihm verleumdet oder ungerecht behandelt fühlst, kann ich gerne mit ihm reden. Das Ganze stellt sich sicher als ein Mißverständnis heraus.»

Tina setzte ihren schnippischsten Gesichtsausdruck auf. «Du solltest den Friedensnobelpreis bekommen. Vielen herzlichen Dank, aber ich komme ganz gut ohne deine Vermittlung zurecht. Ich bin mit meinen Problemen noch immer selber fertig geworden.»

Ich seufzte resigniert. Wenn Tina einmal in Fahrt gekommen war, konnte man sie nur schwer bremsen. Ich faßte mit dem Besteck in den dampfenden Topf mit Rigatoni und hob eine Ladung auf ihren Teller.

«Bei der Aufarbeitung deiner Probleme halte ich mich raus, okay? Aber an der Aufarbeitung der Nudeln würde ich mich gerne beteiligen.»

Tina schmunzelte. Na also. «Laß dir's schmecken.»

Dann hoben wir die Weingläser und tranken auf unser verrücktes Leben.

Mir war nach einem Vollbad. Im Badezimmerschrank fand ich eine Flasche mit einem türkisfarbenen Überrest. «Bei innerer Unruhe und Überanstrengung» stand darauf. Ich hielt mich geradezu für überqualifiziert und schüttete die zähe Flüssigkeit aus Melisse-, Rosmarin- und Lavendelextrakten ins Wasser.

Ich hatte mich gerade langgestreckt, da kam Tina herein und hielt mir mit verächtlichem Blick den Telefonhörer hin.

«Da, für dich. Deine vielversprechende Neuentdeckung.»

Es war Charlie, der sich über den Ausgang der langen Hundenacht informieren wollte. Ich mimte die coole Vollstreckerin: Papierkram erledigt, Übergabeort verabredet, Hunde abgeliefert – das war's. Meinen sentimentalen Störfall behielt ich für mich, der tat nichts zur Sache.

«Und, hast du schon einen Besuchstermin bei deinen Pflegekindern vereinbart?»

«Nö», gab ich mich abgeklärt. «Das ist jetzt nicht mehr mein Bier. Diese Hundeaktion hat mich ohnehin viel zu lange in Beschlag genommen. Außerdem hab ich die Telefonnummer des Abholers verloren.»

«Ach so», meinte Charlie nur. «Übrigens – welche Laus ist denn deiner Mitbewohnerin über die Leber gelaufen?» Ich mußte grinsen, da ich mir Tinas frostige Reaktion auf Charlies Anruf nur zu gut ausmalen konnte.

«Keine Ahnung, wahrscheinlich ist sie nur ein wenig schlecht gelaunt – bei dem Mistwetter ist das ja kein Wunder. Nimm's nicht persönlich.»

Ich fand mich wirklich loyal. Aber Tina dankte mir mein diskretes Verhalten nicht.

Kaum hatte ich mich von Charlie verabschiedet, kam sie auch schon durch die Badezimmertür gekracht.

«Na, seid ihr jetzt gemeinsam über mich hergezogen? Du und dein Charlie. Ha! Dann habt ihr neben den Hunden ja schon ein zweites gemeinsames Thema: Tina Engelmann, die fliegende Zicke.»

Ich verdrehte die Augen: «Also, entweder du machst jetzt auf dem Absatz kehrt, oder ich tauche unter. Die Scherereien mit der Wasserleiche hast dann du.»

Tina entschied sich für die erste Alternative. Ich schloß die Augen und nahm einige tiefe Atemzüge. Wie es wohl Chico und

La Belle jetzt erging? Eigentlich doch schade, daß ich die Baumgartner-Telefonnummer verloren hatte. Zu wissen, daß die Hunde wohlauf und guter Dinge waren, hätte mich wirklich sehr beruhigt.

19

Vierzig Minuten vor der Landung in Catania auf Sizilien waren Benny und ich mit unserer Duty-free-Tour durch. Mit zufriedenen Mienen verstauten wir den Trolley. Wir hatten heute ein super Geschäft gemacht. Unser Laden brummte wie zur Vorweihnachtszeit. Komisch, auf manchen Flügen mußten wir unser zollfreies Sortiment anbieten wie sauer Bier. Da ernteten wir auf unsere Frage «Hätten Sie gerne etwas aus unserem Duty-free-Sortiment?» ganz merkwürdige Blicke, als wollten wir den Fluggästen Rauschgift andrehen. Dann aber wieder schlugen wir unsere Zigaretten und Parfums los wie die warmen Semmeln. Manchmal wurden wir schon während der Essensausgabe angefleht, doch bitte, bitte eine Stange Marlboro Light oder ein «Davidoff Cool Water» für sie zurückzulegen.

Vor zwei Jahren hatten wir die aktuellen Swatch-Uhren im Sortiment gehabt, die sich als absolute Bestseller erwiesen. Da kam es regelmäßig zu kleineren Tumulten, weil die Passagiere in den hinteren Sitzreihen befürchteten, die Uhr ihrer Wahl sei vielleicht schon ausverkauft, wenn wir mit unserem Trolley endlich bei ihnen ankämen. Leider war die Swatch-Aktion aus Vertragsgründen mit der Uhrenfirma auf sechs Monate befristet gewesen.

Schade, denn gute Duty-free-Umsätze verhalfen uns vom fliegenden Personal zu einem netten Zusatzverdienst. In manchen Monaten kamen wir mit unserem Prozentanteil bis auf tausend Mark. Zu glücklichen Swatch-Zeiten hatten wir deutlich darüber gelegen. Doch es gab auch Flautenmonate, in denen wir uns so recht und schlecht über die Fünfhundertmarkschwelle quälten.

«Was schenken wir denn Tina zum Geburtstag?» unterbrach mich Benny beim gierigen Addieren. Gute Frage – keine Ahnung. Tinas dreißigsten Geburtstag hatte ich in den letzten zwei Wochen erfolgreich verdrängt, zumal Tina bereits vor Monaten angekündigt hatte, ihren Runden an einem unbekannten Ort zu feiern, wo sie niemandem von der Fliegerei begegnen müßte. Wir hatten uns in den letzten Wochen wenig gesehen. Unsere Dienstpläne brachten es mit sich, daß wir uns ständig die Klinke in die Hand gaben.

Tja, was schenkt man der besten Freundin und bisweilen größten Widersacherin zum dreißigsten Geburtstag? Benny, unser Partyfreak, hatte sich schon mehr Gedanken als ich dazu gemacht.

«Was hältst du von einem Wochenende auf einer Beautyfarm?»

Ich konnte Benny versichern, daß wir mit diesem Geschenk nicht die erhoffte Freude bei Tina ernten würden. Zum Thema Beautyfarm hatte sie schon öfters vernichtende Kommentare abgelassen, aus denen ich schließen konnte, daß sie ein solches Geschenk als dezenten Hinweis auf ihr nicht mehr ganz taufrisches Äußeres werten würde.

Schon vor einem halben Jahr hatte Tina hämisch prophezeit: «Du wirst schon sehen, an meinem dreißigsten Geburtstag werden sich bei mir die Gutscheine für Facelifting und Fettabsaugen nur so stapeln.»

Also lieber keine Beautyfarm, damit würden wir uns nur einen Schiefer einziehen.

«Was schenken wir Tina zum Geburtstag, hat jemand eine Idee?» leiteten Benny und ich die große Preisfrage ans Cockpit weiter. Copilot Mathias Trübbach plädierte spontan für einen Besuchergutschein beim Arbeitsamt. Er war auf Tina wegen der Rutschenfehlzündungen immer noch schlecht zu sprechen und hatte schon mehrfach den Vorschlag in die Runde geworfen, die dumme Kuh doch endlich aus der Firma hinauszuwerfen.

«Bloß nicht», meckerte Charlie, «die rührt uns bei ihrem Abschiedsflug Zyankali in den Kaffee. Ich hab eine bessere Idee: Schenken wir ihr doch einen Mann. Einen pflegeleichten, der nicht schmutzt, zu allem ja und amen sagt und eventuell noch ein kleines Vermögen mit in die Beziehung bringt, damit er ihr bei Bedarf ein paar Dutzend Rutschen spendieren kann. Denn anders können wir uns Tinas Hobby bald nicht mehr leisten.»

Die arme Tina, dachte ich, wenn sie diesen Wortwechsel mitbekommen hätte! Sie würde Charlie mit einem Beil erschlagen, und Mathias, Benny und mich gleich dazu, weil wir über Charlies Rutschenkalauer auch noch gelacht hatten.

Ahnte Charlie, wie sehr er Tinas Herz zum Klopfen gebracht und dann verwundet hatte? Wir hatten nach wie vor nie über Tina gesprochen. Und ich war, was Tinas Gefühlslage für Charlie betraf, auch nicht mehr auf dem laufenden.

«Was sollen wir Tina zum Geburtstag schenken?» suchte ich am nächsten Abend Rat bei meiner Schwester.

«Wie wär's mit Henry?» meinte Franziska wie aus der Pistole geschossen. «Ich wollte ihn sowieso morgen zur Adoption freigeben. Diese Lösung aber wäre viel eleganter.»

«Meinen Henry? Auf gar keinen Fall. Eine Geschenkschleife um den Kopf würde ihm auch gar nicht stehen. Aber erzähl, was hat er ausgefressen?»

Franziska berichtete, Henry mache sie zur Zeit zum Gespött ihrer Bekannten. Jedem würde er ungefragt erzählen, seine Mama habe einen gaaanz langen Busen und gelb gefärbte Haare.

Haha! Was war mein Kleiner doch für ein Charmebolzen! Doch Vorsicht, jetzt lieber kein falsches Wort zu Franziska, sonst würde sie mich gleich mit adoptieren lassen.

«Und, stimmt das?» hakte ich nach.

«Hast du sie noch alle!!!» regte sich meine Schwester auf. «Ich habe mir lediglich blonde Strähnchen machen lassen. Das siehst du doch.»

«Und was ist mit dem Busen?» blieb ich grausam am Ball.

«Mein Busen ist ganz normal! Es ist *kein* Hängebusen, falls du das meinst. Natürlich ist er nicht mehr ganz so knackig wie der einer Zwanzigjährigen. Aber diesen kleinen Qualitätsverlust hat mir schließlich mein Sohnemann eingebrockt. Wenn ich geahnt hätte, daß er mich fünf Jahre später vor aller Welt so blamiert, hätte ich ihn keine Sekunde lang gestillt... also, wann soll ich ihn als Geburtstagspäckchen für Tina fertigmachen?»

Ich mußte lachen. «Komisch, gestern hat einer unserer Flugkapitäne vorgeschlagen, wir sollten ihr einen Mann schenken. Ich glaube zwar nicht, daß er dabei an einen vorlauten Fünfjährigen gedacht hat, aber die Grundidee ist dieselbe.»

Dann hatte Franzi doch noch eine andere Idee. Sie erzählte von einem attraktiven Geschenk, mit dem sie und ihre Kolleginnen neulich bei einer Arbeitskollegin groß angekommen seien.

«Das Geschenk war sehnig, 1,85 Meter groß, 78 Kilo schwer und hörte auf den Namen Philip.»

«Ist dieser Philip ein Callboy, ein saxophonspielender Stripper oder was?»

Nein, falsch. Philip war kein Stripper oder Callboy, Kavalier oder Begleiter, sondern ein Personal Trainer, wie mich Franziska mit feierlicher Stimme aufklärte.

«Also doch ein Callboy.»

«Nei-hein!!» protestierte Franziska. Ihre doofe Airline-Schwester hatte offenbar nur das eine im Kopf. Der geheimnisvolle Philip war ein ausgebildeter Sportlehrer und sogar zweifacher Hessischer Meister im 110-Meter-Hürdenlauf. Vor einem Jahr war er auf die Idee gekommen, gestreßten Erfolgsmenschen seine Dienste als persönlicher Fitneßberater anzubieten. In Hollywood, so erfuhr ich von Franziska weiter, habe jeder Hollywoodstar seinen eigenen Personal Trainer. Eine Demi Moore, ein Pierce Brosnan oder eine Cindy Crawford hoben nämlich nicht in irgendeinem Nullachtfuffzehn-Fitneßstudio Hanteln oder spulten am Laufband ihre Meilen ab. Sie alle leisteten sich ihren eigenen

Personal Trainer, der für sie ein ganz individuelles Fitneß- und Trainingsprogramm erarbeitete.

«Ach ja, richtig!» erinnerte ich mich. «Madonna hatte doch auch so einen Personal Trainer, von dem sie dann schwanger geworden ist. Der hat's mit der Betreuung wohl ganz genau genommen.»

Franziska meinte, auch bei uns würden immer mehr Leute die Dienste eines Personal Trainers in Anspruch nehmen. Keine Promis, sondern Leute wie du und ich, nur vielleicht mit etwas mehr Geld. Ein Personal Trainer sei ideal für vielbeschäftigte Berufstätige, die nicht zu einer bestimmten Zeit bei ihrem Aerobic-Kurs sein oder sich Tage im voraus zum Tennis verabreden könnten.

«Die heuern dann eben einen Personal Trainer an, der mit ihnen joggt, zum Schwimmen geht oder sonstwas mit ihnen macht, ganz nach Absprache.»

«Was kostet so ein persönlicher Prachtkerl?» wurde ich neugierig.

«Du, das ist gar nicht so teuer. Ich glaube, pro Stunde hat dieser Philip 120 Mark berechnet. Wir haben unserer Kollegin zwei Stunden geschenkt. Wenn ihr alle zusammenlegt, ist das doch nicht die Welt, oder?»

Hm, eigentlich keine üble Idee. Ein Mann für gewisse sportive Stunden sozusagen. Ein ausgesprochen schickes Geschenk. Vielleicht würde es diesem Philip gelingen, Tina von ihrem Groll gegen Charlie abzulenken. Vielleicht könnten wir mit dieser Philip-Klatsche gleich mehrere Fliegen zur Strecke bringen.

«Hast du die Telefonnummer?»

«Besorg ich dir in zehn Minuten», lachte Franziska.

20

«Bring *du* ihm doch sein Ginger Ale. Dich sieht er im Cockpit bestimmt lieber als mich.»

Ich hob drohend den Zeigefinger. «Jetzt zick nicht herum. Du bringst Charlie jetzt sein Getränk, ich muß Benny in der hinteren Galley helfen.»

Tina konnte einem mit ihrem schnippischen Sarkasmus manchmal auf den Nerv gehen. Daß sie bei Charlie damals wegen der Rutschen in Mißkredit geraten war, hatte sie noch immer nicht ganz verwunden, auch wenn Charlie und die anderen Kollegen die Sache längst vergessen hatten.

Ob mich Charlie im Cockpit nun lieber sah als sie, konnte ich nicht beurteilen, und das war auch unerheblich. Fest stand, daß sich das Verhältnis zwischen uns beiden seit der Hundenacht stark entspannt hatte, ohne daß Charlie plötzlich Feuer und Flamme für mich gewesen wäre. Der früher oft frostige Umgangston war einem kollegial-freundschaftlichen gewichen. Die atmosphärischen Störfälle schienen der Vergangenheit anzugehören. Resultierend aus diesem angenehmen Klima passierten mir kaum mehr dumme Fehler, mit denen ich Charlie vorher zur Raserei gebracht hatte.

Auch das Zusammenleben mit Tina gestaltete sich – von üblichen Launen und Spitzzüngigkeiten abgesehen – ausgesprochen harmonisch. An unseren gemeinsamen Off-Tagen kochten wir zusammen, gingen ins Kino, spielten Scrabble oder hingen mit einer Flasche Wein und Kartoffelchips vor der Glotze.

Für unser Geschenk, das wir ihr bei einem kleinen Umtrunk im Büro wenige Tage nach ihrem 30. Geburtstag überreichten, hatte Tina sich artig bedankt, sonst aber eher unverbindliche Kommentare dazu abgegeben. Auch sie tippte zunächst auf einen Callboy. Meinen ausschweifenden Erläuterungen über das wahre Betätigungsfeld eines Personal Trainers folgte sie mit nur mäßigem Interesse. Sie murmelte einige Ahas, dann lenkte sie auf ein anderes Thema über. Da sie über ihr Geschenk auch später keine weiteren Bemerkungen machte, vermutete ich, daß sie ihren Trainer-Gutschein einfach verfallen lassen würde. Nun gut. Das war ihre Sache. Vielleicht würde uns zu ihrem vierzigsten Geburtstag etwas Brauchbareres einfallen.

Um so größer war meine Überraschung, als am Morgen nach meiner Rückkehr aus Zypern plötzlich *Er* vor der Tür stand. Das Klingeln holte mich aus der Dusche. Mit der Kurspülung im Haar fluchte ich wie ein Rohrspatz, weil ich dachte, es sei Tina, die Brötchen holen gegangen war und ihren Wohnungsschlüssel vergessen hatte. Doch der Klingler entpuppte sich als ein höchstens dreißig Jahre junger Gott mit längeren blonden Haaren und einem zähneblitzenden Sunnyboylächeln.

«Ja bitte», stammelte ich ihn an und streifte meine lotiontropfenden Haarsträhnen hinter die Ohren.

«Sind Sie Tina Engelmann? Mein Name ist Philip Schmidt. Wir sind miteinander verabredet. Ich bin ein bißchen zu früh dran, ich hoffe, das kommt Ihnen nicht arg ungelegen.»

Philip! Auf die sehnigen 1,87 Meter war ich ja von meiner Schwester vorbereitet gewesen. Mit einem männlichen Gesamtkunstwerk hatte ich allerdings nicht gerechnet. Das war also Tinas Geburtstagsgeschenk.

«Tina Engelmann ist gerade runter zum Bäcker gegangen. Ich bin ihre Kollegin und Mitbewohnerin», klärte ich ihn auf, während ich ihn mit einer ungeschickten Geste hereinbat. «Wir haben vor ein paar Wochen schon miteinander telefoniert.»

«Ach, *Sie* waren diejenige mit der Geschenkidee», fiel bei ihm der Groschen.

Ich führte ihn ins Wohnzimmer und räumte beim Hineingehen noch schnell ein paar Magazine zusammen, die am Boden verstreut lagen. Dabei stieß ich mit dem Ellbogen hart gegen den Glastisch.

«Vorsicht! Sie wissen doch, daß laut Statistik die meisten Unfälle im Haushalt passieren.»

Ich winkte ab. «Aus diesem Haushalt ist noch kein Statistiker lebend herausgekommen.»

Philip schlenderte zum Bücherregal und checkte mit seitlich geneigtem Kopf unseren Bestand durch.

«Und Sie haben mit Tina heute die erste Stunde?» smalltalkte ich nervös drauflos. Was für eine intelligente Frage! Natürlich war es die erste Stunde, was sonst? Bei der zweiten hätte er sich vermutlich daran erinnert, daß ich nicht seine Kundin Tina Engelmann war.

Da ich in meinem riesigen Bademantel zweifellos wie ein nasser Sack aussah, merkte er mir die Sportskanone bestimmt nicht gleich an. Aber mit meinen sprechenden Fitneßgeräten konnte ich keinen Eindruck schinden. Die Innovationen in meinem Fitneßstudio tat er mit einem «Jaja, von diesem Unsinn habe ich auch schon gehört» ab. Bevor ich auf meine nur knapp verfehlten Wimbledonsiege überleiten konnte, hörte ich den Schlüssel in der Tür.

Tina fiel fast die Kinnlade und die Tüte mit den Brötchen auf den Boden, als ich ihr im Wohnzimmer stolz unseren Gast präsentierte. Ihre Blicke verdichteten sich zu einem einzigen «Wow!!!»

Philip erhob sich erfreut, um seiner neuen Kundin die Hand zu geben. Neben der zierlichen Tina wirkte er gleich noch größer. Unter der Jeans und dem hellblauen Polo-Shirt zeichnete sich die Figur eines perfekten Modellathleten ab. So ein tolles Geburtstagsgeschenk, dachte ich neidisch, hatte Tina eigentlich gar nicht verdient. Warum hatten wir ihr nicht einfach etwas von Douglas besorgt? Einen Eimer Anti-Falten-Creme zum Beispiel oder doch einen Oberschenkelstraffer.

Tinas Outfit signalisierte wilde sportliche Entschlossenheit. Zu ihrem blau-weiß-roten Jogginganzug von Tommy Hilfiger hatte sie das passende Stirnband auf dem Kopf und brandneue Reebok-Schuhe. Die langen Haare waren zu einem Zopf geflochten.

«Kaffee für alle?» schaltete ich mich diskret in das Beschnupperungsgespräch der beiden ein.

«Für mich bitte nur ein Glas Leitungswasser», orderte Philip.

«Für mich auch», überraschte mich Tina, die morgens ohne mindestens drei Tassen schwarzen Kaffee nicht geradeaus schauen konnte.

Na gut, dann sollten die beiden eben Wasser trinken. Ich ließ mir meinen Kaffee nicht madig machen und warf trotzig die Kaffeemaschine an.

Philip erzählte, daß er auch zwei Lufthansa-Piloten in seiner Kundenkartei hätte.

«Regelmäßig Sport treiben ist in eurem Job wahrscheinlich ein Zeitproblem», vermutete er.

«Vor allem ist es ein Phlegmaproblem», stellte ich die Dinge richtig. Die meisten Crewhotels waren mit Tennisplätzen und tollen Fitneßcentern ausgestattet. Auf Wochenstopps tat sich nun wirklich kein Zeitproblem auf. Wer hinderte uns daran, am Strand entlangzujoggen, statt dauernd mit einem Rumcocktail in der Hand am Pool zu fläzen? Nein, die meisten von uns waren lediglich faule Säcke – ich eingeschlossen. Angesichts dieses durchtrainierten Prachtburschen flammte allerdings das dringende Bedürfnis auf, mein Leben noch heute radikal zu ändern und jeden Tag konsequent irgendwas zu trainieren.

Tina sah auf ihre Uhr: «Ich würde vorschlagen, wir machen uns jetzt auf den Weg, und wenn Sie Lust haben, können wir ja anschließend zusammen frühstücken.»

Philip war's recht. «Klingt gut», strahlte er.

Zusammen frühstücken! Der Neid troff mir aus den Mundwinkeln. Dieser Philip schien mir in der Tat die Idealbesetzung für ein gemeinsames Frühstück abzugeben – ebenso für das, was man *vor* einem solchen Frühstück anzustellen pflegt.

«Katie, bist du nachher noch da? Wir dürften so gegen elf Uhr zurück sein.»

Mist. Leider nicht. Ich hatte um halb elf einen Termin bei meiner Steuerberaterin. Welch trostlose Alternative. Doch diese Mitteilung schien weder Tina noch Philip weiter zu erschüttern. Mich wurmte, daß ich bei diesem Sportereignis nicht mal eine kleine Statistenrolle übernehmen durfte. Mein Part war darauf beschränkt gewesen, Tina diesen Supermann zuzuspielen. Nun hatte der Mohr seine Schuldigkeit getan, nun konnte der Mohr gehen. Und während die beiden sich gleich miteinander vergnügen durften, würde ich mir den sanften Tadel meiner Steuerberaterin wegen fehlender Unterlagen anhören müssen.

Sportlich einigten sich die beiden auf eine Joggingstunde im Englischen Garten. Tina wollte eigentlich mit Philip Federball spielen – die einzige Disziplin, in der sie ihm zu imponieren hoffte. Aber Philip meinte, für die Verbesserung der Fitneß wäre ein lockeres Lauftraining geeigneter. Er wolle sich zuerst einmal ein sportliches Bild von ihr machen. Federball spielen könnten sie anschließend ja immer noch – ohne Aufpreis, verstand sich.

«Habt ihr schon an Synchronschwimmen gedacht», kalauerte ich. Tina und der schöne Philip mit Wäscheklammern in der Nase im Wasser paddelnd – diese Vorstellung gefiel mir ungemein. Mein kreativer Vorschlag ging jedoch in den intensiven sportlichen Vorbesprechungen – Handtuch ja oder nein, Mineraldrink ja oder nein – unter. Dann machten sie sich fröhlich plaudernd davon. Jammerschade, daß Philip kein Stripper war. Dann hätte ich auch etwas von ihm gehabt.

21

«Hallo, hier spricht Katharina Paulus. Ich habe heute um halb elf einen Termin bei Frau Dr. Sikora. Jetzt ist mir leider etwas dazwischengekommen. Könnte ich den Termin eventuell verschieben? Vielleicht auf heute nachmittag oder morgen? Sofern Sie da noch was frei haben...»

Die Begeisterung der Sekretärin hielt sich in Grenzen. Aber immerhin tat sie mir den Gefallen. Am Nachmittag sollte ich kommen, vier Uhr. Wunderbar. Dann konnte ich also doch hier sein, um die beiden Sporttreibenden zu empfangen.

Zusammen frühstücken! Da wollte ich mit dabeisein. Nach ihrer Sportstunde würde Tina vermutlich so k.o. sein, daß Philip gegen einen fitten Gesprächspartner am Frühstückstisch bestimmt nichts einzuwenden hätte. Abgesehen davon hatte ich als Initiatorin dieser Personal-Trainer-Nummer ein gewisses Mitnutzungsrecht bei Philip. Mehr noch: Ich betrachtete es als meine Pflicht, die Turnnummer und das gesellige Drumherum ein wenig zu beobachten.

Wer mußte den Kopf hinhalten, wenn sich das auf den ersten Blick so vielversprechende Geburtstagsgeschenk als faules Ei erwies? Ich natürlich! Also würde ich ein Auge auf die Sache haben, nach dem Motto: Vertrauen ist gut, Kontrolle ist besser. Das war ich auch den Kollegen, die sich brav am Geburtstagsgeschenk beteiligt hatten, schuldig.

Nun hatte ich zwar meinen Steuerberatertermin verschieben können, doch leider kamen meine beiden Frühstücker nicht zur erwarteten Zeit zurück. Vielleicht hatte Tina einen Schwächeanfall erlitten beziehungsweise vorgetäuscht, um Philip zu einer Mund-zu-Mund-Beatmung zu nötigen. Zuzutrauen wäre es ihr allemal. Hätte ich ihr nur den New-York-Times-Bestseller «Ten Stupid Things Women Do to Mess up Their Lives» von Dr. Laura Schlessinger geschenkt! Darin hätte Tina allerlei Anregungen gefunden, womit man außer Rutscheschießen sich und seine Umgebung cholerisch aufpeppen konnte.

Und ich hätte in aller Ruhe Philip als meinen Personal Trainer anlernen können. Schließlich war ich um Klassen sportlicher als Tina und daher eine weitaus interessantere Herausforderung für diesen kraftstrotzenden Beau. Das einzige, was mich an ihm störte, war sein hoher Preis. Hundertzwanzig Mäuse pro Stunde – puh, ganz schön happig. Unserer Turngemeinschaft versprach das keine Zukunft.

Der Schlüssel in der Wohnungstür unterbrach meine sportlichen Gedankenspiele. Es war Tina – leider ohne Begleitung.

«Du bist ja doch noch hier», stellte sie mit leichtem Erstaunen fest.

Ich log, die Steuerkanzlei hätte mich wegen einer Terminverlegung angerufen. Wo steckte Philip bloß?

Tina sah geschafft, aber zufrieden aus. Am Haaransatz auf der Stirn, in den Nasenwinkeln und am Kinn war ein mattglänzender Schweißfilm zu erkennen. Grunzend ließ sie sich auf die Couch plumpsen.

«Katie-Schätzchen, bist du wohl so lieb und holst mir ein Gatorade aus dem Kühlschrank?»

«Na, wie war's denn?» erkundigte ich mich so beiläufig wie nur möglich, als ich ihr die Flasche mit dem eisgekühlten Mineraldrink reichte.

Tina zuckte mit den Achseln, als hätte ich sie gerade nach dem Tabellenstand der Wasserballregionalliga gefragt.

«Nett war's. Wir haben ein paar Aufwärmübungen gemacht, dann sind wir gelaufen. Vom Osterwaldgarten bis zum Monopteros und wieder zurück. Dazwischen und zum Schluß noch

Dehnübungen, damit ich keinen Muskelkater kriege. Und jetzt fühle ich mich wie neugeboren.»

Sie nahm einen großen Schluck aus der Gatoradeflasche. Nun, das Fitneßprogramm als solches interessierte mich weitaus weniger als der Fitneßtrainer.

«Dieser – wie heißt er gleich noch mal? – Philip scheint ja schwer in Ordnung zu sein», eröffnete ich doof.

Ich ahnte, was jetzt kam: Tina würde mir wortreich reindrücken, wie sehr dieser Philip auf sie abfahre. Daß er vor lauter Nervosität keinen geraden deutschen Satz mehr hervorgebracht habe und sie gar nicht mehr wisse, wie sie sich dieser kapitalen Verehrung erwehren könne. So jedenfalls pflegte mir Tina ihre erste Begegnung mit jedem neuen Mann zu schildern.

Doch der zu erwartende Selbstbeweihräucherungsmonolog blieb aus. Tina lächelte nur eine Weile versonnen vor sich hin. Dann sah sie mich an und hob die Schultern, als wolle sie sich dafür entschuldigen, daß sie mit nichts Spektakulärem über Philip aufwarten könne.

«Du, der ist einfach wahnsinnig nett. Er hat Witz, Charme und weiß sich gut zu benehmen. Und er hat mir das richtige Atmen beigebracht. Nächste Woche fahren wir auf den Stubaier Gletscher. Philip will mir Snowboardfahren beibringen.»

«Snowboardfahren? Jetzt im Sommer?»

«Auf dem Gletscher ist das ganze Jahr über Skibetrieb.»

«Das wird aber teuer, bei dem hohen Stundenlohn», vermutete ich argwöhnisch. Tina winkte ab.

«Dafür berechnet er nichts. Er ist sowieso für zwei Tage zu einem Fortbildungslehrgang im Stubaital und hat vorgeschlagen, ob ich nicht nachkommen möchte.»

Ich schwieg irritiert. Unser Geburtstagsgeschenk schien sich als absoluter Knüller zu entpuppen...

Dann ging Tina unter die Dusche. Komisch, kein einziges «Ich glaube, der steht tierisch auf mich». Das konnte nur eins bedeuten: Philip stand wirklich auf sie.

22

Ein paar Tage später, nach der Rückkehr aus Malta, fand ich in meinem Fach eine Notiz von Thomas Erdmann vor: «Liebe Katie, Singapur Request geht o. k. Danke für die Erdnußbutter – sie ist leider schon wieder alle. Bussi. Th.»

Das Bussi gab es postwendend in Form eines dicken Schmatzers auf das Notizpapier zurück. Thomas war wirklich ein Goldengel. Mit meinem Wunsch, er möge mich am 7. September für den Singapur-Flug einteilen, war ich ziemlich spät drangewesen. Ein kleines Bestechungsgeschenk von einem meiner USA-Flüge sollte seine Bereitschaft, für mich wieder mal eine Extrawurst zu braten, ankurbeln – und hatte seine Wirkung offenbar nicht verfehlt.

Alex hatte mit dem Termin für unseren gemeinsamen Zugtrip mit dem Eastern & Oriental Express ewig lange herumgezickt. Zig Telefonanrufe und Faxe waren nötig gewesen, um ihn endlich auf ein fixes Datum festzunageln. Ich war fest entschlossen, diesmal nicht lockerzulassen. Irgendwie hatte ich da längst den Verdacht, daß es Axel mit der bombastisch angepriesenen Zugreise nicht allzu wichtig war. Aber ich zwang mich dazu, darauf keine Rücksicht zu nehmen. *Er* hatte mir diesen Zug-Floh ins Ohr gesetzt, nun wollte ich nach all den Luftschlössern mal *eine* Tat sehen. Versetzt hatte er mich nun oft genug.

«Ich freue mich ja auch wahnsinnig darauf, Mäuschen», versicherte er mir bei meinem letzten Anruf, «aber weißt du, der Bau des neuen Fitneßcenters geht schleppender voran, als ich gedacht habe. Die Handwerker hier – zum Verrücktwerden, sag ich dir. Ich krieg noch ein Magengeschwür.»

Papperlapapp. Komm mir bloß nicht wieder mit deiner Katastrophennummer.

Daher regte ich nur fürsorglich an: «Ein eindeutiger Wink mit dem Zaunpfahl, daß du dich dringend ein paar Tage im Fernen Osten entspannen mußt!»

Mit dem Vorschlag, unseren Treff in Singapur zu verschieben oder ganz abzusagen, hätte ich bestimmt offene Türen eingerannt, aber das würde ihm so passen. Diesen Gefallen tat ich ihm nicht! Zuviel Verständnis und Entgegenkommen hatte noch kein Mann honoriert.

Außerdem hatte ich mich inzwischen längst in den schönen Zug verliebt. Der Prospekt, den ich mir aus dem Reisebüro geholt hatte, war schon ganz zerfleddert. «Reisen Sie wie ein Sultan durch einen der schönsten Landstriche Südostasiens» – haargenau nach meinem Geschmack. Das wollte ich mir nicht entgehen lassen. Wenn diese noble Stippvisite schon nicht zur Krönung einer großen Liebe taugte, dann wenigstens zu einer würdigen Abschiedsvorstellung.

Ich wollte Alex kurz anrufen, um ihm meinen endgültigen Singapurtermin zu bestätigen, aber in Bali war es spätnachts. Außerdem riskierte ich am Telefon nur wieder ein paar Ausflüchte. Nichts interessierte mich weniger als das Schicksal eines im Bau befindlichen Fitneßcenters. Daher schickte ich ihm eine E-Mail mit meinem Flugdatum, der genauen Ankunftszeit und der dringenden Bitte um Nachricht, in welchem Hotel wir einquartiert waren. So Freundchen, aus der Nummer kommst du mir nicht heraus. Diesmal nicht.

In der Wohnung schlug mir scharfer Eukalyptusgeruch entgegen. Ich schnüffelte mich auf die Duftquelle zu und landete schließlich im Bad, wo ich eine langgestreckte Tina in der Wanne vorfand. «Hallo», krächzte sie mir entgegen und hieß mich mit einem Hustenanfall am Badewannenrand willkommen. Eine böse Erkältung hatte sie praktisch über Nacht angesprungen.

Nachdem ich sie auf die Wohnzimmercouch gepackt, in eine Wolldecke gewickelt und mit heißer Milch und Honig versorgt hatte, teilte sie mir ihren aktuellen Kummer mit: Sie war morgen um halb zehn mit Philip an der Talstation der Stubaier Gletscherbahn verabredet. Der Snowboardausflug, von dem sie mir erzählt hatte.

«Das kannst du dir abschminken, todkrank wie du bist», diagnostizierte ich messerscharf. «Ruf ihn an und sag ihm ab.»

Tina krächzte, hustete und wimmerte: Philip sei bereits gestern abend nach Österreich aufgebrochen, und sie habe leider keine Telefonnummer, unter der sie ihn erreichen könne. Als sie das letztemal miteinander telefoniert und den Treffpunkt vereinbart hatten, sei sie gesundheitlich noch in Topform gewesen.

«Magst du nicht für mich einspringen? Du wolltest doch immer schon mal ein Snowboard ausprobieren.»

Ich war natürlich gleich Feuer und Flamme für Tinas Idee, tat aber so, als müßte ich über ihren Vorschlag erst einmal ausgiebig nachgrübeln.

Tina nahm einen erneuten Anlauf: «Dann bräuchte ich Philip nicht zu versetzen, und du kommst auf diese Weise zu einem Gratis-Snowboardkurs.»

«Na, ich weiß nicht», druckste ich noch ein wenig herum und ließ mich dann doch gnädig mit einem bedächtigen «Okay» breitschlagen.

Tina sollte den Eindruck haben, als hätte ich mich gerade zu einem gewaltigen Freundschaftsopfer überreden lassen. Ganz schön riskant von ihr, mich mit ihrem Beau so mir nichts, dir nichts in die einsame Bergwelt zu entlassen.

Philip staunte nicht schlecht, als ich mich am Eingang zur Stubaier Gletscherbahn plötzlich wild plappernd und gestikulierend vor ihm aufbaute. Da er mit mir überhaupt nicht gerechnet hatte und mich nur in Bademantel und triefend nassen

Haaren kannte, bedurfte es eines ausführlichen Identifizierungsgesprächs. Seine Enttäuschung über Tinas Abwesenheit konnte er nur schwer verbergen, fand sich aber dann doch mit seinem Schicksal ab, den Tag mit mir verbringen zu müssen. Na ja, das würde er schon noch merken, daß er da einen guten Tausch gemacht hatte.

«Bist du schon mal auf einem Snowboard gestanden?»

«Nein. Aber ich fahre seit frühester Kindheit Ski. Da dürfte es keine größeren Umgewöhnungsprobleme geben.»

«Wenn du dich da mal nur nicht täuschst.» Der Unterton in seiner Stimme klang unheilvoll.

«Geht's noch?» kam Philips besorgter Ruf von hinten.

Zu einer anständigen Antwort fehlte mir die Kraft. Zu einer blickkontaktsuchenden Kopfdrehung sowieso. Meine geballte Konzentration mußte ich dafür aufbringen, dieses blöde Brett unter meinen Füßen halbwegs gerade in der Liftspur zu halten. Ich umklammerte den Liftbügel wie eine Ertrinkende den Rettungsanker. Wie lange dauerte diese Tortur denn noch? Der Schweiß rann mir mittlerweile sturzbachartig den Rücken hinunter. Ich bot Philip vermutlich einen zauberhaften Anblick.

Endlich oben angekommen, ließ ich mit einem lauten Aufstöhnen den Liftbügel los und kippte erst einmal vornüber in den Schnee. Dann robbte ich hektisch ein paar Meter nach vorne, bevor mir der Liftbügel des hinter mir fahrenden Philip an den Kopf knallen konnte. Nie war mir im Schnee eine solche Demütigung widerfahren. Als ich da oben auf dem Bauch im Schnee lag, ahnte ich noch nicht, daß man mich an diesem Tag noch Dutzende Male in dieser Stellung bewundern würde.

Kaum hatte ich mich wieder in die Vertikale gerappelt, flog ich auch schon wieder auf die Schnauze. Dabei gab sich Philip wirklich alle erdenkliche Mühe mit mir. «Druck auf die Zehen – jetzt einkanten und gleich tiefgehen!» Doch bevor ich den nächsten Befehl «durch die Kurve schneiden» befolgen konnte, hatte ich ein solches Tempo drauf, daß ich mich nur noch mit einer Notbremsung auf dem Allerwertesten retten konnte.

«Ich kann das nicht», wimmerte ich, den Tränen nah. So hatte ich mich sportlich noch nie blamiert – abgesehen von einem peinlichen Limbo-Wettbewerb auf den Bahamas im letzten Jahr, bei dem ich in anmutigem Baströckchen wie ein Maikäfer auf den Rücken geplatscht war.

Natürlich waren an diesem Tag Dutzende cooler Super-Snowboarder unterwegs, von denen einer nach dem anderen an mir vorbeiflitzte. Toll sah das aus, wenn man es konnte. Bei jedem Frontside turn griffen sie obercool mit einer Hand in den Schnee, um dann blitzschnell zum nächsten Backside turn umzukanten. Unabhängig von meinem Unvermögen, dieses Board unter meinen Füßen auch nur annähernd unter Kontrolle zu bringen, war ich bis unter die Haut patschnaß. Mein schneidiger Skianzug war mit dem pausenlosen Schneekontakt hoffnunglos überfordert.

Auf dem Snowboard gab es für mich keine auch nur halbwegs bequeme Standposition. Also mußte ich selbst zum Ausruhen auf die Knie sinken oder mich in den Schnee setzen. Auch die Handschuhe, die sich bei jedem meiner Stürze tief in den Schnee gruben, trieften vor Nässe. Snowboarden war definitiv nicht die geeignete Disziplin, um Philip für mich zu begeistern. Mitleid war das einzige, was ich bei diesem total verhunzten Kurs erntete.

«Deine Klamotten sind zum Snowboarden nicht ideal», bemerkte Philip, als ich mich bei der wohlverdienten Pause in einer Skihütte aus meinen nassen Sachen schälte und den Anorak zum Trocknen auf den Heizkörper legte. Philip, offenbar geübt im Umgang mit Snowboard-Greenhorns, hatte ein zweites Paar Handschuhe für mich dabei. Richtige Snowboard-Handschuhe aus wasserdichtem Material und mit Protektoren, die vor Verstauchungen schützen sollten.

Seine Geduld und gute Laune wollten ihm auch nach meinen

nachmittäglichen Sturzserien nicht verlorengehen. Das lag – wie mir auf einen Schlag klar wurde – ausschließlich am Umstand, daß ich Tinas Mitbewohnerin war. Tina war mein Bonus, mein einziger.

Geschah mir ganz recht. Die lächerliche Pisten-Performance und Philips Mitleid waren die gerechte Strafe für meine schäbige Absicht, Tinas Verehrer für mich zu begeistern. Tina wußte wohl, warum sie ihn mir so arglos anvertraut hatte: Im Rennen um Philip hatte ich keinen Hauch einer Chance. Aber für Tina standen alle Signale auf Grün: Nächste Woche würde ich nach San Francisco fliegen. Das bedeutete für sie eine Woche sturmfreie Bude.

23

Sechsmal mußte ich das Telefon klingeln lassen, bis ich mich endlich aus der Horizontale von der Couch hochgerappelt hatte und unter Schmerzen den Arm nach dem Hörer ausstrecken konnte.

«Paulus», mümmelte ich in die Sprechmuschel, ohne den Unterkiefer zu bewegen. Sogar das Sprechen tat weh, verursachte ein stechendes Ziehen der Halsmuskulatur. Dieser höllische Muskelkater – was für ein verniedlichendes Wort für meine Pein! – hatte meinen Körper befallen wie ein Ausschlag.

«Kind, was ist? Bist du krank?» sorgte sich meine Mutter am anderen Ende der Leitung.

«Nein, nur tot», beruhigte ich sie. «Ich dachte, ich hätte nur einen Muskelkater, aber mittlerweile deutet alles auf eine Querschnittslähmung hin.»

Da Mama derlei Späße für makaber hielt und mit abfälligem Schweigen quittierte, beeilte ich mich dann doch, von meinem gestrigen Snowboard-Ausflug zu berichten, bei dem ich ganz und gar nicht mit Geschmeidigkeit hatte brillieren können.

«Kind, warum mußt du bei jeder Dummheit dabeisein? In deinem Alter. Wirst du denn nie vernünftig?»

Der Tadel war zu erwarten gewesen. Ich erlaubte mir den spitzen Hinweis, Snowboarden sei eine weitverbreitete Trendsportart, ich sei schließlich nicht mit dem Bungee-Seil vom Empire State Building heruntergehüpft.

Mama behauptete, das beste gegen Muskelkater sei Bewegung. Ich solle mich also schleunigst in mein Auto schwingen und endlich meine Bettwäsche und die Handtücher abholen, die seit fast zwei Wochen aprilfrisch auf Abholung warteten. Bei der

Gelegenheit könne ich mit ihr zum Supermarkt fahren, weil sie eine Menge brauche und Papa erst am Wochenende von seinem Pensionistenausflug zurückkomme.

Typisch Mama. Hielt die Ausführungen über mein schweres Leiden für maßlose Übertreibung einer Hypochonderin. Mißmutig schälte ich mich von der Couch, schlüpfte in meine hellbraunen Mokassins – Hauptsache nicht bücken – und arbeitete mich – aua!!! – in meine Jeansjacke.

Meine Mutter als Beifahrerin war eine Nummer für sich. Wie üblich waren wir schon vor dem Start des Wagens in den ersten Disput verwickelt, weil sie sich weigerte, sich anzuschnallen. Die rechte Hand am Türgriff festgekrallt, die linke gegen das Handschuhfach gestützt, rechnete sie offenbar in jedem Moment mit dem kapitalsten Frontalzusammenstoß in der Verkehrsgeschichte Münchens – und da mußte sie sich bereit halten, um dem flammenden Inferno zu entkommen. Daher kam der Sicherheitsgurt nicht in Frage. Hinter jedem Autofahrer auf der Überholspur witterte sie einen gefährlichen Angreifer, vor dem sie mich mit hektischen Uiuiuis warnte. Und als passionierte Radfahrerin lag ihr der Schutz ihrer Artgenossen besonders am Herzen: «Paß auf, da vorne, der Radler!» fuhr sie mich an, wenn sie aus fünfhundert Metern Entfernung einen der Ihren erspähte.

Was mich an Mamas Verhalten am meisten ärgerte, war die Tatsache, daß sie sich an der Seite ihres Ehemanns oder ihrer Erstgeborenen nicht annähernd so hysterisch benahm. Wenn ich sie patzig darauf hinwies, meinte sie nur, Papa hätte das sicherste Auto der Welt und meine Schwester sei schon wegen Henry eine vorsichtige Autofahrerin, was man von mir nicht behaupten könne. Und dann kam sie zum achthundertsten Mal auf meine Vollbremsung vor gut fünf Jahren zu sprechen, bei der sie mir fast durch die Windschutzscheibe gesegelt wäre.

«Nur, weil du nicht angeschnallt warst!» fuhr ich sie an. Die restliche Strecke bis zum «Grosso-Markt» schwiegen wir beleidigt, und schweigend schlurfte ich, die Hände in der Hosentasche, im Supermarkt neben ihr her.

«Brauchst du nichts?» Ich schüttelte den Kopf, soweit es mein Muskelkater im Hals zuließ. Natürlich hätte ich was gebraucht. Die Küchenrollen waren aus, auch der Zucker ging zur Neige. Aber Mama sollte ruhig das Gefühl haben, daß ich diese Einkaufstour nur ihretwegen unternahm.

«Ich fliege übermorgen nach San Francisco. Das Zeug vergammelt alles im Kühlschrank.»

Mama seufzte. Diese Art der Haushaltsführung ging ihr total gegen den Strich.

«Am Vierzehnten hat Tante Monika Geburtstag, bist du bis dahin zurück?»

Ich verneinte mit gespieltem Bedauern. Mama seufzte wieder. «Dann ruf sie wenigstens von San Francisco aus an, ja?»

«Ja, das mach ich.»

«Du sagst immer ja, aber anrufen tust du nie. Und wer muß sich die spitzen Bemerkungen wieder anhören? Na, was glaubst du, wer?»

«Du», folgerte ich artig. Arme Mama. Womit hatte sie eine solche Tochter verdient?

24

Mit Schwung warf ich die Cockpit-Tür hinter mir zu. «Mittagsmaaahl! Was darf ich den Herren bringen?»

«Was gibt's denn», brummte Charlie.

«Mexikanisches Huhn mit weißen Bohnen, Lasagne und Lachs mit wildem Reis. Und als Dessert Mousse aus weißer Schokolade oder Käsekuchen mit Sahne, und bei guter Führung gibt's noch eine Piemontkirsche obendrauf.»

Charlie entschied sich für das Huhn.

«Deinen Labberlachs kannst du behalten. Den bekomme ich in den nächsten Tagen fangfrisch.»

«Ja klar», führte ich meine Insiderkenntnisse vor. «Wie heißt dieses kleine Seafood-Restaurant gleich wieder? Du weißt schon, auf halbem Weg vom Union Square hoch zum Nob Hill. Da habe ich neulich den besten Lachs meines Lebens gegessen.»

Charlie machte eine halbe Drehung in meine Richtung. «Ich esse meinen Fisch nicht in Kalifornien. Ich fliege noch heute hoch nach Alaska.»

«Wow, Alaska! Stark!» tat ich ganz überschwenglich. Insgeheim löste diese Mitteilung Enttäuschung bei mir aus. Schade, daß Charlie diese Woche nicht bei uns blieb, ich hatte ihn gedanklich fest eingeplant. Freute mich auf die Sushi-Orgie im «Tepanyaki», einem japanischen Lokal, in das wir mit der gesamten Crew am Abend der Ankunft in San Francisco einzufallen pflegten. Charlies Alaskapläne dämpften meine Freude auf San Francisco ein wenig. Doch das brauchte er nicht zu wissen.

«Alaska ist auch so ein Traum von mir», meinte ich stattdessen nur.

Und das stimmte. Seit ich denken konnte, machte mich schon der Klang des Namens Alaska ganz krank vor Fernweh. Nach der Lektüre von Jack Londons *Wolfsblut, Der Sohn der Wildnis* und *Der Sohn des Wolfs* waren mir auf einen Schlag zwei Dinge klar: daß es erstens weitaus spannendere Flecken auf der Erde gab als München-Untermenzing. Und daß ich mich zweitens spätestens nach Ende meiner Schulzeit aufmachen würde, um dieses schöne, weite Land gründlich unter die Lupe zu nehmen. Daraus war leider noch nichts geworden. Mittlerweile hatte ich die aberwitzigsten Winkel der Welt kennengelernt, Alaska aber war nach wie vor ein weißer Fleck auf meiner persönlichen Landkarte. Vor zwei Jahren hatte Alaska bei Holiday Airways als neues Flugziel zur Diskussion gestanden, und meine Enttäuschung war unbeschreiblich, als ich erfuhr, daß daraus nichts wurde.

Zwei leere Kaffeebecher standen auf dem Sideboard. Ich stapelte sie ineinander und machte auf dem Absatz kehrt. Charlies Stimme fing mich ab.

«Ach, Katie, nur mal eine Frage: Hättest du Lust, nach Alaska mitzukommen?»

«Ich?» fragte ich blöd. Soweit ich überblicken konnte, befanden sich nicht allzu viele Katies im Cockpit. «Jetzt, von San Francisco aus?»

«War nur eine Frage», sagte Charlie sachlich und drehte sich wieder in Flugrichtung. «Kam mir gerade spontan. Würde dir dort sicher gefallen.»

Die zwei leeren Plastikbecher knackten in meiner krampfhaften Umklammerung. Das Alaska-Angebot kam arg überraschend. Ich war schlicht überfordert.

«Könnte mich zur Abwechslung mal jemand fragen, was *ich* essen möchte», holte mich Copilot Harry Deckert aus Alaska zurück. Seit den beiden Körben, die er nach unserem One-night-Stand auf Phuket von mir erhalten hatte, offenbarte sich mir Harry von seiner humorlosesten Seite, was mir ziemlich egal war.

Der über Bordmikro verbreitete Bettvorfall hatte sich Gott sei Dank nicht als Firmenskandal entpuppt. Die Frage, wie das mikrofontechnisch passieren konnte, hatte die Kollegen weit mehr beschäftigt als das Rätselraten, welche Person in die Sexgeschichte verwickelt war. Realistisch betrachtet war ich trotzdem vermutlich längst als Harrys Phuket-Gespielin entlarvt worden. Aber dank der lockeren Moral unseres Berufszweigs war dieser Tatsache keine größere Bedeutung beigemessen worden. Gut so.

Harry wollte den Lachs, mit dem ebenso pikierten wie überflüssigen Hinweis, daß *er* ja keinen fangfrischen alaskischen in Aussicht hätte.

Ich war Charlie immer noch eine Antwort schuldig und versuchte mir fieberhaft darüber klarzuwerden, was ich von seinem Vorschlag zu halten hatte. Ich mußte Zeit gewinnen und kündigte daher an, mich erst einmal um das warme Essen der beiden zu kümmern.

«Okay, dann mach mal», meinte Charlie emotionslos.

«Geht's dir nicht gut?» fragte mich Reni, die mich in der Galley ziemlich nachdenklich vor dem Ofen ertappte.

«Doch, doch, alles in bester Ordnung», stammelte ich. Wenig überzeugt rauschte Reni mit einem Pack Papierservietten wieder ab.

Alaska. Charlie und ich in Alaska. Worüber sollten wir uns denn die ganze Zeit unterhalten? Wir konnten doch nicht tagelang über Hunde reden. Das bißchen Schlagfertigkeit und Mutterwitz, das gelegentlich bei mir aufblitzte, würde an Charlies Seite sofort abhanden kommen. Schon auf dem Flug von San Francisco nach Anchorage würde er merken, was für eine langweilige Kuh er sich da eingehandelt hatte. Apropos Flug: Der Spaß würde auch eine Stange Geld kosten. Zwischen San Francisco und Anchorage lag immerhin das drittgrößte Land der Welt: Kanada. Fünfhundert Dollar würden für Hin- und Rückflug mindestens fällig. Und dann die Ausgaben vor Ort... Genau

Katie, blasen wir das Unternehmen lieber ab. Sag ihm gleich, daß du gerade nicht flüssig bist. Das ist keine Schande.

Ich streifte mir die Stoffhandschuhe über und zog die Essen aus dem Ofen. Nach Getränken hatte ich die Herren gar nicht gefragt. Egal. Ich stellte zwei Dosen Ginger Ale aufs Tablett, damit lag ich sicher nicht falsch.

«Maaahlzeit», kam ich mit munterem Ton ins Cockpit geschneit. Während ich die Warmhaltefolien zusammenknüllte, holte ich tief Luft. «Charlie, ich habe mir das mit Alaska gerade durch den Kopf gehen lassen. Also, ich glaube, das laß ich lieber. Meine finanzielle Situation ist im Augenblick etwas angespannt... Mit Flug, Unterkunft und Verpflegung würde einiges zusammenkommen. Das ist im Augenblick einfach nicht drin. Schade, es hätte mich wirklich wahnsinnig gereizt. Vielleicht klappt's ja ein andermal.»

Charlie rührte sich nicht. Dann meinte er, ohne mich anzuschauen: «Wenn es nur an der Kohle liegt, kann ich dir Entwarnung geben. Wie du vielleicht weißt, haben wir mit Alaska Airlines ein Abkommen. Der Flug von San Francisco nach Anchorage kommt auf vierzig, maximal fünfzig Dollar. Alles andere ist frei. Der Alaskatrip geht auf Einladung eines Freundes. Er hat auf der Kenai-Halbinsel ein Hotel.»

Ich schluckte. Ah, so war das also. Ein Freund mit Hotel. Wie praktisch. Das Unkostendilemma war damit aus der Welt geschafft. Trotzdem druckste ich immer noch herum. Mir lief ja in Wirklichkeit eine ganz andere Laus über die Leber. Es war die bevorstehende Zweisamkeit, die mir zu schaffen machte.

«Wie gesagt, Alaska ist ein so gigantisch schönes Land», funkte Charlie in mein Zaudern, «du würdest *dir* einen großen Gefallen tun, nicht mir. Aber es wäre natürlich praktisch, wenn du mir deine Entscheidung in absehbarer Zeit mitteilst. In drei Stunden landen wir.»

Ich kam mir selbst langsam doof vor in meiner Unentschlossenheit. Stell dich nicht an wie eine Vierzehnjährige bei der ersten

Tanzstunde, Katie. Solche Einladungen streut Charlie bestimmt nicht jeden Tag unters Volk. Such doch nicht immer nach dem Haar in der Suppe. Zieh statt dessen das Naheliegende in Betracht: daß dich Charlie Reichenberger sympathisch findet und seine Alaska-Eindrücke gerne mit jemandem teilen möchte, der seiner Meinung nach ein Feeling für dieses Land haben könnte.

«Okay, dann auf nach Alaska!» posaunte ich, als wäre nie eine andere Antwort in Frage gekommen.

«Schön», meinte Charlie nur.

Harry hatte unsere Alaskadiskussion mit beleidigter Schnute verfolgt. Dann hielt er mir die Ginger-Ale-Dose hin.

«Ich mag dieses Zuckerwasser nicht. Was ist die Alternative?»

«Trinken oder Nichttrinken», stellte ich shakespeare-mäßig zur Auswahl, was Harry nicht halb so witzig fand wie Charlie.

«Ich kann mir meinen gespritzten Apfelsaft auch selber holen», meckerte Harry, bevor ich mit einem munteren «kommt sofort» aus dem Cockpit hinausflatterte.

Sekunden bäumte sich die Spießerin in mir mit erhobenem Zeigefinger auf: Was würden die Kollegen sagen, wenn ich mich zusammen mit Charlie von der Crew abseilte? Ich sah schon Harry vor mir, wie er den Kollegen noch heute abend im «Tepanyaki» wild gestikulierend von Charlies verlockendem Alaska-Angebot und meinem Gezicke berichtete.

Zerstreut ordnete ich das Duty-free-Sortiment in den Trolley. Mensch Katie, jetzt freu dich doch, trat ich mich schließlich selbst in den Hintern. Sei nicht so eine Memme. Das Leben ist ein Abenteuer.

Reni kam, um mir beim Einsortieren zu helfen. «Hoffentlich ist der süße Barkeeper vom ‹Flamboyant› noch da. Glaubst du, daß der schwul ist? In San Francisco ist die Wahrscheinlichkeit ja sehr hoch.»

Nichts interessierte mich in diesem Moment weniger als die sexuelle Ausrichtung eines kalifornischen Schönlings. Trotzdem wollte ich nicht die Unbeteiligte spielen, zumal *ich* es schließlich gewesen war, die diesen Brad-Pitt-Doppelgänger vor einem halben Jahr im «Flamboyant» als erste aufgespürt und im Namen unserer Crew zum Objekt der Begierde gekürt hatte.

«Laut Benny ist er's nicht. Aber du kennst ja unseren Benny: Wenn er bei einem Kerl nicht landen kann, stempelt er ihn als langweiligen Hetero ab, bestenfalls als langweiligen Bi, der gerade wieder mal in seiner Frauen-Experimentierphase steckt.»

Reni faßte sich an den Bauch. «Ah Mist, bei mir zwickt und piekt es schon wieder überall. Ich bin mit meiner Magen-Darm-Infektion immer noch nicht ganz überm Berg. Zwei Wochen lang ziehe ich jetzt damit herum. Aber glaubst du, ich hätte mich mal für zwei Tage ins Bett legen können?»

«Oje, du Arme! Auskurieren ist in unserem Job ein Fremdwort. Hast du wenigstens Medikamente dabei?»

«Jaja, leider ist mein Körper gegen dieses Antibiotikazeug schon abgestumpft. Jedenfalls gehe ich heute abend nicht mit zum Japaner. Dieses rohe Fischzeug gibt mir den Rest. Ich steh sowieso nicht drauf, da lege ich mich lieber gleich aufs Ohr. Iß du einen Sushi-Happen für mich mit, okay?»

Ich räusperte mich. «Ich gehe wahrscheinlich auch nicht mit ins ‹Tepanyaki›, weil … weil ich gleich nach Alaska weiterfliege», ging ich zaghaft in die Offensive. Lieber mit offenen Karten spielen als dieses Gemauschel.

«Alaska? Wirklich? Hast du einen Lover da oben? Vielleicht zur Abwechslung mal einen Eskimo?»

Renis Magendrücken war offenbar wie weggeblasen. Ich berichtete ihr in möglichst sachlichem Ton, daß Charlie Reichenberger diesen Trip vorgeschlagen habe. Und da uns seit vielen Jahren das gemeinsame Interesse an Alaska verbinde, habe er mich eben gefragt, ob ich nicht mitkommen wolle. Einfach so.

«Seit wann haben du und Charlie denn gemeinsame Themen? Ich dachte, du kannst ihn nicht leiden. Und da schwärmt ihr seit Jahren über Alaska?»

Reni machte aus ihrer Verwunderung keinen Hehl. Und die

anderen würden ähnlich reagieren. Nur eines tröstete mich: Charlie war von dem bevorstehenden Getratsche genauso betroffen wie ich. Nur machte *er* sich nicht so in die Hosen.

Als ich ins Cockpit ging, um das schmutzige Geschirr abzuholen, war ich plötzlich unsicher, ob die Alaska-Nummer nicht einer von Charlies berüchtigten Scherzen war. Vielleicht würde er mich gleich mit einem schenkelklopfenden «April, April» empfangen. Aber ich hatte mich geirrt.

Charlie meinte: «Wir werden noch was Ordentliches zum Anziehen für dich besorgen müssen. Andererseits kann dir mein Freund bestimmt etwas leihen. Vielleicht hat er ja gerade eine Freundin mit deinem Format.»

Ach herrje, daran hatte ich noch gar nicht gedacht. Mit meinem Sommerkleidchen und den luftigen Shirts, die ich für den vermeintlichen Kalifornienaufenthalt eingepackt hatte, würde ich da oben nicht weit kommen. Auch meine Timberland-Halbschuhe würden sich nicht eignen, die endlosen Weiten des größten US-Bundesstaates zu erkunden. Gut, dann setzte ich meine Hoffnungen eben auch auf die Freundin des Freundes.

«Da ist es bestimmt eisig kalt, oder?» fröstelte ich.

«Wohl zuviel Jack London gelesen, was?» lag Charlie richtig. «In seinen Büchern ist es immer sibirisch kalt. In Wirklichkeit sind die Temperaturen etwa vergleichbar mit unseren. Im Süden, wo wir hinfahren, hat es jetzt tagsüber 20 Grad, vielleicht sogar mehr.

Ich spürte, daß mir der Gedanke an das Abenteuer Alaska langsam Spaß zu machen begann. «Laß dich überraschen», empfahl ja schon Rudi Carell.

Nachdem ich das Cockpit verlassen hatte, überraschte mich zunächst ein runder Kopf, der plötzlich in der Galley auftauchte. «'tschuldigung, kann ich bei Ihnen vielleicht noch 'ne Cola oder 'n Saft kriegen?»

Mit einem zerstreuten «gern» reichte ich dem Inhaber des Kopfes eine Dose Cola mit Becher.

«Den Becher brauch ich nicht. Ich trink aus der Dose im Stehen», erläuterte er gesellig und ließ den Dosenverschluß knacken. Dann nahm er einen gewaltigen Schluck und sah mich unschlüssig an. «San Francisco ist auch nicht mehr das, was es mal war», stellte er fest. «In den siebziger Jahren, Mann, da hatte die Stadt noch Atmosphäre. Ich sag nur: *Flower-power, Make love not war,* Woodstock, verstehen Sie?»

«Hm», gab ich desinteressiert zurück. Ich war mit San Francisco immer sehr zufrieden. Daß Woodstock nicht das geringste mit San Francisco zu tun hatte, hätte ich ihm natürlich sagen können, aber ich wollte keine ausschweifende Diskussion anzetteln. Der entkam ich aber leider auch ohne Woodstock nicht.

Der Dosenmann gehörte der bei uns Stewardessen gefürchteten Fraktion der Reiseerzähler an, die schon überall waren und während des Flugs mit der Stewardeß – von Jetsetter zu Jetsetter, versteht sich – das Fachgespräch suchten. Manche waren ja ganz nett, und ich verstand auch, daß die Passagiere sich während eines Langstreckenflugs die Zeit ein wenig vertreiben wollten. Dieser hier zählte zu der erträglichen Sorte, obwohl er nicht mehr zu stoppen war.

Während mein vielgereister Colatrinker erzählte, daß seine Kühlaggregatefirma mörderische Gewinne einfahre, daß es ihm daher auf Reisen und auch sonst nicht «auf den Fennich» ankäme und daß er das Leben seit der Scheidung von seiner zweiten Frau in vollen Zügen genieße, schweiften meine Gedanken nach Alaska. Ob Charlie und ich uns wohl den Mount McKinley anschauen würden? Der höchste Berg Nordamerikas stand in meiner persönlichen Berggipfel-Hitparade gleich hinter dem Kilimandscharo. Und während mein Fluggast über seine tollen Tauchgänge auf den Malediven schwadronierte, versuchte ich, einem grummelnden Gefühl in der Magengegend auf den Zahn zu fühlen. Nach wenigen Sekunden war jeder Zweifel ausgeräumt: Was da in meiner Leibesmitte rumorte, war die pure Vorfreude auf Alaska.

25

Von dieser Vorfreude war allerdings nichts übriggeblieben, als ich am späten Nachmittag in Anchorage neben Charlie am Gepäckband auf meinen Koffer wartete. Auf dem vierstündigen Flug von San Francisco hierher hatte sich das Gespräch zwischen uns äußerst zäh vor sich hin gequält. Charlie erwies sich als lustloser, defensiver Smalltalker, und auch auf meine Fragen nach seinen Alaskaerfahrungen hatte ich nur weitgehend Unverbindliches zu hören bekommen. Wie ich ihm aus der Nase ziehen konnte, hatte er das riesige Land vor zwölf Jahren erstmals bereist und seither immer wieder. Mit dem Schiff war er die Inside Passage entlanggefahren, jene spektakuläre Fjordküste im Südosten des Landes. Er war mit Buschpiloten in den äußersten Norden zu den Eskimos geflogen, hatte am Klondike zwei Wochen in einer Goldgräberhütte gewohnt und im Denali Nationalpark gecampt, am Fuße des Mount McKinley.

«Ach, der Mount McKinley», brach meine alte Sehnsucht hervor. «Den würde ich so gerne einmal live sehen.»

Charlie nickte, sagte aber nichts. Ich seufzte leise in mich hinein, enttäuscht darüber, daß nicht einmal der höchste Berg Nordamerikas, dieser grandiose Bergriese, als Gesprächsstoff taugte. Also konzentrierte ich mich wieder darauf, aus dem Fenster zu starren und angesichts der endlosen Gebirgs- und Küstenlandschaft unter uns «Wahnsinn» zu stammeln.

Mir war unbehaglich zumute. Charlies Verhalten verwirrte mich. Er tat gerade so, als hätte ich mich ungefragt an seine Fersen geheftet. Noch bevor wir zur Landung ansetzten, bedauerte ich bereits, auf diese merkwürdige Reiseeinladung eingegangen zu sein. Wäre ich doch nur in Kalifornien bei den Kollegen geblieben! Besonders aufregend wäre die Woche mit ihnen bestimmt nicht geworden. Immer im Schlepptau von Harry Deckert, der sich ohne Kapitän am Bein bestimmt wie der große Zampano aufführte. Aber immer noch besser als dieser Flug ins Unbekannte mit einem durch und durch ungeselligen Reisegefährten.

«Please fasten your seat belt.» Selten in meinem Leben war ich so ungern irgendwo angekommen. Am besten würde ich gleich nach der Ankunft im Hotel eine Krankheit vortäuschen. Dann konnte ich mich für ein paar Tage im Bett verschanzen und so das unbehagliche Zusammensein mit Charlie umgehen.

Auch das laufende Gepäckband förderte kein neues Geprächsthema zutage. Charlie schien mittlerweile so in sich versunken, daß ich mir mit meinen geselligen Bemerkungen wie ein glückloser Amateur vorkam, der mit harmlosen Späßchen vergeblich versucht, bei einem gelangweilten Publikum zu landen. Warum hatte er mich nur mitgenommen?

Erst auf dem Weg mit unserem Gepäckwagen zum Ausgang hellte sich Charlies verschlossene Miene auf. Hinter der Absperrung erspähte ich einen Mann, der auch mir irgendwie bekannt vorkam. Ich überlegte fieberhaft. Jemand vom Flughafen München? Vom Tower? Vielleicht ein Techniker? Jemand von einer anderen Airline?

«Ich glaube, ihr seid euch schon einmal begegnet», meinte Charlie zu unserem Abholer, nachdem er ihn überschwenglich umarmt hatte. Als mir der Mann grinsend die Hand entgegenstreckte, fiel es mir wie Schuppen von den Augen: Es war Charlies Freund Plato. Jener Plato, dem ich auf dem Flug nach Mallorca einen Schwapp Kaffee über sein Hemd geschüttet hatte. Neben dem spröden Charlie erschien er mir wie ein vertrauter Bekannter.

«Hallo, so eine Überraschung, freut mich, Sie wiederzusehen. Schönes Hemd haben Sie da an. Und so sauber», lobte ich ihn frech.

Jawoll, nur munter nach vorne preschen, Katie. Nur nicht den Eindruck erwecken, du würdest wegen dieses Mißgeschicks von damals immer noch am liebsten im Boden versinken.

Plato schmunzelte. «In Alaska wird bekanntlich nur Mineralwasser getrunken. Hat Charlie Ihnen das nicht erzählt? Da sind wir diesmal ja auf der sicheren Seite.»

Dann nahm er unsere beiden Koffer und hievte sie auf die Ladefläche seines Pick-ups.

«So, rein mit euch. Jetzt geht's heim in die Hütte.»

Die beiden Männer hatten sich viel zu erzählen. Charlie, ganz Kavalier, hatte mir den Beifahrersitz angeboten, aber ich lehnte artig ab. Nun saß ich schweigend auf dem Rücksitz und starrte durchs rechte Seitenfenster den Sonnenuntergang an. Schneebedeckte Gipfel spiegelten sich in allen Orange- und Violettönen im Turnagain-Meeresarm, den wir auf einem einsamen Highway entlangfuhren. Auch wenn mir Charlies Art noch tausend Rätsel aufgab, begann mir zu dämmern, daß er mit seiner Einschätzung richtig lag: Alaska war mein Land.

So sehr mich Charlies plötzliche Leutseligkeit wunderte, so erleichtert war ich darüber, daß die beiden Männer so wohlgelaunt mit sich beschäftigt waren und meine quälende Befangenheit eine kleine Auszeit nehmen konnte.

Die «Hütte» war ein Knaller. Vom rustikalen Jeans-Flanellhemd-Outfit unseres Gastgebers hätte ich tatsächlich auf ein verwittertes Bed & Breakfast oder auf ein Gästeblockhaus getippt. Doch das «Kenai Resort», das Plato als Hoteldirektor leitete, entpuppte sich als ausladende Vier-Sterne-Anlage mit hundertdreißig Zimmern, drei Restaurants und allerlei Shops.

«Nicht schlecht, alter Knabe», ging sogar Charlie vor Ehrfurcht in die Knie, als wir die weitläufige Lobby betraten. Seine Erwartungen waren wohl auch in Richtung Blockhaus gegangen.

Das Mädchen an der Rezeption strahlte über beide Ohren, als uns Plato vorstellte. Sie war offenbar von ihrem Chef umfassend auf seinen Besuch eingestimmt worden. Dann machten der Food & Beverage-Manager Kevin und Reservierungs-Chefin Kimberly ihre Aufwartung.

«Ich habe schon so viel von Ihnen gehört», freute sich Kimberly, und an mich gewandt meinte sie: «Und Sie müssen wohl Rebekka sein.»

«Nein, nein, Kimberly», fuhr Plato hastig dazwischen. «Das ist Katharina, sie gehört zu Charlies Fliegercrew.» Dann klatschte er in die Hände. «So, worauf habt ihr Lust? Steak? Fisch? Wild? Steve, unser Chefkoch, erfüllt euch jeden Wunsch.

Charlie und ich wehrten uns heftig. Bloß nichts essen. Das trockene Putensteak, das man uns auf dem Flug nach Anchorage serviert hatte, rumpelte uns immer noch im Magen herum.

Ich lehnte auch die Einladung auf einen Absacker an der Bar dankend ab, da ich hundemüde war. Die vergeblichen Bemühungen um Konversation mit Charlie hatten mich erschöpft. Außerdem, so dachte ich, hatten die beiden Freunde bestimmt nichts gegen ein Gespräch unter vier Augen einzuwenden. Soviel ich im Auto mitbekommen hatte, war Plato nach vielen Hotelstationen erst vor einem halben Jahr nach Alaska gekommen. Die beiden hatten genügend Gesprächsstoff. Außerdem war mir wohler bei dem Gedanken, Plato erfuhr von Charlie die Gründe meiner Anwesenheit – sofern dieses Thema überhaupt von Bedeutung war.

Charlies Weckruf holte mich aus einem mit wilden Verfolgungsjagden gespickten Traum. James Bond war ein Heimatfilm dagegen. Ob wir uns um halb zehn beim Frühstück treffen könnten, Plato wolle uns ein bißchen die Umgebung zeigen.

«Halb zehn ist kein Problem. Probleme könnte es aber mit meiner Ausflugskleidung geben. Ich hab nur ganz normale Turnschuhe dabei. Reicht das?»

«Ich denke schon. Wir machen ja keine Bergtour. Eine Windjacke zum Drüberziehen wäre vielleicht nicht schlecht. Plato kann dir bestimmt etwas leihen.»

Nicht nötig. Meinen wasserdichten Nylonanorak hatte ich immer dabei.

Hoffentlich wollte uns Plato nicht mit auf Bären- oder Elchjagd nehmen. In der Hotel-Lobby stand ein augestopfter Grizzlybär. Aber ein Jagdausflug wäre der denkbar schlechteste Alaska-Einstieg für mein tierliebes Gemüt.

Zwei Stunden später schoß ich dennoch Tiere ab, allerdings nur mit meiner Kamera. In Seward, einem malerischen Städtchen auf der Kenai-Halbinsel, waren wir an Bord eines Ausflugsschiffs mit dem Namen «Seagull» gegangen. Es wurde eine spektakuläre Expedition ins Tierreich.

Durchs Teleobjektiv erspähte ich zwei Seeotter, die lässig auf dem Rücken treibend neben uns herpaddelten. Sie schienen sich in ihrer Rolle als Fotomodelle ausgesprochen wohl zu fühlen.

«Geh nicht so verschwenderisch mit deinen Filmen um», warnte mich Plato. «Es gibt gleich noch andere interessante Motive.»

«Jaja», meinte ich nur und zoomte das süße Fischotterpärchen noch einmal ganz nah ran.

«Na, wie gefällt's dir?» erkundigte sich Charlie siegessicher. Angesichts des gewaltigen Gletscherbruchs, auf den die «Seagull» gerade zusteuerte, durfte er sich meiner Euphorie sicher sein.

«Da, schau!» Charlies Finger zeigte in den stahlblauen Himmel. Wahnsinn! Über uns kreisten zwei Weißkopfadler. Plötzlich ließ sich der eine wie ein Stein Kopf voraus in die sich kräuselnden Wellen des Meeres fallen, um sich Sekunden später mit einem kapitalen Lachs im Schnabel davonzumachen. Ich hielt mit der rechten Hand den Kragen meines Anoraks fest geschlossen. Der Fahrtwind ließ mich schlottern, aber um keinen Preis wollte ich nach drinnen gehen, um hier an der Reling ja nichts zu verpassen. Auch das Thunfischsandwich, mit dem mir Charlie den Mund wäßrig zu machen versuchte, konnte mich nicht locken.

Die beiden Männer stießen nach ihrer Lunchpause in windgeschützter Wärme wieder zu mir.

«Gleich sind wir in der Walbucht», meinte Plato. «Hast du schon mal einen Wal in freier Natur gesehen, Katie?»

Ich wollte Plato gerade von einer enttäuschenden Walbeobachtungstour vor der Pazifikküste Mexikos erzählen, als unmittelbar vor uns zwei Orcas in perfekter Choreographie aus dem Wasser auftauchten. Mitten in meine «Boh»-Ausrufe stieg die nächste Dreiergruppe publikumswirksam aus dem Tiefblau des Meeres. Ich traute meinen Augen nicht.

«Die sind bestimmt in Sea World trainiert worden», wettete Charlie.

Er schien mir weitaus gelöster als bei der gestrigen Anreise, auch wenn sich eine leichte Melancholie in seinen Augen nicht leugnen ließ. Immerhin konnte ich bei mir einen gewaltigen Fortschritt verzeichnen, der mich sehr beruhigte: Ich nahm Charlies Art nicht mehr persönlich. Dieses Land Alaska hatte die Herrschaft über meine Gefühle, über mein Befinden an sich gerissen. Es versetzte mich in eine Begeisterung, die – das hatte ich mir am Morgen nach dem Aufstehen streng verordnet – ich mir weder durch die Launenhaftigkeit meiner Mitreisenden noch durch andere Kleinigkeiten verderben lassen wollte. Ich war in Alaska, dem Land meiner Sehnsüchte, angelangt, und keine zehn Wale würden mich in den nächsten Tagen wieder von hier wegbringen.

Das Schiff steuerte auf einen nackten Felsen zu, der wie ein Obelisk aus dem Meer herausragte. Dutzende von Seelöwen räkelten sich in der Sonne. Auch sie schienen sich durch uns nicht sonderlich gestört zu fühlen, sondern in dem vorbeifahrenden Schiff eine nette Abwechslung zu sehen. Viel mehr als mein bekanntes «Wahnsinn»-Gestammel brachten meine beiden Begleiter nicht aus mir heraus. Daß ich diese Alaskareise ausgerechnet Charlie zu verdanken hatte.

«Fehlt eigentlich nur noch ein Bär», unterbrach Plato meine

Grübeleien und drückte mir seinen Feldstecher in die Hand. «Da, vielleicht hast du Glück.»

Ich suchte das bewaldete Ufer ab. Aber in den steilen Flanken konnte ich nur ein paar wilde Schafe ausmachen.

«Nichts, kein einziger Bär. Du sollst mir keinen Bären *aufbinden*, sondern mir einen *zeigen*. Was ist da schiefgelaufen?» reichte ich Plato mit gespielter Empörung das Fernglas zurück.

Charlie schüttelte den Kopf und meinte zu Plato: «Hör sie dir an, diese verwöhnte Göre. Jetzt will sie auch noch den Bären auf dem Silbertablett serviert bekommen. Wie hätten Sie's denn gern: Grizzly oder Schwarzbär? Männchen oder Weibchen? Gerührt oder geschüttelt?»

Ich warf kokett den Kopf nach hinten. «Ich krieg meinen Bären schon noch, auch ohne deine Hilfe, Charlie.»

Auf einmal hatte ich die Gewißheit, die Fäden in der Hand zu halten.

26

Wunderbares Alaska! Ich blühte mit jeder Minute mehr auf. Obwohl Charlie auch nach diesem Schiffsausflug nicht zur großen Plappertasche mutierte, so wuchs zwischen uns doch eine Art wohlige Entspanntheit. Die Befangenheit, die mir noch bei der Anreise so zu schaffen gemacht hatte, war wie weggeblasen. Wenn wir schwiegen, dann aus gutem Grund. Die faszinierende Naturlandschaft um uns herum sprach für sich. Hektisches Geplappere, was ja eher meine Spezialität war, paßte nicht hierher.

Auch wenn er sich nicht näher über Einzelheiten ausließ, spürte ich die Zärtlichkeit, die Charlie mit Alaska verband. Ich spürte aber auch eine Melancholie, die sich trotz der sich ausbreitenden Heiterkeit nicht ganz verziehen wollte. Oder bildete ich mir das nur ein? Lag es vielleicht an mir, die jeden gleich als Trauerkloß abstempelte, der nicht alles begeistert und lauthals kommentierte? Ich verordnete mir streng, die Grübeleien darüber zu unterlassen und statt dessen Charlie, Alaska und das Drumherum so zu nehmen, wie es war.

«Und ihr beide seid wirklich nur Kollegen?» meldete Plato eines Abends beim Absacker an der Bar erste Zweifel an.

Ich nickte so übereifrig mit dem Kopf, daß ich mit dem Kinn am Rand meines Bierglases aufschlug.

«Na, na, na», bremste Charlie meinen Übereifer und wischte mir mit seiner Papierserviette den Bierschaum aus dem Gesicht, der beim Aufprall aus dem Glas geschwappt war.

«Danke, Kollege», lächelte ich zurück.

Am nächsten Abend führte uns Plato nach Anchorage zum Essen aus.

Die größte Stadt Alaskas hielt aus der Nähe nicht ganz, was sie vor einigen Tagen beim Landeanflug im Schein der untergehenden Sonne versprochen hatte. Wie Plato erzählte, war Anchorage 1964 beim schwersten Erdbeben in der Geschichte Amerikas mit einer Stärke von 8,5 auf der Richterskala komplett zerstört worden. Die Häuser waren wie Kartenhäuser in sich zusammengefallen, ganze Straßenzüge waren ins Meer gebrochen. Beim schnellen Wiederaufbau war für Ästhetik und architektonischen Schnickschnack nicht viel Platz gewesen. Funktionalität war oberstes Gebot.

Wir schlemmten im «Corsair», dem Spezialitätenrestaurant Nummer eins, dessen Interieur an einen luxuriösen Windjammer erinnerte. Zarte Lammedaillons zergingen auf meiner Zunge, zielsicher fand der Merlot seinen Weg in unsere Kehlen.

Plato wollte sich immer noch nicht so recht mit dieser langweiligen Kollegenversion abfinden.

«Die Katie ist ein Mädchen zum Pferdestehlen. So was hast du dir doch immer schon gewünscht, Charlie, oder irre ich mich?»

Zum erstenmal glaubte ich bei Charlie so etwas wie Verlegenheit auszumachen. Nervös spielte er mit dem Dessertbesteck.

«Das ist schon richtig», murmelte er ein wenig hilflos. Doch dann fing er sich wieder: «Aber von ihren Macken hast du keine Ahnung, Plato. Frag sie mal nach den Regeln bei Betankung an Bord. Du hast ja keine Vorstellung, wie zickig sie da werden kann.»

Auweh! Beim Gedanken an die peinliche, auch im nachhinein unfaire Inquisition vor dem Abflug nach Teneriffa zwickte es mich immer noch empfindlich in der Magengegend. Trotzdem war ich erleichtert, daß wir wieder beim Foppen angelangt waren – einem Terrain, auf dem wir uns beide ungleich wohler fühlten als auf dem emotioneller Bestandsaufnahmen.

Und Charlie blieb dankbar am Ball: «Auch der Unterschied

zwischen schwanger und nicht schwanger ist ihr nicht immer ganz geläufig.»

Mich schauderte bei der Erinnerung an die puffärmelige Mutter in spe.

«Was, Katie ist schwanger? Von dir etwa?» fragte Plato doof. Dieses Stichwort kam ihm gerade recht, um die Sprache wieder auf das offensichtlich unbefriedigend geklärte Intimverhältnis zwischen Charlie und mir zu bringen.

«Kein Mensch hier ist schwanger, ist das klar!» stellte ich die Lage richtig und strafte den penetranten Plato mit einem tadelnden Blick.

Charlie nahm einen Schluck Merlot und stützte sich schmollend auf seinen Ellenbogen. «Ach Mensch, Katie, sei doch nicht so streng. Die Idee von Plato ist doch an sich ganz hübsch.»

Ich grinste einfältig, nach einer schlagfertigen Antwort ringend.

«Da kann man geteilter Auffassung sein», bemerkte ich schließlich humorlos. Nur damit irgendwas gesagt war, das mein laut pochendes Herz übertönte.

Kurz vor Mitternacht tauchte unser Fahrer Scott mit klimperndem Autoschlüssel auf. Leicht angeschickert kroch ich in den Jeep und suchte nach einer bequemen Schlafposition für die Rückfahrt zum Hotel. Wir hatten die Stadtgrenze von Anchorage bereits passiert, da ordnete Plato noch einen Absacker an. In der «Bush Company».

«Das *müßt* ihr gesehen haben.»

Die «Bush Company» mutete wie eine riesige Trapperkneipe an. Aber nur auf den allerersten Blick. Schon beim zweiten Blick stolperte man unweigerlich über die freischwebenden Brüste kesser Oben-ohne-Bedienungen. Ich traute meinen Augen nicht. So etwas hier in Alaska, dem abgelegensten Staat im prüden Amerika? Dieses Etablissement mußte den gestrengen Sitteninspektoren aus dem fernen Washington zweifellos durch die

Lappen gegangen sein. Um die Bühne, die wie eine Landzunge in das Lokal hineinragte, saßen die Zuschauer mit ihrem Bier und begannen in ihren Holzfällerhemden bald ordentlich zu schwitzen. Die gewagten Darbietungen der Stripperinnen standen denen in den Bars von Bangkok nicht viel nach.

Plato wurde von zwei blonden Silikon-Beautys begrüßt und stellte ihnen seine beiden Gäste aus Germany vor. Während sie meine Bekanntschaft mit einem lauwarmen «Hi» machten, wurde Charlie sogleich von nackten Armen umschlungen – wogegen er sich keineswegs zur Wehr setzte. Aufgekratzt trippelten die beiden Grazien davon, um eine Minute später mit einer Flasche Schampus und fünf Gläsern zurückzukommen.

«Für mich nicht, danke», lehnte ich entschlossen ab. Abgesehen davon, daß ich überreichlich Merlot intus hatte, fühlte ich mich zu dieser feucht-fröhlichen Runde nicht wirklich eingeladen.

Plato sah mich sorgenvoll von der Seite an. Ihm kamen erste Zweifel, ob es eine gute Idee gewesen war, mich hierher zu schleppen. Soweit ich überblicken konnte, war ich in diesem doch recht deftigen Etablissement der einzige weibliche Gast – zwischen all den alaskischen Haudegen, die sich nach drögen Wochen in den Wäldern oder auf einer Bohrinsel mal ein paar blanke Busen gönnen wollten.

«Na, Katie, ist wohl nicht so ganz dein Geschmack», war Plato auf der richtigen Spur.

Charlie unterbrach seine Unterhaltung mit dem einen blonden Busen: «Mach dir keine Sorgen, Plato, die Katie kann man überall mit hinnehmen. Das mag ich so an ihr.»

Ich zog pikiert die Augenbrauen nach oben. Tolles Kompliment! Frei übersetzt hieß das: Mit der kann man's machen. Abgesehen davon war ich genervt, weil offensichtlich alle Männer ohne Ausnahme primitive Lebewesen waren. Selbst der billigste Plastikbusen genügte, sie in Begeisterung ausbrechen zu lassen.

«War Rebekka auch mal hier?» fragte Plato Charlie wispernd,

aber laut genug, daß ich es verstehen konnte. Charlie nickte nur und machte dazu eine abwinkende Handbewegung, die alle weiteren Anmerkungen zu diesem Thema ersticken sollte. Rebekka, jaja. Dieser Name war hier in Alaska schon ein paarmal gefallen. War das die alaskische Ausgabe von Marciella? Matrose Charlie, in jedem Hafen ein Mädchen? Sah man ihm gar nicht an. Aber die stillen Wasser waren ja bekanntlich die schlimmsten. Und einen erotischen Appeal hatte Charlie auf alle Fälle. Das war mir gleich zu Beginn meiner Dienstzeit bei Holiday Airways aufgefallen. Aber als Charlie dann anfing, mich zu drangsalieren, hatte ich ihm zur Strafe das erotische Mandat wieder entzogen.

Um drei Uhr machte Scott Ernst und scheuchte uns aus der schwulstigen Kneipe. Zeit, nach Hause zu fahren.

«Tapferes Mädchen», lobte mich Charlie und strich mir mit dem Handrücken über die Wange. «Mußt mit uns Böcken nackte Weiber angucken. War's schlimm?»

Ich lächelte und deutete ein Kopfschütteln an.

«Tapfere Katie», nahm Charlie das Wangestreicheln wieder auf. «Morgen darfst du das Programm bestimmen. Ist das ein Angebot?»

Plato wandte sich in seinem Sitz um: «Genau. Morgen darf sich Katie was wünschen. Aber ich muß dich enttäuschen: Ein Männerstriplokal haben wir in Alaska nicht.»

27

Anchorage aus der Vogelperspektive war ein Traum. Anmutig schmiegte sich die größte Stadt Alaskas um eine riesige Meeresbucht, den Cook Inlet. Vor einer Viertelstunde waren wir vom Rollfeld hinter dem «Kenai Resort» gestartet. Wie hoch mochte mein Puls wohl gewesen sein, als die Piper in den stahlblauen Himmel startete, sich über ein Meer weißer Gipfel erhob und Kurs nach Norden nahm?

«Jetzt wirst du länger kein Haus mehr sehen», prophezeite mir Charlie, der am Steuer der Einmotorigen saß, einer Maschine aus Platos beachtlichem Flugpark.

«Ein Flugzeug zu haben ist hier nichts Besonderes», hatte Plato mein beeindrucktes Staunen quittiert. «Jeder siebenundfünfzigste Einwohner in Alaska hat einen Pilotenschein. Dagegen sind Busfahrer richtige Exoten.»

Hinter der Stadtgrenze von Anchorage brach die Zivilisation abrupt ab. Deutlich war das Ende der Asphaltstraßen zu erkennen, als hätten diese vor der Wildnis kapituliert.

Mit hundertfünfzig Stundenkilometer Geschwindigkeit ließen wir die saftig grüne Waldlandschaft unter uns vorbeiziehen.

«Schau, ein See», rief ich begeistert und deutete auf einen kreisrunden, tiefblauen Klecks inmitten der in allen Grüntönen schimmernden Tundra. «Und hier gleich noch einer!»

«Ja, ein See», bestätigte mich Charlie in jenem Tonfall, mit dem Erwachsene zu einem Kleinkind «Jaaa, ein Wauwau» zu sagen pflegen. Charlie erläuterte beiläufig, in Alaska gebe es drei Millionen Seen.

«Drei Millionen???» hakte ich ungläubig nach. Waren mit den

rekordverliebten Amerikanern da nicht wieder ein paar Pferde durchgegangen? «Ich hab's nicht nachgezählt, aber die Zahl dürfte schon hinkommen. Man kann sich nicht vorstellen, wie groß dieses Land ist. Mehr als viermal so groß wie Deutschland, aber nur eine halbe Million Einwohner. Da hat's reichlich Platz für den einen oder anderen See.»

Ich schwieg beeindruckt. Wir waren jetzt eine halbe Stunde unterwegs. Nach meinem Gefühl mußten wir bald den Polarkreis erreicht haben. Doch auf der Karte maß die Strecke von unserem Ausgangspunkt zu unserem Flugziel, dem Mount McKinley im Denali Nationalpark, gerade mal drei Zentimeter. Bis zum nördlichen Ende Alaskas wären wir noch Stunden unterwegs.

Das Land unter uns war mittlerweile zu Eis erstarrt. Die Flüsse und Seen konnte ich nur noch schemenhaft ausmachen. Harmlose Vorgebirge wuchsen mit jeder Flugminute an. Wie überdimensionale Autobahnen wanden sich gewaltige Gletscherfelder talwärts.

Einem begeisterten «Schau, ein Gletscher» war Charlie mit dem Hinweis zuvorgekommen, daß allein die Gletscherfelder Alaskas halb Portugal unter sich begraben würden.

Wir drangen in eine Nebelwand ein. Als wir uns nach zwei Minuten aus der Suppe herausgewurstelt hatten, fanden wir uns inmitten einer dramatischen Bergszenerie wieder.

«Da wären wir», murmelte Charlie feierlich und deutete mit dem Kinn auf eine weiße Bergflanke, auf die er direkt zusteuerte.

Die Ostwand des Mount McKinley. Der schönste Berg der Welt, zum Greifen nah! Ich fühlte das Pochen in der Halsschlagader und hatte plötzlich das Gefühl, die dünne Kabinenluft würde nicht mehr reichen, meine aufgeregten Organe mit dem nötigen Sauerstoff zu versorgen. Die Piper tänzelte wie ein Jojo zwischen den steil aufragenden Bergflanken und weiten Hochtälern rauf und runter. Nie war ich mir so winzig und unbedeutend vorgekommen. Und nie hätte ich geahnt, wie großartig dieses Gefühl sein konnte.

Charlie bewies dramaturgisches Gespür. Er umkreiste den Berg, so daß er sich in jeder nur erdenklichen Perspektive offenbarte. Von schräg unten, von oben, von ganz nah, aus respektvoller Entfernung. Ich brachte nicht mal mehr ein «Wow» hervor. Ich konnte nur noch den Mund auf- und zuklappen, einer Kaulquappe wahrscheinlich nicht unähnlich.

Charlie war sichtlich stolz auf seine gelungene Präsentation. Er wußte, daß meine hochgesteckten Erwartungen an diesen Ausflug weit übertroffen wurden.

«Also ich finde, daß echte Felszacken mehr hermachen als künstliche Bush-Company-Möpse», fand ich dann irgendwann die Sprache wieder.

Charlie lachte. «Alles Ansichtssache. Aber jetzt sind wir quitt, oder?»

«Du warst hier ja schon mal, nicht wahr?» lenkte ich vom gestrigen Silikon ab.

Charlie nickte nur. Und dann legte sich wieder die Melancholie über sein Gesicht, die mir mittlerweile schon vertraut war und mein Plappermaul jäh verstummen ließ. Doch nur für einen Moment. Dann packte ich den Stier bei den Hörern. «Aber da saß nicht ich neben dir, sondern Rebekka, stimmt's?»

Charlie schien meine Offensive nicht zu erstaunen. Vielleicht wußte auch er längst, daß das Thema überfällig war.

«Es stimmt nicht ganz. Das letztemal, als ich über den Mount McKinley geflogen bin, saß Rebekka am Steuer. Sie hatte die Privatpilotenlizenz und war eine begeisterte Fliegerin.»

«War?»

Charlie sah aus dem Seitenfenster auf die steilen Bergflanken unter uns. «Rebekka lebt nicht mehr. Sie ist vor drei Jahren gestorben.»

«Oh, das ist ja schrecklich. Sorry, das wußte ich nicht...»

Platte Floskel. Aber was sagte man in so einer Situation?

«Eine harmlose Blinddarmoperation. Es war ein Narkosefehler, sie ist einfach nicht mehr aufgewacht.»

Ich schwieg erschrocken. Jetzt war mir klar, warum Charlie immer wieder so unvermittelt in Melancholie verfiel, warum er immer wieder diese unsichtbare Mauer um sich herum aufzog. Ich empfand mich plötzlich als Eindringling in eine Welt, in der ich nichts zu suchen hatte.

«Charlie, wenn ich das geahnt hätte, dann hätte ich dich natürlich nicht mit diesem Ausflug zum McKinley ... sorry, ich –»

Charlie legte seine Hand auf meine Schulter.

«Um Gottes willen, Katie, *du* kannst doch überhaupt nichts dafür. Woher solltest du das mit Rebekka auch wissen. Ich muß ... also ich glaube, es ist langsam an der Zeit, mich bei dir zu entschuldigen.»

«Bei mir? Wieso das denn?» Ich stand völlig auf der Leitung.

Grob zusammengerechnet hatten sich im Laufe unserer Zusammenarbeit für Charlie drei Dutzend gewichtige Anlässe geboten, sich bei mir zu entschuldigen. Ich konnte mich nicht daran erinnern, daß er die Gelegenheit je beim Schopf gepackt hätte.

«Ich habe dich benutzt.»

Mich riß es gewaltig. Mich benutzt? Wieso das um alles in der Welt? Die Piper begann zu wackeln. Waren das die Mount-McKinley-Böen oder mein wild rasendes Herz?

«Rebekka und ich haben in Alaska eine sehr glückliche Zeit erlebt. Alles hier erinnert mich an sie. Ich hatte Angst, allein wieder hierher zu kommen. Also habe ich dich mitgenommen. Um nicht abzustürzen, wenn die Erinnerungen hochkommen.»

«Aha» – mehr wollte mir im Augenblick dazu nicht einfallen. Ich konnte spontan nicht darüber befinden, ob Charlies «Vergehen» nun schlimm war oder nicht. Irgendwie kam ich mir gar nicht ausgenutzt vor, bei all den grandiosen Alaskaerlebnissen, die ich schließlich Charlie zu verdanken hatte. Und um die Kirche im Dorf zu lassen: Es hatte in den letzten Jahren wahrlich Zwischenfälle mit Charlie gegeben, die mich erheblich mehr verletzt hatten.

Da er nichts sagte, war ich wohl immer noch an der Reihe:

«Gut, daß ich nichts von dieser schweren Aufgabe geahnt habe, die du mir da zugeteilt hast. So bin ich wenigstens aus dem Schneider, wenn die Mission scheitert.»

Charlie durchbohrte mich mit einem herzzerreißenden Blick. Schmerz, Hilflosigkeit und Zärtlichkeit lagen darin.

«Katie, versteh mich um Himmels willen nicht falsch. Du mußt hier gar keine Aufgabe erfüllen. Es ist nur so: Ich habe Rebekkas Tod mit der Zeit zu akzeptieren gelernt, mein Leben mußte schließlich weitergehen. Ich hatte nur Befürchtungen, daß in Alaska, das wir beide so geliebt haben, alte Wunden wieder aufbrechen würden. Ich hielt es für eine gute Idee, einen Neueinstieg zu wagen mit jemandem an meiner Seite, der das richtige Gespür für das Land… Mein Gott, klingt das alles pathetisch. Was ich eigentlich damit sagen will: Ich fühle mich unheimlich wohl mit dir und danke dir, daß du mitgekommen bist.»

«Gern geschehen», murmelte ich. Ich sah mich um, und da ich weit und breit kein Schild mit der Aufschrift «Bitte während des Fluges nicht den Piloten küssen» entdecken konnte, zog ich Charlies Kopf vorsichtig zu mir herüber. Die Piper würde schon nicht gleich abstürzen.

Charlies Lippen erwiderten meine Offensive ohne Irritation, ohne eine Spur innerer Abwehr. Es war höchste Zeit gewesen. Und wenn man an diesem Kuß dennoch eine Spur Zerstreutheit ausmachen wollte, dann lag das einzig und allein daran, daß Charlie ja noch ein Flugzeug sicher landen wollte.

«Das war die Strafe für die Bush-Company-Möpse», kokettierte ich, nachdem ich ihn wieder seinen Fluginstrumenten übergeben hatte.

Jetzt zog Charlie *mich* an sich heran. «Dann möchte ich um die Höchststrafe bitten.»

Schwierig, wenn der zur Höchststrafe Verurteilte am Steuer eines Flugzeugs sitzt. Aber in einer halben Stunde würde unsere Piper auf dem Parkplatz hinter dem «Kenai Resort» stehen, dann hatten wir alle Zeit der Welt für die Vollstreckung.

28

«Happy birthday, liebe Kaaatiiie, happy bööörsday tuuu juuu!!!»

Ich strahlte in die Gesichter der Sängerknaben und -knäbinnen, die mich im Büro hochleben ließen. Auch die erst gestern spätnachts aus Namibia zurückgekehrte Crew war komplett zum Gratulieren angetreten, darunter sogar Kapitän Konrad Lambert, von dem man nach einem Langstreckenflug normalerweise zwei Tage nichts zu hören und zu sehen bekam. Und Michael Reimers hatte extra seinen Ausflug an den Gardasee zum Mountainbiken um einen Tag verschoben.

Unser Flugbetriebsleiter Werner Backhaus mußte sich wegen einer Tagung in Hamburg entschuldigen, schickte aber in Vertretung eine höchst willkommene Kiste Moët & Chandon. Der Champagner paßte hervorragend zu den Lachshäppchen, die ich heute morgen daheim zubereitet hatte. Die Kollegen, durch die Bank Gourmets wie aus dem Bilderbuch, schwadronierten fachmännisch über den unverwechselbaren Geschmack frischen Lachses aus Alaska, der den norwegischen in puncto Aroma und Biß sogar noch um einen Tuck übertraf.

Wenn die wüßten! Denn mit dem mitgebrachten Lachs konnte ich gerade mal zwei Dutzend Baguette-Häppchen belegen. Also flitzte ich um die Ecke zu Aldi und besorgte Nachschub. Da in Insider-Kreisen immer wieder Loblieder auf den Aldi-Champagner gesungen wurden und sogar schon ein Buch über den Aldi-Kult erschienen war, ging ich mal davon aus, daß ich mit Aldi-Lachs nicht ganz falsch liegen würde. Ich lag offensichtlich sogar goldrichtig. Das nächstemal würde ich mir diese Langstreckenmitbringsel ganz schenken und gleich zu Aldi gehen.

Mein Alaska-Ausflug mit Charlie hatte natürlich längst die Runde gemacht. Aus den verklemmten Fragen der Kollegen konnte ich die allgemeine Verwirrung herauslesen, die unser gemeinsamer Abstecher gestiftet hatte. Sie fragten nach dem Wetter, nach dem Essen, nach den Bergen und nach den Einwohnern. Nur die Frage, die ihnen allen auf die Stirn gebrannt war, brachten sie nicht über die Lippen. Diese Frage lautete: Ist zwischen euch beiden etwas im Busch?

Ich hätte mich mit einer Antwort allerdings auch schwergetan. Gewiß, tausend alaskische Schmetterlinge schwirrten in meinem Magen herum und stellten dort die verrücktesten Sachen an. Und ich würde auch jede Wette eingehen, daß sich eine ganze Brigade alaskischer Schmetterlinge in Charlies Innereien verirrt hatte. Was hatten wir für eine schöne Zeit erlebt, gekrönt von einem überraschenden Liebesabenteuer.

Ich kam nicht umhin, in der Suppe ein Haar zu suchen. Der Lauf der nach-alaskischen Dinge zwang mich dazu, meiner frisch erblühten Liebe zu Charlie Reichenberger einen Tranquilizer zu verpassen.

Was war passiert? Nichts. Gar nichts, und das war genau das Problem. Ich hatte Charlie und Harry Deckert auf dem Rückflug von San Francisco – wegen der Crew hatten wir längst wieder auf den normalen kollegialen Umgangston umgeschaltet – von meiner kleinen Geburtstagsfeier erzählt, und beide hatten mir ohne Überlegung zugesagt.

Nun war Harry da, Charlie jedoch nicht. Es war jetzt vier Uhr nachmittags. Nach eineinhalb Stunden Verspätung brauchte ich wohl nicht mehr mit ihm zu rechnen. Ich hatte einen Stand-by-Einsatz vermutet, doch wie ich aus dem Dienstplan ersehen konnte, war das nicht der Fall.

Meine Enttäuschung war groß. Und es kostete mich ungeheure Mühe, auf Renis und Frederiks Fragen nach Charlie mit unverdächtiger Gleichgültigkeit zu reagieren.

«Er hat schon gesagt, daß er wahrscheinlich nicht kommt. Er

hat ein paar wichtige Termine. Genaues weiß ich nicht. Ist auch nicht mein Bier», bemühte ich mich um Wurstigkeit.

«Also mir hat er nichts von Terminen gesagt», petzte Harry.

Jedes Wort versetzte mir einen Stich in die Brust. Trotz der vielen lieben Menschen um mich herum, die alle nur meinetwegen gekommen waren, fühlte ich mich allein wie nie zuvor. Allein, einsam, sitzengelassen. Charlies unentschuldigtes Fernbleiben schmerzte wie Essig in einer offenen Wunde. Ihn heute hier zu sehen hätte mir sehr viel bedeutet. Aber offenbar bedeutete ich ihm nicht genug.

29

«Ich freue mich ja schon so auf unsere Zugreise, mein Mäuschen. Sag mal, siehst du eine Möglichkeit, den Termin vielleicht eine Woche nach hinten zu verschieben? Die Troubles mit dem Fitneßstudio, du weißt schon. Wir stecken gerade in einer brenzligen Phase, und da wäre mir fast lieber, ich könnte...»

Alex hatte sie wohl nicht mehr alle! Diesen schon vor Monaten eingereichten Urlaub konnte ich unter keinen Umständen verschieben. Thomas Erdmann hatte sich solche Mühe gegeben, mir diesen Termin freizuboxen. Es war gar nicht einzusehen, warum ich mich pausenlos nach Alex' Unpäßlichkeiten richten sollte – brenzlige Phase hin oder her. War ich seine Konkubine, die jahrein, jahraus tatenlos in ihrem Zwinger saß und nur auf den Fingerschnipp ihres Herrn und Gebieters wartete? Konkubinen wurden wenigstens von ihren Mackern ausgehalten. Ich mußte für meinen Lebensunterhalt selbst aufkommen. Vollständig.

«Vergiß es, die Jungs von der Crewplanung reißen mir den Kopf ab, wenn ich diesen Urlaub verschiebe», erwiderte ich kühl.

Ein tiefer Seufzer aus dem fernen Bali drang an mein Ohr. «Nun, dann muß ich mir etwas einfallen lassen.»

«Das dürfte einem so kreativen Mann wie dir ja nicht allzu schwer fallen.» Und nach einer kleinen Pause ergänzte ich: «Aber wenn du keine Lust mehr hast, mit mir diese Reise zu machen –»

Ein empörtes Jaulen unterbrach mich. «Aber Mäuschen, wo denkst du hin! Ich wüßte nicht, auf welchen Urlaub ich mich so gefreut hätte wie auf diesen. Nur wir beide, endlich mal allein.»

«Also, dann treffe ich dich am Achten im ‹Royal Orchid Hotel›. See you in Singapore.» Dann legte ich auf.

Mein Kopf rauchte wie ein Ruhrpottschlot. Verlief denn in meinem Leben alles nur noch quer? Ich versuchte mich in einer Analyse. Okay, in Alaska, in Charlies Armen, war ich wild entschlossen gewesen, diese Zugkiste mit Alex abzublasen. Irgendwie war es mit Charlie anders gewesen. Vielleicht, weil wir so lange gebraucht hatten, um zueinanderzufinden. Es hatte die letzten Tage, die wir noch in Alaska verbracht hatten, so ein stilles Einverständnis zwischen uns geherrscht, so ganz anders als bei den heißen Geschichten, die ich sonst immer wieder laufen hatte. Aber dann war Charlie weder zu meinem Geburtstagsumtrunk erschienen, noch hatte er sich überhaupt bei mir gemeldet. Traurigkeit begleitete mich seither. In Charlies Armen hatte ich nach längerer Zeit erstmals wieder heftig den Wunsch verspürt, zu lieben, mein Herz zu verschenken. Endlich hatte ich einen Mann gefunden, der ein bißchen so tickte wie ich. Die Mischung aus cool und verletzlich war mir während unseres Zusammenseins immer unwiderstehlicher erschienen. Dazu der trockene Humor – und mit diesem tollen Mann war ich so lange im Clinch gelegen!

Doch Charlie entzog sich meinen Bindungsabsichten. Durch die wachsende Enttäuschung erhielt die Zugreise mit Alex, die ich in Alaska eigentlich schon ad acta gelegt hatte, wieder eine interessante Perspektive. Anstatt den eingereichten Urlaub frustriert zu Hause zu verbringen und Tinas neuer Lovestory beizuwohnen, wollte ich mich wenigstens nach Strich und Faden verwöhnen lassen.

Von Vorfreude konnte allerdings keine Rede sein – kein Wunder bei Alex' Wankelmut. Doch hier ging es ums Prinzip. Alex sollte endlich einmal eines seiner großmäuligen Versprechungen einlösen. Und natürlich war ich nach wie vor extrem scharf auf den Glamour, den der Hochglanzprospekt des Eastern & Oriental Express versprach.

In Anbetracht der opulenten Zugmenüs würden ein paar vorsorgliche Trainingseinheiten nicht schaden. Lustlos kramte ich meine Fitneßklamotten zusammen. Erst letzte Woche war der vierteljährliche Beitrag von meinem Konto abgebucht worden. Das brachte meinen inneren Schweinehund auf Trab.

«Wow, du bist aber fleißig in letzter Zeit», lobte mich Sally. «Hast du einen neuen Freund?»

Ich winkte ab. «Neuer Freund? Im Gegenteil. Meine Lover-Truppe schrumpft stündlich. Und weit und breit kein Nachschub in Sicht. Was glaubst du, wie ich sonst zu meinen Streicheleinheiten komme?»

«Oooo!» meinte Sally kopfschüttelnd. «Das klingt nicht gut.» Mit resigniertem Schulterzucken trottete ich zu Harry und schwang mich auf seinen schweinsledernen Body.

«Hi Paulus, schön dich wiederzusehen!» freute er sich, nachdem ich meinen Code eingegeben hatte. Ich schenkte ihm ein müdes Lächeln. Dann schnappte ich mit festem Griff den Querbügel über mir und zog ihn langsam nach unten bis in den Nacken.

«Paulus, du bist wunderbar», schnurrte Harry bereits nach Runde zwei wohlig. Bei der dritten Runde wich mir der Saft aus den Muskeln, ich konnte dem vorgegebenen Rhythmus nur noch mühsam folgen. Der sanfte Tadel folgte auf dem Fuß: «Achtundsiebzig von hundert möglichen Punkten, das kannst du aber besser.»

Ich sah zu, daß ich schleunigst von Harry wegkam, und schwang mich hinüber zu Robin. Nachdem auch Robin mir versichert hatte, wie sehr er sich über das Wiedersehen freue, legte ich los. Puh, ging das heute zäh! Hatte Sally heimlich das Gewicht verdoppelt? Meine zahllosen Männerschlappen hatten wohl schon auf meine Physis übergegriffen.

«Paulus, du mußt dich doch großartig fühlen!» Da war Robin jetzt auf dem falschen Dampfer. Vermutlich zog er aus meinem wilden Gestöhne die falschen Schlüsse. Ich fühlte mich wie ein nasser Sack, der sich in der Tür geirrt hatte.

«Paulus, das ist heute nicht dein Tag», kam Robin nach dem verheerenden Punkteresultat der Wahrheit langsam näher.

Lassen wir's gut sein für heute.

Ohne die Waage Wally auch nur eines Blickes zu würdigen, ging ich in die Umkleidekabine.

Computer konnten richtige Männer eben doch nicht ersetzen.

30

Der junge Mann an der Rezeption des «Royal Orchid Hotel» war etwas hilflos. Gerade hatte er der Dame den Zimmerschlüssel überreicht. Doch nun stand sie wie angewurzelt da und starrte auf ein Fax, das heute vormittag für sie angekommen war und ihr in einem cremefarbenen Kuvert über das edelhölzerne Desk geschoben wurde. Hinter ihr hatte sich eine kleine Schlange ein- oder auscheckbereiter Gäste gebildet. Doch die Dame rührte sich nicht vom Fleck. Die Dame mit dem Fax war ich. Und ein Magenschwinger hätte mich nicht wirkungsvoller niederstrecken können als der Inhalt eben dieses Faxes. Fazit von Alex' schwulstigen Worten: Er könne nicht kommen. Sein Big Boss würde ihn sonst ungespitzt in den Boden rammen. Sorry, Mäuschen, ein andermal. Genieße die schönen Stunden im Eastern & Oriental Express auch ohne mich. Ich bin sicher, du verstehst…

Mein erster Gedanke: Ich schnappe mir die nächste Maschine nach Bali und werde in Sachen ungespitzt in den Boden rammen dem Big Boss zuvorkommen. Oder sollte man so ein Arschloch nicht lieber gleich erschießen? Aber woher so schnell eine Knarre nehmen?

«Kann ich irgend etwas für Sie tun?» Der Rezeptionist riß mich aus meinen gedanklichen Ballereien heraus. Ich brachte ein einigermaßen höfliches «Nein, danke» heraus und zog mich erst mal in mein Zimmer zurück. Ein paar Stunden später hatte ich beschlossen, die Zugreise trotzdem anzutreten. Genau so, wie es Alex vorgeschlagen hatte.

Nächster Morgen, vier Uhr nachmittags. Langsam rollte der Zug aus dem Keppel-Road-Bahnhof von Singapur heraus. Deprimiert mümmelte ich an einem Praliné herum, das mir mein Kabinensteward Jay zusammen mit einem Silberkännchen feinstem Darjeeling-Tee gerade hereingebracht hatte. Scheiße, dachte ich, da sitzt du nun im schönsten Zug der Welt, in dem jeder Schienenkilometer eine Mark kostet, und kannst dich kein bißchen darüber freuen. Leider war mein Haß auf Alex über Nacht kein bißchen verpufft. Irgendwo hatte ich mal gelesen, mit Haß schade man nicht dem Haßopfer, sondern nur sich selbst. Das stimmte haargenau, nur versagte meine Anti-Haß-Therapie in diesem Fall ihre Dienste total. Ich kochte vor Wut auf diesen Scheißkerl, und der Racheakt, den ich noch ausarbeiten mußte, schien mir im Augenblick die einzige Perspektive in meinem verfahrenen Leben zu sein. Alex' Absage war eine der größten Unverschämtheiten, die mir je widerfahren waren. Speiste mich mit einem windigen Fax ab, überließ mich mutterseelenallein dem fremden Singapur und schickte mich auf eine alberne Zugreise. Seit wann wußte er wohl, daß er nicht mitkommen würde? Diese miese Ratte!

Voll trauriger Zärtlichkeit schwebten meine Gedanken schließlich zu Charlie. Warum nur hatte er sich nach Alaska nicht mehr bei mir gemeldet? Dann säße ich jetzt nicht hier.

Meine Kabine war aber trotzdem süß – eine sechs Quadratmeter große Kuscheloase mit wertvoller Holzvertäfelung, filigranen Lämpchen und gemütlicher Sitzecke. Genau betrachtet, hätten wir zu zweit ohnehin keinen Platz gehabt. Das Bad war ein wahres Wunder an Raumaufteilung, mit einer ausgewachsenen Duschkabine, Waschbecken, Toilette und erstaunlich viel raffiniertem Stauraum. Und während draußen die schmucklosen Vororte Singapurs vorbeiflogen, kam ich mir vor wie auf einer Zeitreise in eine längst vergangene Ära. Ich gab mir einen inneren Ruck. Mach das Beste aus dieser verfahrenen Situation, Katie. Versuche sie zu genießen, und sieh die Sache mit Alex von der positiven Seite: Ein Arsch weniger in deinem Leben.

Bald überquerten wir die Grenze nach Malaysia und tauchten in undurchdringliche Dschungellandschaft. Über Bordlautsprecher begrüßte uns der Zugmanager. Er erläuterte, daß im Panoramawagen am Zugende ab 18 Uhr Cocktails und Snacks serviert würden. Und wer sich für sein chinesisches Horoskop interessiere, der solle in der Zugbibliothek vorbeischauen. Der Astrologe Mister Thong erwarte dort die verehrten Passagiere.

Mister Thong. Das war eine gute Idee. Vielleicht konnte der mir sagen, ob die Misere meines beschissenen Lebens irgendwann zu Ende ging. Und mir vielleicht die erfreuliche Mitteilung machen, daß einem mir nahestehenden Hotelier demnächst ein balinesischer Ziegelstein auf den Kopf krachen würde. Zack, peng, mausetot – ja, das wäre eine saubere Lösung. Dann müßte ich mir die Hände nicht schmutzig machen.

Mister Thongs Augen ruhten auf einem kleinen Stück Papier mit meinem Geburtsdatum, wanderten zu einer Liste mit geheimnisvollen Schriftzeichen und wieder zurück zu dem Fetzelchen Papier. Dann hellte sich seine Miene auf. «Du bist ein Affe», verkündete er feierlich, «ein Feueraffe.» Dann nickte er weise. O ja: «Du bist ein Mensch, der sehr, sehr viel in Welt unterwegs ist.»

Mich riß es. Hatte sich Mister Thong diese treffende Information irgendwoher besorgt? Na ja, dachte ich, als deutsche Passagierin in einem Fernostzug hatte er mich ja sozusagen *in flagranti* erwischt. Wer diesen weiten Weg auf sich nahm, war sicher kein Stubenhocker.

Dann sah er noch zwei Männer auf seinem Papier. Ich lauschte nur mäßig beeindruckt. Zwei Männer waren doch das mindeste im Leben einer Frau. Da lag er mit seinem Tip immer richtig. Erst als er sagte, diese beiden Männer seien anderweitig liiert und würden nur ihr Spiel mit mir treiben, wurde ich hellhörig. Bei einer dieser Enttäuschungen hätte eine Frau ihre Hand mit im Spiel, eine gute Bekannte, vielleicht eine Freundin von mir.

Ich dachte spontan an Tina. Sie war für eine Enttäuschung

immer gut. Doch abgesehen davon, daß sie sich diesen formidablen Philip geangelt hatte, wollte mir auf Anhieb gar nichts Rechtes einfallen, was ich ihr anhängen konnte. Doch Mister Thong war sich bezüglich der Rivalin ganz sicher. Er bestand auf einer Frau mit brünetten Haaren und blauen Augen. Nun wurde ich doch neugierig, welches Miststück da wohl gegen mich intrigierte.

An der Tür der Zugbibliothek klopfte es. Herein kam eine Frau mit brünetten Haaren, die nun ihre blauen Augen weit aufriß, als sie mich da sitzen sah. Es war Pamela.

Nach einer etwa dreiminütigen Ja-was-machst-du-denn-hier-Eruption klärten wir die Sachlage auf. Auch Pamela war versetzt worden. Und zwar von Tony. Von *meinem* Tony. Ich wollte an soviel Zufall nicht glauben. Während Mister Thong unbeirrt mein Horoskop weiterlas und gerade dabei war, mich vor unüberlegten finanziellen Aktivitäten zu warnen, klärte mich Pamela auf, was Alex mir verschwiegen hatte: Dieser Zugtrip war ein Super-Sonder-Angebot für hohe Angestellte der internationalen Hotelgesellschaft Windstar, der Tonys und Alex' Häuser angehörten. Für diese noble Einladung mußten beide nur 'nen Appel und 'n Ei berappen.

Ich schluckte, während Mister Thong mir zum Abschluß noch riet, beide Männer noch heute zu «entlassen».

Geht in Ordnung, Mister Thong. Aber vorher würden wir ihnen doch noch eine kleine Überraschung bescheren. Unsere beiden Kabinen waren auf die Namen unserer jeweiligen Kavaliere gebucht. Alle Ausgaben wurden über das jeweilige Kreditkartenkonto von Tony beziehungsweise Alex abgerechnet.

Pamela grinste mich verschmitzt an: «Ich halte es mit Marilyn Monroe: *Diamonds are a girl's best friend.*»

«Und ich liebe lange Nerze», stöhnte ich.

Unsere abtrünnigen Lover zu schädigen stellte sich als unerwartet schwierige Aufgabe heraus. Das Dinner – chinesischer Nudelsalat mit gegrillten Muscheln, Rindsmedaillons, Satay-

Spießchen und zum Dessert warme Lychee-Mango-Torte – war ein Traum, hatte aber einen bedauerlichen Haken: Es war im Fahrpreis inbegriffen. So bestellten wir uns ein Döschen Beluga-Kaviar extra und ließen den teuersten Champagner, den der Zug-Sommelier vorrätig hatte, auf der Zunge prickeln.

Pamela erstand in der Zugboutique ein Seidenhalstuch von Hermès und beschloß, das edle Stück unserer gemeinsamen Freundin, Tonys Ehefrau Suzie, mit unseren besten Empfehlungen zu schicken. Ich hätte sie knutschen können für diese phantastische Idee. Alex' Frau Catherine träumte bestimmt schon lange von einem Badehandtuch mit E&O-Logo. Sie sollte es bekommen.

«Schade nur, daß ich dem Ehekrach nicht beiwohnen kann», bedauerte Pamela.

Was war ich froh, daß sie mit an Bord war. Die Zugpassagiere bestanden überwiegend aus älteren Ehepaaren und vielleicht drei, vier jungen Flitterwöchnern. Der Eastern & Oriental Express taugte definitiv nicht als Kontaktbörse für Stewardessen. «So wie's aussieht, gibt's nicht einmal einen reichen Witwer», resümierte ich.

Pamela zuckte die Schultern. «Tja, Pech gehabt, mein Mädchen. Da mußt du wohl oder übel mit mir vorliebnehmen.»

«Mit dem größten Vergnügen», grinste ich und prostete ihr mit dem schlanken, frisch aufgefüllten Champagnerglas zu. Durch den gemeinsamen Verdruß mit Männern unfreiwillig vereint, ließen wir die fernöstliche Nacht an uns vorbeirauschen.

Rechtzeitig nach dem Digestif rollten wir gegen 22 Uhr in der malaysischen Hauptstadt Kuala Lumpur ein. Am Arm untergehakt bummelten wir durch den schönsten Bahnhof des Fernen Ostens, ein 1911 im Stil einer Moschee erbautes Monumentalbaukunstwerk.

«Halten wir's mit Nina Ruge», schlug Pamela gutgelaunt vor. «Alles wird gut!»

«Alles wird gut», gab ich ihr recht. Und mußte dabei unweigerlich an Charlie denken.

Inzwischen hatte Jay mein Abteil zu einem wohnlichen Schlafzimmer umgebaut. Hundemüde ließ ich mich vom E&O-Express in den Schlaf ruckeln. Wie schön, daß Pamela dabei war. Dabei war es noch gar nicht lange her, da hätte es mir größtes Vergnügen bereitet, viele kleine Satay-Spießchen aus ihr zu machen.

Auf Jays eindringlichen Rat stellte ich den Wecker auf sechs Uhr. Um diese Zeit würde der Zug eine der schönsten Urwaldregionen der malaysischen Halbinsel durchqueren. Da Pamela nicht zu begeistern war, stand ich am nächsten Morgen zusammen mit einem Ehepaar aus New York im offenen Panoramawagen und genoß die tropische Schwüle, die die Haut wie Balsam umgab. Üppiges Grün wucherte die Schienenstraße fast zu. Der Lärm, den die unzähligen Tiere des Urwalds machten, überdeckte die Zuggeräusche komplett. Wie schade für Pamela und die anderen hundertdreißig Zugpassagiere, daß sie dieses Naturspektakel verschliefen.

Nach dem Frühstück traf ich mich mit Pamela auf dem Panoramawagen. Der Fahrtwind duftete süßlich-schwer nach einer geheimnisvollen Blütenmischung. Vor jeder Bahnschranke, die wir passierten, staute sich ein riesiger Pulk von Mopeds, Kleintransportern, Fahrradfahrern und ein paar Pkws, deren Chauffeure uns lachend zuwinkten.

«Also ich weiß nicht. Irgendwie ist es doch dekadent, was wir hier machen», wallten plötzlich Skrupel in mir auf. «Wir hocken hier in unserem Messing-Gold-Mahagoni-Geschoß und lassen uns mit Fünf-Sterne-Menüs verwöhnen. Und die da draußen kriegen vielleicht gerade mal eine Schüssel Reis pro Tag.»

Pamela versuchte, mein soziales Gewissen zu beruhigen: «Für die Leute da draußen sind wir nichts weiter als ein paar Gestalten, die in einem dunkelgrünen Zug an ihnen vorbeirauschen. Und ansonsten darfst du die meisten Länder dieser Welt überhaupt nicht mehr bereisen. Im Vergleich zu den anderen sind wir doch sowieso reich wie Dagobert Duck. Mit festem Einkommen und allen sozialen Absicherungen. Wenn's dir wirklich ums Prinzip geht, dann solltest du dich schleunigst umschulen lassen.»

Ich zuckte unbefriedigt die Achseln. Nein, so ganz in Ordnung war es nicht, was wir hier machten. Ich hatte ein schlechtes Gewissen, weil wir uns so hemmungslos im Luxus aalten. Zwei Äffchen lenkten mich schließlich von meinen Gedanken ab. Sie hatten es sich auf einem Strommast bequem gemacht und schauten uns verblüfft hinterher.

In Butterworth gingen wir von Bord. Ein Fährschiff brachte uns auf die der Küste vorgelagerte Ferieninsel Penang. Im Pulk flanierten wir durch den Hauptort Georgetown und wurden dann in Zweier-Rischkas zur Anlegestelle zurückgebracht. Die Zuggesellschaft überließ auch nichts dem Zufall.

Beim Abendessen hatte ich keine Lust auf den Champagner. Aber Pamela blieb hart: Die Rechnung, die auf unsere Hoteliersherren wartete, war noch lange nicht hoch genug.

Am nächsten Morgen rollten wir pünktlich um acht Uhr in Bangkok ein. Deprimierend die schäbigen Vororte, die sich nach heftigem Regen in ein einziges Schlammfeld verwandelt hatten. Anmutig balancierten Frauen mit Taschen auf dem Kopf über die provisorisch angelegten Holzstege.

Nach dem Check-in im «Sheraton Hotel» genehmigten wir uns auf der Terrasse am Chao Prao Fluß einen Cocktail. Die Hotelzimmer liefen wieder auf unsere beiden Big Spender. Aber da aus den Anmeldungsformularen nicht eindeutig hervorging, ob die Nebenkosten auch wieder über deren Kreditkartenkonto abgerechnet wurden, verzichteten wir diesmal auf den Champagner. Außerdem hatten wir im Zug genug zugeschlagen. Das Kaviar- und Schampusdepot an Bord war dank unseres beachtlichen Appetits und Durstes stark geschrumpft. Außerdem waren die Geschenkpäckchen für unsere Ehefrauen noch je um ein silbernes Zigarettenetui erweitert worden. Wir gaben die Fracht am Postschalter des Bahnhofs in Bangkok auf – das Porto spendierten wir großzügig aus eigener Tasche.

31

Hoffentlich war Tina nicht zu Hause. Ich hatte nicht die geringste Lust, ihr von meinem fernöstlichen Debakel zu berichten. Doch schon im Treppenhaus schlugen mir deftige Aromen entgegen, die unzweifelhaft Tinas Handschrift trugen. Es duftete nach Basilikum und Oregano – kein Zweifel, Pizzatag. Tina öffnete mir mit umgebundener Schürze. Die mehlverstaubten Hände und der hastig zusammengeknotete Dutt konnten nicht verhindern, daß ihr Glück aus jeder Pore blitzte. Auch das noch.

«Hi, Süße, nur rein in die gute Backstube. Wir machen gerade Pizza pescatore, mit Krabben und Sardellen. Willst du mitessen?»

Wir – der Plural empfing mich in der Küche in Gestalt von Philip. Rührend sah er aus, wie er mit angespannter Stirn und hausfraulich ungeübten Fingern die in Olivenöl und Knoblauch angebratenen Krabben auf den Pizzateig drapierte. Ein stolzes Lächeln huschte über sein Antlitz, als Tina sein Werk mit einem Lob kommentierte. Im Profil fiel mir auch endlich ein, an wen mich Philip schon die ganze Zeit erinnerte: an Henry. Genau. So würde Henry in zwanzig Jahren aussehen. Da konnten sich die Mädels ja auf was gefaßt machen!

Ich überflog die Liste der Anrufer, die Tina aufgeschrieben hatte. Charlies Name war nicht darauf zu entdecken. Leider. Auch im Büro am Flughafen hatte ich in meinem Fach keine Nachricht von ihm vorgefunden.

Natürlich interessierte man sich brennend für meine Zugreise. Während ich meinen Reisebericht ablieferte, kam die Niedergeschlagenheit wieder in mir hoch. Wie konnte ich mich um die peinliche Pflicht drücken, Alex' feiges Fernbleiben zu gestehen? Je mehr ich um Begeisterung rang, desto schmerzlicher wurde mir meine Niederlage bewußt. Tapfer schwärmte ich von der faszinierenden Metropole Singapur, von der luxuriösen Gediegenheit des Zuges, vom sensationellen Service und von der Unbeschreiblichkeit der göttlichen Speisen. Mit einem entrückten «einfach unbeschreiblich» schloß ich meinen Report und hoffte, der Backofen würde mit der fertigen Pizza klingeln und von Südostasien ablenken.

Doch weder klingelte der Backofen, noch ließ sich Tina mit dieser halbfertigen Story abspeisen. Statt dessen forderte sie einen ausführlichen Alex-Bericht.

«Und, darf man zur Verlobung gratulieren?»

«So ein Quatsch», blaffte ich sie an. Mir ging die Situation auf den Wecker: Hier ich, die versetzte, mehrfach verlassene Loserin. Dort die beiden frischverliebten Turteltäubchen. In ihrer Gegenwart erschien mir meine Misere doppelt bitter und gemein. Doch ich kam aus dieser Nummer nicht heraus. Ich mußte Farbe bekennen.

«Alex war nicht dabei, es ist ihm etwas dazwischengekommen», mimte ich die Abgeklärte.

Tina riß den Mund auf. «Wie bitte? Er war nicht *dabei?* Heißt das, du warst *allein* in diesem Zug? Aber ... ich dachte, er hat dich dazu eingeladen.»

«Hat er auch ...» Großer Gott, hatte ich mich je beschissener gefühlt? «Er ist nicht gekommen. In seinem Hotel gab's unvorhergesehenen Trouble, das ist in seinem Job gang und gäbe ...»

Tina machte eine verächtliche Handbewegung. «Du hast dir diesen Bären doch nicht wirklich aufbinden lassen, oder? Wenn Alex wirklich etwas an dieser Reise mit dir gelegen wäre, dann hätte er diesen Trouble schon irgendwie ausradiert. Wenn du mich fragst – der hat sich gedrückt.»

«Quatsch», fauchte ich zurück. «Wieso sollte er sich drücken?»

Dumme Kuh – leider hatte sie den Nagel auf den Kopf getroffen. Irgendwie war es mir bisher gelungen, die Schwere von Alex' Vergehen zu verniedlichen. Zumal ich in Pamela ja eine Leidensgenossin hatte, mit der ich mir in Fernost letztlich doch eine gute Zeit gemacht hatte. Zumindest hatte ich mich erfolgreich vor einer nüchternen Analyse dieses Hammers, den Alex zweifellos geliefert hatte, gedrückt. Tinas entsetzte Reaktion auf den Verlauf dieser Zugreise führte mir die Riesenschlappe deutlich vor Augen. Und in Gegenwart eines zauberhaften Adonis, der meiner Kollegin und Mitbewohnerin jeden Wunsch von den Augen ablas, wuchs sich die Schlappe zu einer gallenbitteren Bankrotterklärung aus. Das junge Glück ließ das Kartenhaus, das ich auf den bröckelnden Fragmenten meines Selbstbewußtseins errichtet hatte, jäh in sich zusammenfallen. Und mit ihm schwanden auch meine letzten schauspielerischen Kräfte, mit denen ich um Unbekümmertheit rang.

«Ich war natürlich von Alex eingeladen. Der Spaß hat mich keinen müden Pfennig gekostet. Du, es war auch ohne Alex klasse», schnarrte ich blechern. Das süffisante Lächeln bereitete mir Schmerzen und sah sicher unendlich gequält aus.

Philips sorgenvollem Blick nach zu schließen, fand auch er mein verhindertes Rendezvouz auf Schienen höchst bemitleidenswert. Um von der allgemeinen Arme-Katie-Stimmung etwas abzulenken, reichte ich den Pamela-Knaller nach. Die liebe Kollegin, zuerst Rivalin, dann im gemeinsamen Sitzengelassenen-Schicksal vereint.

Tina bekam ihren Mund vor lauter Überraschung gar nicht mehr zu.

«Da scheinen wir echt was verpaßt zu haben», fand Philip und legte seinen Arm um Tinas Schulter. Allmählich verlor ich die Lust daran, die beiden mit meinen Sensationsstorys zu füttern, in denen ich die tragische Deppenrolle innehatte. Höchste Zeit, endlich das Thema zu wechseln. Und endlich News von Charlie zu erfahren.

«Na, was gibt's Neues in unserem Laden?»

Tina zog gleichgültig die Schultern hoch. «Du, nichts weiter. Bei der Flugplanung sollen zwei neue Leute eingestellt werden, wir haben eine zweite Verbindung auf die Dom Rep dazugekriegt, und der Lippert gibt nächsten Donnerstag seinen Ausstand. Mehr hab ich im Augenblick nicht zu bieten.»

Nichts Weltbewegendes also. Schade, daß Lippi in Rente ging. Eine solche Seele von Hausmeister gab es kein zweitesmal auf der Welt.

Dann fiel Tina doch noch ein kleiner Eklat ein, der sich vergangene Woche auf dem Mittwochsflug nach Havanna ereignet hatte: Ein ziemlich angetrunkener Fluggast wollte gleich handgreiflich werden, als Reni sich weigerte, ihm Wein nachzuschenken. Erst als Kapitän Peter Lechthaler mit der Flughafenpolizei drohte, kehrte wieder Ruhe ein.

«Bei euch geht's ja zu wie im Irrenhaus. Ich glaube, ich werd doch lieber Lehrer» war Philips Kommentar darauf.

«Und, keine neuen Verhältnisse bekannt? Schwangerschaften, Verlobungen, Scheidungen?» wollte ich wissen.

Tina streifte sich ihre Kochhandschuhe über und öffnete das Backrohr, aus dem heißer Pizzadampf quoll.

«Nicht daß ich wüßte. Judith will sich mit irgendeinem Computerheini verloben. Ach ja, und man munkelt, daß bei Charlie Reichenberger was im Busch ist.»

Mich traf ein Blitz. Charlie! «Bei Charlie! Was soll da im Busch sein?»

Tina zog angesichts meines leidenschaftlichen Interesses an dieser Kurzmitteilung erstaunt die Augenbrauen hoch. «Ich sagte ja: Man munkelt. Genaueres weiß keiner. Ich hab nur neulich im Briefing-Raum mitgekriegt, wie Konrad zu Harry gesagt hat, der Charlie hätte 'ne Neue und sei ganz Feuer und Flamme.»

Dies war nun der finale Blattschuß für meine gequälte Seele. Ich hätte in Thailand bleiben und mich nach einem freien Platz in einem buddhistischen Nonnenkloster umsehen sollen. Ich rappelte mich vom Küchenstuhl hoch. Mir war übel. Ich sagte

Tina, daß ich mich erst ein wenig frischmachen wolle und mir die Pizza später in der Mikrowelle aufwärme. Mit einem matten «Guten Appetit» wankte ich ins Bad und ließ mir heißes Wasser in die Wanne einlaufen.

Ich fühlte mich von allen verraten und verlassen. Nun zerhackte auch Charlie die zarten Bande zwischen uns wegen der nächstbesten Möpse, die ihm in die Finger kamen. Und weil ich so schön in Fahrt war, mich zu bemitleiden, schickte ich kurzerhand auch noch Tina und ihren pizzabackenden Stecher zum Lager der Feinde. Was fällt diesen durchtriebenen Sadisten ein, mir in meiner schwersten Lebenskrise auch noch ihr Glück unter die Nase zu reiben?

32

Die Tage lagen bleiern vor mir. Kraftlos ließ ich die beiden Off-Tage verstreichen, ohne daß ich auch nur einen nützlichen Handgriff getätigt, einen passablen Gedanken in meinem Gehirn geformt hätte. Nichts machte Lust, nichts machte Sinn.

Auf dem Pinboard im Flur hing der Flugplan. Nur Schrott, den ganzen Oktober. Eine Flut von Tagesflügen auf die Kanaren, nach Palma de Mallorca und Zypern. Ach ja, drei Tage in der Dominikanischen Republik. Nur drei Tage. Durch die zweite Verbindung in die Dom Rep würde es mit dem Wochenstopp vorbei sein. Eine untätige Crew eine geschlagene Woche lang durchzufüttern stellte für die Fluggesellschaften eine riesige finanzielle Belastung dar, der sie sich gerne entledigen wollten. Bald würden wir Verhältnisse haben wie in Amerika, wo die Kollegen nur noch auf Rennstrecken unterwegs waren und sich nach einer Mütze Schlaf wieder auf den Rückflug begaben. Wie lange würde mir dieser Job dann noch Spaß machen? Wie lange würde ich noch durch die Kabine wuseln und Tomatensaft einschenken wollen?

Der Blick auf meinen Schreibtisch lenkte mich von düsteren Zukunftsgedanken auf die düstere Gegenwart. Eigentlich sollte ich meine Buchhaltung dringend mal wieder in Ordnung bringen. Bezahlte und unbezahlte Rechnungen, die unsäglich unverständlichen Schreiben meiner Versicherung, ein auszufüllendes Formular für meine Krankenversicherung. Wie immer, wenn administrative Aufgaben auf mich warteten, überfiel mich hausfraulicher Tatendrang. Also zeigte ich meinem Schreibtisch die kalte Schulter und begab mich eifrig ins Bad.

Während ich überlegte, wann Philip hier einziehen beziehungsweise Tina ausziehen und was dann aus mir werden würde, schnappte ich mir die Flasche Biff-Hygienereiniger und begann eine der Kachelwände einzusprühen. Der Schimmelpilz sollte in meinem Bad keine Chance bekommen. Ich wartete vorschriftsmäßig die zwei Minuten Einwirkzeit ab, bevor ich mich mit dem Schwamm ans Abwaschen machte. Doch dann stellte ich fest, daß die Kacheln noch etwas Biff vertragen konnten. Also griff ich erneut zu der Flasche und begann darauf loszusprühen – Scheiße!!! Mit einem heiseren Aufschrei ließ ich die Flasche fallen und griff mit beiden Händen zu den Augen. Ich hatte die Flasche verkehrt herum gehalten und mir eine volle Ladung Hygienereiniger ins Gesicht gesprüht. Ich war auf der Stelle blind, tastete mich zum Waschbecken und hielt mein Gesicht unter das laufende kalte Wasser. Als ich es mit dem Handtuch trockengerieben hatte, konnte ich zwar wieder erste Konturen erkennen, aber die Augen brannten wie Feuer. Mir fiel nichts anderes ein, als darauf rumzureiben. Gleichzeitig lief mir Soße aus der Nase. Ich konnte auf die Schnelle nicht identifizieren, ob es sich dabei um Rotz oder Biff handelte.

Allmählich kehrte die Sehkraft wieder. Als ich mich in Klopapier schneuzte, klingelte das Telefon.

Es war Charlie.

Auf ihn war ich nun überhaupt nicht vorbereitet. Eher noch hätte ich mit einem von Reue zerfressenen Alex oder gar mit einem um Verzeihung bettelnden Tony gerechnet. Aber nicht mit Charlie.

«Na Katie, was macht das Leben?»

Ach, diese tiefe, ruhige Stimme. Wie sehr hatte sie mir gefehlt! Doch sofort fiel mir ein, daß Charlie ja frisch verliebt war. Das war aber auch das einzige, was meine total verwirrten Gedanken zustande brachten. Meine Hände zitterten. Daran konnte das Biff ja wohl kaum schuld sein. Ich atmete tief durch und ging erst mal auf freundliche Distanz. «Ach Charlie, so eine Überraschung. Lange nichts mehr von dir gehört.»

«Ja, hinter mir liegen hektische Wochen. Ich habe mir Urlaub genommen, weil ich so viel um die Ohren hatte.»

«Ach ja?» meinte ich spitz. Wut mischte sich in meinen Schmerz. Der sollte mich bloß mit seinen Ohren in Ruhe lassen. Was ging mich sein Bumsstreß an? Ich war mit fremdem Liebesglück reichlich eingedeckt. Nicht noch eine Schnulze, in der ich wieder nur die Rolle der Seelentrösterin spielte.

Charlie schwieg, dann räusperte er sich verlegen: «Ist was mit dir? Du hörst dich so verschnupft an.»

Ich berichtete kühl von meinem kleinen Haushaltsunfall, ohne auf die Details einzugehen.

«Ich hab auf dem Plan gesehen, daß du heute und morgen Off-Tage hast. Hast du schon etwas vor?»

«Ich? Äh... ich weiß nicht... eigentlich wollte ich heute mal meinen Papierkram in Ordnung bringen. Ich war ja auch 'ne Woche weg, und da hat sich das Zeug angehäuft. Also, ich...»

«Ich wollte dich fragen, ob du nicht Lust hast, morgen mit mir einen Ausflug zu machen.» Mein Kopf drehte sich. Ich brannte darauf, ihn wiederzusehen. Am liebsten gleich. Aber es durfte auf keinen Fall so aussehen, als ob ich allzeit verfügbar wäre. Auf der anderen Seite fand ich es auch kindisch, um jeden Preis so zu tun, als sei ich wahnsinnig im Streß. Ich sehnte mich nach seiner Nähe. Bis morgen würde sich hoffentlich auch diese Rotz-Wasser-Biff-Orgie erledigt haben.

«Einen Ausflug? Wo geht's denn hin?»

«Wir fahren... ach, laß dich einfach überraschen. Ich hol dich so gegen elf Uhr ab, ist das okay?»

«Weißt du überhaupt, wo ich wohne?»

«Hab ich alles schon recherchiert. Also bis morgen.»

«Hey, warte noch. Du weißt doch gar nicht, ob ich mitfahren will.»

«Ach ja, richtig. Also, willst du mitfahren?»

«Klar doch. Wie kann man nur so dumm fragen!» Das klang cool. Gute Performance, Katie. Dabei raste mein Herz wie verrückt. Endlich würde ich ihn wiedersehen. Alle Ungereimtheiten könnten wir dann ja immer noch ausräumen.

Was mochte es wohl mit der Neuen auf sich haben? Er würde ja wohl nicht die Unverschämtheit besitzen, sie morgen mitzunehmen und mich nach hinten auf den Rücksitz zu packen, wie man das mit Oma am Muttertag macht. Hach, war das Leben auf einmal wieder spannend. Dann bräuchte ich mir wenigstens den morgigen Tag in meiner eigenen Wohnung nicht mit Verliebtes-Pärchen-Angucken vertreiben müssen.

In dem Moment hörte ich den Schlüssel in der Wohnungstür. Mein Pärchen war vom Kino zurück.

«O Gott, noch eine Heulsuse!» seufzte Philip, als er mich entdeckte.

«Himmel, wie siehst *du* denn aus?» entsetzte sich Tina, bevor sie mir schluchzend um den Hals fiel. «Gab's im Fernsehen auch so einen traurigen Film? Aber ich wette, er war nicht halb so schlimm wie ‹Titanic›.»

Schniefend und augenreibend erläuterte ich Tina, daß nicht eine Hollywood-Schnulze, sondern ein hinterhältiger Kalkreiniger mir das Wasser in die Augen getrieben hatte.

«Ach, dieser Leonardo DiCaprio!» Tina ließ sich erschöpft in die Couch plumpsen. Als sie Philip nach Rotwein geschickt hatte, fing sie an, mir die große Liebesgeschichte zu erzählen, die ja erwartungsgemäß ein trauriges Ende genommen hatte.

Philip kam mit einer Flasche Barolo und drei Gläsern aus der Küche zurück. «Ihr mit eurem Leonardo. Aber als Hausmann macht er bestimmt keine so gute Figur wie ich.»

Sehr souverän, wie Philip mit Tinas vorpubertärem Leonardo-Geschwärme umging, fand ich. Hoffentlich beging er nicht irgendwann einmal den Fehler, seinerseits von einer Schauspielerin so zu schwärmen. Tina würde zur Furie werden.

Das Brennen meiner Augen hatte inzwischen nur unwesentlich nachgelassen. «Sind sie noch arg rot?» bat ich um einen ehrlichen Befund.

«Wie bei einem Karnickel», baute mich Tina auf. «Apropos Karnickel. Es wird gemunkelt, daß Charlie sich vermehrt hat.»

Wumm. Der Hammer saß. Mit zittriger Hand griff ich zu meinem Rotwein. Ich brauchte erst ein paar verdatterte Sekunden, um endlich ein «WAAAS!?!» hervorzuwürgen.

Tina zuckte gleichgültig die Schultern. «Na ja, Genaues weiß man nicht. Du kennst ja Charlie, von dem erfährt man nie etwas Konkretes.»

Tina hatte von Reni erfahren, Thomas Erdmann würde stöhnen, daß er pausenlos wegen Charlies Sonderwünschen den Dienstplan umschmeißen müsse. Angeblich müsse er sich um seinen «Nachwuchs» kümmern.

Beim Gedanken an den morgigen Ausflug krampfte sich mir der Magen zusammen. Was hatte es mit der Überraschung auf sich? Stand mir die Präsentation seiner Familie ins Haus? Trautes Glück mit Frau und frischem Baby? Nein, so geschmacklos konnten doch nicht mal Männer sein.

33

«Ist was mit deinen Augen?» Charlie Reichenberger sah mich besorgt an.

«Haushaltsunfall, hab ich dir doch gestern am Telefon erzählt. Hab versehentlich etwas Scharfes in die Augen gekriegt. Wohin fahren wir eigentlich?» Ich hatte mir fest vorgenommen, erst die Hintergründe der mysteriösen Exkursion zu klären.

«Hab ich dir das gestern nicht gesagt? Zum Bodensee. Oder gefällt's dir dort etwa nicht?»

«Doch, aber …»

«Ich hab Elton John im CD-Player, sonst gibt's noch Billy Joel, Eric Clapton, der Rest ist Jazz.»

«Billy Joel», entschied ich erschöpft.

Ich lag auf der Lauer wie ein Schießhund. Obwohl Charlie locker und nett aus dem Firmenalltag plauderte, traute ich dem Frieden nicht über den Weg. Ich wußte nicht, wie ich die Situation einzuordnen hatte. Welchen Platz nahm Alaska bei ihm ein? Was hat sich seither zwischen uns geändert? Und warum, verdammt noch mal, haben wir aus unserer jungen Liebe nichts gemacht?

«Es war eine schöne Zeit mit dir in Alaska», näherte sich Charlie schließlich dem Thema, das mich brennend beschäftigte.

«Hmm.»

«Ich soll dich übrigens recht herzlich von Plato grüßen. Ich wollte es dir schon längst bestellen, aber da warst du gerade im Urlaub in Fernost.»

Ein kleiner Ruck durchfuhr mich. Schwang da nicht ein leicht pikierter Unterton mit? Was wußte Charlie von dieser verkorksten Reise? Okay, daß ich nach Singapur wollte, war in der Firma ja kein Geheimnis. Urlaubsflüge in die Ferne gehörten zu unserem Beruf, das lockte keinen hinter dem Ofen hervor. Interessant wurde die Sache höchstens, wenn Zwischenmenschliches im Spiel war. Aber die Sache mit Alex war eigentlich unter Verschluß gehalten worden

«Du warst doch mit diesem Eastern & Oriental Express unterwegs. Ist dieser Zug wirklich so toll, wie alle sagen?»

«Echt Spitzenklasse, wirklich. Also wenn du mal Gelegenheit hast...»

«Ist mir zu teuer. Zweitausend Mäuse für ein paar Stunden Zugfahrt ist über meiner Schmerzgrenze.»

Ich schluckte. Gleichzeitig keimte Ärger in mir hoch. Ich konnte in meinem Urlaub machen, was ich wollte, mit wem ich wollte, und ich konnte soviel Geld ausgeben, wie ich wollte.

«Na ja, vielleicht findet sich für *mich* auch einmal eine Sponsorin.» Seine Betonung auf dem Wort «mich» verriet mir, daß Charlie die richtige Fährte aufgenommem hatte. Das peinliche Gefühl des Ertappt-worden-Seins rumorte in meinem Burstkorb, und gleichzeitig ärgerte ich mich über mein Getroffensein. Schließlich hatte ich das Ganze Charlie zu verdanken. Wenn er nicht sang- und klanglos in der Versenkung verschwunden wäre, hätte ich die ganze Zugfahrt von vornherein nicht angetreten.

«Jedem den Sponsor, den er verdient.» Doofe Platitüde. Aber irgend etwas mußte ich ja sagen.

Wir waren auf der B 12 mittlerweile im Allgäu angelangt. Durch das offene Wagenfenster drang der würzige Duft von Heu. Wir dürften längst die halbe Strecke zum Bodensee hinter uns gelassen haben, und noch immer tappte ich bezüglich des genauen Fahrtziels völlig im dunkeln.

«Dieser Fernosttrip war sicher ein interessantes Kontrastprogramm zu Alaska», meinte Charlie jetzt unvermittelt.

Mir war klar, daß diese Bemerkung über das rein Geographisch-Klimatische hinausging. Ich faßte mir ein Herz und beschloß, nicht länger um den heißen Brei herumzureden. «Um ehrlich zu sein, als ich von Alaska zurückgekommen bin, wollte ich diese Zugreise eigentlich abblasen. Aber dann bist du nicht zu meiner Geburtstagsfete gekommen und hast auch sonst nichts mehr von dir hören lassen. Das hat mich – ziemlich getroffen. Also bin ich doch gefahren.»

Billy Joel hatte den richtigen Kommentar parat: «I don't care what consequences it brings, I have been a fool for lesser things ...»

Charlie schwieg, nur sein Atem war zu hören. Dann räusperte er sich: «Ich wollte ja zu deiner Fete kommen. Aber dann habe ich erfahren, daß du schon bald mit deinem Lover in den Urlaub fährst, also bin ich lieber daheim geblieben. Ich wäre ... es hätte mir sehr weh getan, dich wiederzusehen und zu wissen, daß du dich schon auf den Urlaub mit einem anderen freust.»

Peng! Was hatte Charlie da eben gesagt?

«Von wem wußtest du ...?»

«Harry hat's mir auf dem Rückflug von San Francisco gesteckt. Du kennst doch unseren Tratschverein.»

Harry! Schlimmer als ein altes Waschweib! Woher wußte der nun wieder von der Sache mit Alex? Daß in diesem Ramschladen keiner etwas für sich behalten konnte!

«Apropos Tratschverein. Du sollst privat ja auch mächtig zugeschlagen haben.»

Charlie hob eher amüsiert als erstaunt die Augenbrauen. «Ach, wirklich? Wer gegen wen? Weißt du, ich krieg's gern persönlich mit, wenn sich bei mir was Tolles ereignet.»

«Man munkelt was von einer neuen Liebe und von Nachwuchs.»

Statt empört aufzujaulen, loszuprusten oder eine Vollbremsung hinzulegen, lächelte Charlie nur milde. Jetzt wollte ich es endlich wissen! «Und, stimmt's?» trompetete ich ihm ins rechte Ohr.

«Es ... ist was dran.»

Also doch. Mein Herz sank. Ich hatte es nicht wahrhaben wollen. Die Geschichte mit der neuen Liebe hätte ich ja vielleicht noch aussitzen können. So was erledigt sich ja oft wieder schnell. Aber Nachwuchs?

«Dann darf ich dir wohl gratulieren», murmelte ich tonlos.

«Wenn du willst...»

Scheißkerl. Mach diesem idiotischen Ratespiel endlich ein Ende. Die Facts hatten wir ja nun auf dem Tisch, also raus mit der Sprache.

«Dann habe ich wohl heute das Vergnügen, dein neues Glück kennenzulernen?»

«Es wird mir eine Freude sein!» versicherte Charlie keß. Meine Niedergeschlagenheit schien ihn ungemein heiter zu stimmen. Dieser Sadist. Hatte ich zwischenzeitlich doch tatsächlich geglaubt, in ihm einen feinfühligen, sensiblen Menschen ausgemacht zu haben. Schön naiv von mir!

Ich drehte den CD-Player lauter und schaute zum Fenster hinaus. Draußen war die herrlichste Herbststimmung, aber ich sah nur Grau. Wieso ermutigte ich eigentlich alle Männer, ihre Schabernackgelüste an mir auszuleben? Das Selbstmitleid wollte mir Tränen in die putzmittelgeröteten Augen treiben, was ich mit heftigem Schlucken zu verhindern suchte.

«Ein bißchen Jazz vielleicht?»

Ich zuckte nur gleichgültig die Schultern. Ein Bach-Requiem wäre vielleicht passender. Aber nur was mich betraf. Am Steuer dagegen saß ein glücklicher, frischgebackener Vater, für den sicher die «Hymne an die Freude» am passendsten gewesen wäre. Ich war so matt, daß mich nicht einmal mehr die wahren Beweggründe für unseren Ausflug interessierten. Wahrscheinlich wollte er mich als Patentante seines Wonneproppens gewinnen.

In Lindau bog Charlie an einer Ampel nach rechts ab und fuhr eine kleine Anhöhe hinauf, bevor er vor einem weißgestrichenen Gartenzaun anhielt.

«Hier wären wir.»

Charlie sprang dynamisch aus dem Auto und eilte auf meine Seite, um mir galant die Tür aufzuhalten. Selten zuvor war mir so unbehaglich zumute gewesen.

Charlies Klingeln wurde mit lautem Hundegebell beantwortet.

«Karlheinz, bist du's?» kam es aus der Sprechanlage, dann surrte der Türöffner. Eine Sekunde später flog ein hellbraunes, bellendes Etwas mit wehenden Ohren auf mich zu.

«Hey, hey, Leo. Nicht so stürmisch!» bat Charlie um Mäßigung. Vergebens. Dieser Leo war wild entschlossen, mich aufs heftigste zu begrüßen, und sprang wie ein Gummiball an mir hoch.

«Du bist aber ein ganz feiner Hund», bemerkte ich albern und an Charlie gewandt: «Wem gehört der denn?»

«Der gehört meinen Eltern. Hier kommt schon meine Mutter», deutete er auf eine schlanke Frau mit sportlichem Pagenschnitt, die uns entgegenkam. Ich ließ von dem Knuddelhund ab und erhob mich artig.

«Mama, das ist meine Kollegin Katharina, von der ich dir schon erzählt habe.»

Ach, interessant. In welchem Zusammenhang mochte mich Charlie seiner Mutter gegenüber wohl erwähnt haben?

«Guten Tag, freut mich», streckte ich ihr die Hand entgegen. Verstohlen schielte ich ins Haus hinein. Das Baby samt Kindsmutter konnte ja wohl nicht weit sein. Als Vorhut kam ein grauhaariger Herr – Charlies Vater –, der mich herzlich begrüßte und offenbar auch über mich im Bilde war.

«Ja, das ist aber nett, Sie endlich mal kennenzulernen. Die berühmte Katharina.»

Verunsichert blickte ich zu Charlie, der aber nicht im Traum daran dachte, auf meinen hohen Bekanntheitsgrad innerhalb der Familie Reichenberger näher einzugehen.

Plötzlich kam der Hund wieder auf mich zugetrabt und ließ einen versifften Tennisball auf den Boden plumpsen.

«Den sollen Sie ihm werfen», übersetzte Vater Reichenberger diese Geste.

«Ach, Walter. Diesen schmuddeligen Ball, den sollte Katharina nicht in die Hand nehmen.»

Der Hund sah mich mit heraushängender Zunge erwartungsvoll an.

«Der weiß ganz genau, daß ihm Katharina keinen Wunsch abschlagen kann», meinte Charlie.

Ich mußte grinsen. «Sieht man mir das an der Nasenspitze an?»

Charlie rieb sich das Kinn. «Das vielleicht auch. Aber ich vermute mal, daß er sich noch ziemlich gut an deine grenzenlose Kooperationsbereitschaft erinnern kann.»

«Hä? Was für eine Koopera–?»

Mir wurde plötzlich ganz schummrig im Kopf. Nein, das konnte nicht sein.

Ich nahm meine kümmerlichen Sinne zusammen und starrte den Hund an, der gerade erneut den Tennisball aufnahm und vor meine Füße kullern ließ.

Charlie hatte Erbarmen mit mir. Lächelnd legte er den Arm um meine Schulter. «Na, willst du Chico nicht endlich guten Tag sagen?»

Chico!!! Also doch. Mein Hund aus Teneriffa! Aber was machte der denn hier? Und wieso hieß er Leo? Und überhaupt...?

Warum war kein Stuhl in der Nähe? Langsam war mir einfach alles zuviel.

Wie hypnotisiert bückte ich mich und nahm den feuchten Schmuddelball zwischen Daumen und Mittelfinger. Konzentriert wie ein auf den Aufschlag des Gegners wartender Tennisspieler fixierte der Hund meine Ausholbewegung und schoß wie eine Rakete los, als ich den Ball in hohem Bogen in Richtung Garageneinfahrt warf. Geschickt fing er ihn noch im Flug auf und galoppierte zu mir zurück.

«Wow, ein gut eingespieltes Team», lobte Charlie.

Dann scheuchte uns Mutter Reichenberger ins Haus, um endlich ihren frischen Johannisbeerkuchen zu probieren.

An der Kaffeetafel entwirrte sich langsam der Knoten. Chico war jetzt der Hund von Charlies Eltern. Charlie hatte nach der Rückkehr von Alaska aus irgendeinem Instinkt heraus die Besitzer von Chico aufgesucht und erfahren, daß der Hund von seinen Besitzern in Leo umgetauft, «umständehalber» ins Tierheim gebracht worden war. Darauf war Charlie ins Tierheim gefahren. Eigentlich hatte er gehofft, daß Chico inzwischen bereits adoptiert war, aber er lag traurig im hintersten Winkel eines Käfigs. Wohlwissend, daß er den Hund nicht bei sich behalten konnte, hatte Charlie ihn trotzdem noch an diesem Tag aus dem Tierheim mit nach Hause genommen. Dann rief er in der Firma an und ließ sich für den Flug am nächsten Tag freistellen. Danach rief er bei seinen Eltern an.

«Wie hast du Chico denn gefunden? Woher hattest du denn die Nummer von seinen Besitzern?» Ich hatte mir Charlies Ausführungen verwundert angehört.

«Die Nummer von den Tierärzten hast du damals im Briefing-Raum liegengelassen, die hab ich dann eingesteckt. Die Tierärzte haben mir dann die Besitzer genannt. So habe ich mich an Chicos Fersen geheftet.»

Okay, das hatten wir jetzt geklärt. Wo aber waren Mutter und Kind? Was sollten Charlies Ausführungen, daß er sich als vielreisender Pilot und als Single obendrein unmöglich einen Hund halten konnte?

«Wieso Single?» wurde es mir nun doch zu bunt. «Du hast doch gerade eine Familie gegründet.»

«Waaas?» rief Charlie.

«Waaas?» schnappte seine Mutter nach Luft.

«Karlheinz!» riß es gleichzeitig den Vater.

Ich sah etwas verunsichert in die kleine Kaffeerunde. Was

guckten die mich bloß alle so entgeistert an? Konnte ich vielleicht etwas dafür, wenn der Sohn des Hauses sich klammheimlich fortpflanzte?

«Na ja», meinte ich, «in der Firma hieß es, Charlie hätte seine große Liebe gefunden und Nachwuchs bekommen.»

Die elterlichen Augen waren nun auf den ertappten Familienvater gerichtet. Für Sekunden war es still. Dann brach Charlie in Gelächter aus.

«Ich werd nicht mehr! Ich krieg die Krise! Große Liebe! Nachwuchs!!! Klasse.»

Was war denn in den gefahren?

«Ja wieso, stimmt das etwa nicht?»

Charlie kriegte sich kaum mehr ein. «Also wirklich, eure Phantasie möchte ich haben. Ihr solltet Drehbücher für Vorabendserien schreiben: ‹Große Liebe, gute Zeiten›, oder wie die heißen. Da sind Leute mit Phantasie gefragt.»

Langsam riß mir der Geduldsfaden: «Ja was nun? Soll das alles an den Haaren herbeigezogen sein?»

Charlie brach noch einmal in Gelächter aus. «Ich habe damals freigenommen beziehungsweise ein paar Dienste getauscht, weil ich mir für die Hundegeschichte ein bißchen Zeit nehmen wollte. Ich konnte den Hund doch nicht einfach meinen Eltern in die Hand drücken und wieder abhauen. Da hat einer von den Jungs – der Harry oder der Andy, ich weiß nicht mehr genau – gefragt, ob ich eine neue Familie hätte. Das habe ich bejaht. Und da ich die Sache mit Chico nicht im Detail ausbreiten wollte, habe ich wohl was von Nachwuchs gesagt... O Mann, jetzt dämmert mir langsam, wie das Märchen vom Familienglück zustande gekommen ist.»

Da ich in manchen Dingen etwas schwerfällig bin, mußte ich noch einmal nachhaken: «Dann bezieht sich sowohl die neue Liebe als auch der Nachwuchs ausschließlich auf Chico beziehungsweise Leo?»

Charlie zuckte unschuldig die Schultern – so, als habe er mit dem Durcheinander nicht das geringste zu tun. «Tja, so ist es wohl.»

Meine Erleichterung war so groß, daß ich am liebsten laut losgelacht oder -geheult hätte. Egal, alles wollte heraus. Aber ich riß mich am Riemen. Ich wollte die Anwesenden durch plötzliche Emotionswallungen nicht verwirren.

Gott sei Dank kam Chico, der jetzt Leo hieß, auf mich zugetappt, und ich konnte mich mit heftigem Kraulen ein bißchen an ihm abreagieren. Während ich seine weichen Schlappohren rubbelte, kam die Erinnerung an die lange Nacht am Flughafen wieder hoch. Nie zuvor und nie danach war ich in eine ähnlich verrückte Situation geraten, hatte ich so bedingungslos um eine Sache gekämpft – und gewonnen. Ein Blick auf den Hund, der mit seinen neuen Adoptiveltern am Bodensee nun endgültig das große Los gezogen hatte, genügte als Bestätigung: Es hatte sich gelohnt. Leos dankbarer Blick, der mich schon damals fix und fertig gemacht hatte, verfehlte auch jetzt seine Wirkung nicht. Übermannt von Rührung und Zuneigung für dieses Fellbündel, begannen meine Mundwinkel heftig zu zucken, bevor ein Stück weiter oben ein paar Tränen ins Freie drängten. Dieser dumme Hygienereiniger!

Der Kirchturm von Isny glitzerte in der Abendsonne. Schweigend saß ich auf dem Beifahrersitz und hoffte auf die beruhigende Wirkung der friedlichen Allgäuer Sonnenuntergangsstimmung da draußen. In meinem Inneren war von Frieden nichts zu spüren. Ich war aufgeregt und zerrissen. Es war ein bißchen viel gewesen. Die Auflösung dieser merkwürdigen Familiengeschichte, das überraschende Wiedersehen mit «meinem» Hund und der sentimentale Abschied – es gab schon geruhsamere Off-Tage.

«Alles okay?» schaltete sich Charlie in die Stille.

«Hmmm», meinte ich zögerlich. Ich wollte meinen Gefühlswirrwarr nicht vor ihm ausbreiten.

«Hast du diesen Blödsinn mit Frau und Kind wirklich geglaubt?» Charlie klang amüsiert. Doch mir war nicht nach Schalk zumute.

«Warum denn nicht? Es ist doch nicht abwegig, wenn ein Mann, knapp Vierzig, die Frau fürs Leben findet und einen Nachkommen in die Welt setzt.»

«Und, wie hat dir diese Vorstellung gefallen?»

«Meine Begeisterung hat sich in erträglichen Grenzen gehalten.»

Er stieg auf die Bremse und stoppte den Wagen in einer Parkbucht. Dann legte er seinen rechten Arm um mich und stützte den Kopf auf meine Schulter.

«Was bist du nur für ein kleines dummes Mädchen.»

«Wieso?»

«Die Frau fürs Leben habe ich doch in Alaska gefunden. Auch wenn sie es im Anschluß daran vorgezogen hat, mit ihrem Lover auf Zugreise zu gehen.»

Frau fürs Leben? Ich fürchtete, gleich in Ohnmacht zu fallen. Aber vorher mußte ich dringend etwas klarstellen: «Die Zugreise hat ohne den Lover stattgefunden.»

«Ach ja? Wirklich ein netter Zug von diesem Lover, ist mir richtig sympathisch», befand Charlie trocken.

Ich lächelte in mich hinein. Im nachhinein war es also doch eine prima Idee von Alex gewesen, mich in Singapur einfach sitzenzulassen. Doch nun zum Wesentlichen.

«Und was macht dich so sicher, daß die Frau aus Alaska die Richtige für dich ist?»

«Eigentlich gar nichts. Sie kann nämlich ausgesprochen zickig und launisch sein. Und beruflich ist sie oft noch eine richtige Chaotin.»

«Is' ja reizend, die Lady», resümierte ich.

Charlie startete den Wagen wieder und scherte in die Bundesstraße ein. «Na ja, sie ist wirklich nicht der Hit. Das dumme ist nur: Der Hund fährt voll auf sie ab. Und da Leo jetzt in der

Familie Reichenberger das Sagen hat, muß ich mich wohl oder übel mit ihr arrangieren.»

Ich biß mir kurz auf die Unterlippe, nur um zu testen, ob ich das Ganze nicht träumte.

«Hunde haben ja einen untrüglichen Instinkt. Vielleicht ist sie wirklich eine Klassefrau, und du bist bloß noch nicht dahintergekommen.»

«Ich weiß nicht», seufzte Charlie, «vielleicht sollte ich sie mal testen. Ich wollte ohnehin mal wieder in die Toskana. Meinst du, sie kommt mit?»

Am liebsten hätte ich ihn umgehend zum Anhalten gezwungen und ihn umarmt. Doch Vorfreude soll ja die schönste Freude sein. Also zuckte ich mit gespielter Gleichgültigkeit die Schultern.

«Ich kann mir nicht vorstellen, daß sie große Lust hat. Vielleicht läßt sie sich breitschlagen, wenn der Hund mitkommt.»

Ich legte meine Hand an Charlies Hinterkopf und begann ihn mit sanftem Druck zu massieren.

«Der Hund rechnet schwer mit ihr.»

«Wenn das so ist...»

Na, und dann mußte ich ihn doch zum Anhalten zwingen.